Dans les bras d'un Yankee

Du même auteur
aux Éditions J'ai lu

Un amant sous condition, *J'ai lu* 5563

Shirl Henke

Dans les bras d'un Yankee

Traduit de l'américain
par Élisabeth Luc

J'AI LU

Titre original :

YANKEE EARL

A Leisure Books,
published by Dorchester Publishing Co., Inc., New York.

Pour Karyn Witmer-Gow, Carol Monk,
Julie Beard, Eileen Dreyer et Ginny Schweiss,
mes « amies du mardi », loyales en toute
circonstance.

1

— Jason Edward Beaumont, un illustre inconnu, américain de surcroît, est désormais comte de Falconridge ! murmura Rachel Fairchild avec mépris.

Les ragots qui circulaient dans tous les salons londoniens venaient d'atteindre Harleigh Hall, quinze jours après la cérémonie faisant du jeune homme un comte. Il était attendu incessamment en visite sur son domaine, pour inspecter les lieux. La jeune femme tenait à le voir, à le jauger, avant de lui être présentée officiellement à Londres, le mois prochain.

Ce titre de comte aurait dû revenir à l'odieux Mathias : ce goujat était au moins l'héritier légitime de Cargrave, et il était anglais. Mais, après le renoncement de Mathias, le marquis avait désigné quelque parent éloigné vivant en Amérique. Les domaines de Harleigh et Falconridge étaient voisins. Si Mathias était devenu comte, Rachel aurait su le manipuler. Dans leur enfance, elle l'avait toujours battu au jeu. Elle l'avait même corrigé à coups de cravache lorsqu'elle l'avait surpris en train de malmener un cheval appartenant à son grand-père. À l'époque, ils n'avaient que huit ans. Depuis ce jour, Mathias avait une peur bleue de sa voisine.

Certes, Rachel avait une fâcheuse tendance à effrayer presque tous les hommes. Avec sa grande taille, son corps d'athlète, ses yeux noisette et ses cheveux châtains, elle n'avait rien d'une jeune beauté anglaise typique. La mode était aux petites blondes aux yeux bleus et aux formes voluptueuses. De toute façon, jamais elle n'avait pu jouer les coquettes et battre les cils pour attirer un mari dans ses filets – contrairement à ses jeunes sœurs. Elle était affligée par leurs jérémiades, leurs conversations futiles à n'en plus finir, leurs papotages incessants.

Rachel s'agenouilla et prit une poignée de terre dont elle huma le parfum puissant dans l'air matinal. Comme elle aimait vivre ici, au rythme des saisons !

— Si seulement je pouvais passer mon existence à travailler mes terres en paix, murmura-t-elle.

Soudain, un coup de feu retentit en amont de la rivière, suivi par un clapotis de sabots dans l'eau. Le cavalier imprudent chevauchait bien trop vite sur ce terrain accidenté. La malheureuse bête risquait de se briser une patte en trébuchant sur une pierre ! Plus encore que la bêtise, Rachel détestait que l'on maltraite un animal. Elle saisit les rênes de son cheval bai. Au moment où elle montait en selle, un nouveau coup de feu retentit. Une voix d'homme se mit à jurer.

— Je vais lui donner des raisons de jurer, à ce malotru, maugréa-t-elle.

Il devait s'agir de ce voisin qui avait la fâcheuse habitude d'épuiser ses montures par jeu.

Contre toute attente, un étalon noir surgit des fourrés et fonça droit sur elle. Son cavalier était un colosse aussi imposant et sombre que l'animal. Il tenta d'éviter la jeune fille, mais le cheval bai, terrorisé, fit un écart. Ses sabots dérapèrent sur la rive boueuse. Rachel avait déjà un pied dans l'étrier. Au moment du choc entre les deux chevaux, elle fut projetée en arrière et retomba lourdement dans la boue. Elle entendit la voix moqueuse de l'homme. Dès qu'elle aurait retrouvé son souffle, elle ne se gênerait pas pour donner son opinion à ces deux imbéciles, cavalier et monture !

— Reddy, si tu n'étais pas déjà castré, grommela-t-elle à l'intention du cheval bai, je m'en chargerais moi-même.

La monture agitée recula dans la rivière. L'étalon noir, au contraire, demeura immobile, attendant les ordres de son cavalier, qui mit pied à terre. À quatre pattes dans la boue, les cheveux hirsutes et crottés, Rachel regarda l'intrus s'approcher d'elle, avec ses grosses bottes noires. À travers ses mèches trempées, elle balaya du regard ses longues jambes musclées. Relevant la tête, elle écarta ses cheveux d'un geste rageur. Ses yeux se posèrent alors sur la partie la plus virile de son anatomie.

Le spectacle était saisissant. Grand, les épaules larges, la taille mince, l'homme portait une culotte de cheval en peau qui moulait parfaitement ses formes, et une chemise en lin blanc ouverte sur sa poitrine velue. Il émit un ricanement rauque.

Ce goujat se moquait d'elle, alors qu'elle venait de se vautrer dans la boue par sa faute !

— Vous êtes aussi dénué de savoir-vivre que de bon sens ! lui lança-t-elle. Comment osez-vous me faire chuter et rire de mon malheur ?

— Je suis désolé, j'avais la tête ailleurs, répondit-il en regardant par-dessus son épaule, avant de reporter son attention sur la jeune femme. Quelqu'un me tirait dessus. Étant désarmé, je n'étais pas disposé à servir de cible.

Rachel ricana à son tour.

— Personne ne vous tirait dessus, nigaud ! Ce n'est qu'un braconnier qui cherche à tuer du gibier.

— J'ignore comment vous jugez des intentions d'un homme en Angleterre, mais, en Amérique, on considère un seul coup de feu comme accidentel. Quand une deuxième balle vous frôle, on commence à se sentir visé... à moins d'avoir une tête de cerf, naturellement.

— En ce qui vous concerne, je parlerais plutôt d'un âne bâté, marmonna-t-elle.

Elle reconnaissait son accent particulier. Il devait s'agir de l'héritier de Cargrave, l'Américain. Il fallait absolument qu'elle se relève pour le jauger. Sa grande taille lui donnait l'avantage sur bien des hommes, mais pas sur celui-là, hélas.

Une main brune la saisit par le bras pour l'aider, mais un nouveau coup de feu retentit dans les bois.

— Couchez-vous ! ordonna-t-il en plongeant pour s'allonger sur elle. Vous n'auriez pas un pistolet, par hasard ?

L'espace d'un instant, Rachel en eut le souffle coupé. Ce malotru devait bien peser quatre-vingts kilos ! Sans lui laisser le temps de répondre, il roula en direction d'un buisson, entraînant la jeune fille avec lui.

— Vous croyez encore que notre ami est en quête de gibier ? susurra-t-il.

— Si vous avez coutume de plaquer toutes les personnes que vous rencontrez à terre avant de les écraser comme de vulgaires insectes, je comprends que certains se défendent en prenant les armes, persifla Rachel.

Que diable se passait-il ? Ce tireur mystérieux ne pouvait leur vouloir du mal.

— Qui est là ? cria-t-elle. Je suis Rachel Fai…

— Silence, pauvre sotte ! Vous allez lui indiquer notre position.

Il la bâillonna d'une main crottée. Outrée, elle le mordit et cracha la boue de la rivière.

Jason recula vivement sa main en jurant. Puis il attrapa Rachel par le corsage et la tira sans ménagement dans les fourrés, au bord de l'eau.

— Écoutez-moi bien car je ne le répéterai pas, prévint-il. Soit vous obéissez sans discuter, soit je vous assomme et je vous porte. C'est clair ?

Un autre coup de feu retentit. À quelques mètres à peine, un arbuste fut coupé en deux. Agrippant toujours son corsage, qui était sorti de sa culotte d'équitation, Jason l'emmena vivement dans les fourrés, suivant la rivière. La jeune femme avait la gorge nouée par la peur. Quelqu'un cherchait à les abattre, du moins à tuer ce « charmant » jeune homme qui la foudroyait du regard tandis qu'ils s'arrêtaient au pied d'un chêne.

— Alors ? fit-il en arquant un sourcil.

— Alors quoi ?

Ces Américains étaient décidément odieux, songea-t-elle.

— Je vais siffler Araby. Il nous rejoindra en longeant la rivière.

— Vous avez dressé votre cheval pour qu'il réponde à vos sifflements ? railla-t-elle.

Ignorant son ironie, il reprit :

— Une fois en selle, je vous tendrai le bras. Je veux que vous montiez à votre tour pour partir au galop. Et pas de discussions inutiles…

Il ne plaisantait pas.

— Je suis habillée pour monter à califourchon. Laissez-moi simplement m'installer derrière vous, répondit-elle.

Les yeux du jeune homme s'attardèrent sur ses lèvres, puis descendirent vers ses jambes d'un air approbateur.

— Heureusement que vous n'êtes qu'une paysanne et non quelque comtesse. Mais, de toute façon, je ne veux pas d'une femme plaquée dans mon dos. Je vous placerai devant moi. Préparez-vous.

Sur ces mots, il siffla si fort qu'il n'entendit pas la réponse de Rachel. Puis il se remit en route, entraînant la jeune fille dans son sillage. Très vite, un clapotis de sabots dans la rivière se fit entendre. L'étalon noir obéissait au doigt et à l'œil. Dès qu'il les eut rejoints, Jason surgit de sa cachette pour bondir sur le dos de l'animal d'un mouvement souple. En d'autres circonstances, une cavalière émérite telle que Rachel aurait admiré son savoir-faire. Mais une nouvelle détonation retentit. Elle s'empressa de saisir la main tendue et se laissa hisser en selle. Aussitôt, l'étalon partit comme un boulet de canon.

La jeune femme se retrouva couchée à plat ventre sur les cuisses du cavalier, comme un vulgaire sac de pommes de terre. Chaque rebond la meurtrissait davantage. Ils débouchèrent dans un pré, qu'ils traversèrent à vive allure. Enfin, Jason fit ralentir sa monture et scruta les bois pour s'assurer qu'ils étaient hors de portée des tirs. Rachel se libéra de son emprise et glissa le long de sa jambe vers le sol. Un parfum musqué lui chatouilla les narines, mêlé à l'odeur du cheval. Étrangement, elle en fut troublée, mais attribua sa réaction à cette folle chevauchée si inconfortable.

Jamais elle ne s'était sentie en aussi mauvaise posture qu'en cet instant, face à cet Américain arrogant. En dépit de la boue qui maculait ses vêtements, il était terriblement séduisant. Elle-même devait être échevelée et sale. Quand il souriait, une fossette se creusait sur une de ses joues. Il sourit comme s'il devinait ses pensées. Décidée à sauver la face, Rachel redressa fièrement la tête pour l'affronter.

— Vous devez être celui que l'on surnomme le comte yankee, à Londres.

— Jason Beaumont, pour vous servir, *comtesse*, railla-t-il.

Le soleil faisait scintiller ses cheveux d'un noir de jais.

Elle demeura pétrifiée tandis qu'il mettait pied à terre avec aisance. *Comtesse ?* Savait-il ce qui se tramait ?

— Comment êtes-vous au courant de ce qui se raconte dans la haute société ? ajouta-t-il. Ce village est bien reculé pour ce genre de conversations.

— Naturellement, vous me prenez pour une simple paysanne, rétorqua-t-elle d'un ton mielleux.

Elle brûlait d'envie de découvrir sa réaction lorsqu'elle révélerait son identité, mais se ravisa. Mieux valait lui réserver la surprise quand ils se reverraient au bal prévu le mois suivant.

Il pencha la tête et croisa les bras sur son torse.

— Vous parlez comme une comtesse et vous en possédez l'arrogance, mais je n'ai jamais vu une femme vêtue en homme, de ce côté de l'Atlantique.

— Vraiment ? Parce que vous avez déjà vu des femmes ainsi vêtues, en Amérique ?

— Oui... parmi les proches de mon frère de sang.

— Votre frère de sang ? répéta-t-elle.

De quelle tribu barbare cet homme venait-il donc ?

— Les Shawnees. Ce sont des Indiens.

— Des sauvages ! Vous me comparez à des *sauvages* !

— Pas du tout, répliqua-t-il. Sachez qu'ils ont bien plus de savoir-vivre que vous.

Elle leva la main pour le gifler, mais Jason lui saisit le poignet.

— Allons, allons, ne tentez pas le destin, ma chère... Si mes frères shawnees sont courtois, tel n'est pas mon cas.

— Lâchez-moi, grommela-t-elle.

Ils étaient seuls en un lieu isolé et cet homme la dominait de toute sa hauteur. Rachel savait se défendre, et l'avait fait à de maintes reprises contre des brigands. Cependant, cet Américain était un adversaire de taille.

Il la maintenait bien trop près de ce torse velu dont elle ne parvenait pas à arracher le regard. Elle vit une goutte de sueur couler le long de son cou pour disparaître dans la toison brune de sa poitrine. Que ressentirait-elle si elle y enfouissait les doigts pour palper ses puissants pectoraux ?

— Vous êtes mal placé pour critiquer mes bonnes manières, lança-t-elle malgré elle. Vous vous promenez à moitié nu. Moi, au moins, j'ai la décence de dissimuler mon corps à votre regard.

Il la relâcha en riant.

— Votre corps est dissimulé, certes... Quant à savoir s'il l'est de façon décente...

Ses yeux se promenèrent sur ses courbes, moulées par ses vêtements trempés. Son corsage formait comme une seconde peau sur ses seins, son ventre et ses hanches.

Elle préférait monter à califourchon lorsqu'elle travaillait sur le domaine, mais elle était consciente que sa tenue était inacceptable pour une dame de son rang. Cette pensée la fit rougir. Mais, après tout, elle se moquait de l'opinion de cet homme.

— Dommage que ce braconnier soit aussi mauvais tireur, déclara-t-elle. Quelques balles dans votre peau dure de colon vous auraient un peu calmé.

Sur ces mots, elle tourna les talons et s'éloigna d'un pas décidé vers la maison. Elle sentait le regard bleu acier du jeune homme rivé sur elle. Il fallait qu'elle s'éloigne au plus vite.

Je me vengerai dès notre prochaine entrevue, se promit-elle, refusant d'admettre que ce Yankee l'avait troublée au-delà des mots.

Sans crier gare, l'étalon noir arriva à sa hauteur. Jason se pencha vers elle :

— J'ai beau être un colon arriéré, murmura-t-il, je ne laisse jamais une femme rentrer seule sans son cheval.

— Je m'en sortirai très bien sans vous, affirma-t-elle en évitant de le regarder. Je n'habite pas loin d'ici.

— Mais je tiens à vous raccompagner, insista-t-il. Nous n'avons qu'à procéder comme tout à l'heure : vous faites un bien ravissant bagage, comtesse…

— Quel esprit ! railla-t-elle. C'est étonnant, de la part d'un malotru tel que vous !

Le rire moqueur du jeune homme résonna à ses oreilles tandis qu'elle regagnait Harleigh Hall. Elle avait un peu plus d'un kilomètre à parcourir. Une broutille. Si seulement ses bottines n'étaient pas trempées. Ce satané Reddy devait être en train de manger son foin à l'écurie, bien au chaud et au sec.

Elle maudit le cheval… Et l'Américain.

Mais il était hors de question qu'elle chevauche plaquée contre le corps de cet homme, surtout avec son torse quasi nu. Cette simple pensée la fit frissonner en dépit de la chaleur ambiante.

Il l'observait en silence, appuyé sur le pommeau de sa selle.

— Vous êtes vraiment têtue comme une mule ! lança-t-il en la suivant des yeux. Nous nous reverrons, comtesse !

Était-ce une menace ou une promesse ?

Si tu savais, espèce de colon arriéré, songea rageusement Rachel. Elle se jura de lui réserver plus d'une surprise lors de leur prochaine rencontre.

2

Alvin Francis Edward Drummond était un petit homme aux chevaux châtains et aux yeux verts perçants auxquels rien n'échappait. Doté d'un esprit féroce, il était également d'une loyauté à toute épreuve, et se distinguait par une sainte horreur du mariage et des convenances.

Confortablement installé dans un fauteuil, chez les éminents tailleurs Schwartze & Davidson, il observait Jason Beaumont. Celui-ci était en train de s'offrir une nouvelle garde-robe, des vêtements dignes d'un comte, pour terminer la saison.

— Non ! Cela ne va pas du tout, enfin ! lança-t-il en repoussant quelques rouleaux de toile.

L'employé s'éloigna vivement. Drummond soupira et reporta son attention sur son ami. Ils reprirent leur conversation où ils l'avaient interrompue :

— Tu veux dire que tu as vraiment vécu parmi les Indiens, alors que tu n'as pas une goutte de sang indien dans les veines ? fit le dandy sans masquer son effarement.

— Oui. Ce sont des gens remarquables, tu sais, répondit Jason avec un sourire.

Il imaginait sans peine la réaction de Drummond confronté à des géants au crâne rasé et presque nus.

— J'ai un excellent ami aux Amériques, reprit Drummond. Il vit au milieu des marécages, avec ses cousins, qui se trouvent être...

Il s'interrompit pour priser un peu de tabac avant de se moucher délicatement dans un mouchoir blanc.

—... des Muskogees, je crois. Tu ne connaîtrais pas, par hasard, un dénommé Alex Blackthorne ?

Jason éclata de rire.

— Je crains que tu ne sous-estimes la superficie des États-Unis. Les Muskogees vivent en Géorgie, à mille cinq cents kilomètres au sud du Maryland, ma région d'origine. Mais j'ai entendu parler des transports Blackthorne. Cette famille possède l'une des plus florissantes entreprises du pays.

— Dommage que tu n'aies jamais rencontré Alex. Nous aurions pu passer du bon temps, tous les trois, commenta Drummond avec un nouveau soupir.

Il scruta son ami derrière ses petites lunettes rondes, et secoua la tête.

— C'est étrange, tout de même. Avec tes cheveux noirs et ta peau mate, tu ressembles davantage à un Indien qu'Alex lui-même. Il faut absolument que tu retrouves ton teint pâle d'Anglais, mon vieux. Une touche d'arsenic, peut-être ? C'est là le secret d'un teint de porcelaine.

Jason en eut des frissons.

— Je suis prêt à tout pour mon grand-père, sauf à m'empoisonner, répondit-il.

Le tailleur réapparut, portant des rouleaux de tissus.

Les goûts très sûrs de Drummond en matière d'habillement avaient incité le grand-père de Jason à ignorer sa réputation de joueur invétéré et de bagarreur. En outre, il était bien accueilli dans tous les clubs, dont White's et Watier's, les plus prestigieux. Or George William Beaumont, neuvième marquis de Cargrave, était déterminé à faire accepter son petit-fils par la haute société londonienne. Nul n'était plus à même que l'honorable Drummond de transformer un corsaire américain en véritable gentleman anglais.

Lorsque la corvée des essayages fut enfin terminée, Drummond annonça que Jason possédait une garde-robe suffisante pour survivre jusqu'à la fin de saison. Les deux hommes regagnèrent la bibliothèque de la résidence des Beaumont, tout près de Grosvenor Square.

— Grand-père veut que je me rende à un récital, ce soir, fit Jason avec lassitude.

Il tendit un verre de cognac à son ami et leva le sien.

— Au Chichester's ? demanda Drummond.

Jason opina. Son ami grimaça.

— C'est sans doute la jeune sœur du duc, Theodosia, qui va massacrer plusieurs morceaux au piano.

— Tu n'es pas très chevaleresque, commenta Jason en riant.

— Cette fille cherche un mari, expliqua Alvin en l'observant de ses yeux rieurs.

Ce fut au tour de Jason de grimacer.

— Non merci ! Si je me marie un jour, je choisirai mon épouse en fonction de son allure et de son caractère, non en fonction de sa dot et de sa lignée.

Soudain, la paysanne de Falconridge lui revint à l'esprit. Il sourit.

— Tu songes à une jeune fille bien précise, n'est-ce pas ? devina son ami.

— J'ai rencontré une femme très étrange la semaine dernière, à la campagne. Elle n'est pas de notre monde, mais elle avait de l'esprit et des griffes acérées.

— Tu es comme Alex, un vrai coureur de jupons, fit Drummond en riant.

— Justement, elle n'avait pas de jupon.

— Pas de jupon ? Ne me dis pas qu'elle se promenait toute nue !

— Figure-toi qu'elle portait une culotte de cheval, expliqua Jason, hilare.

— Une culotte ?

Drummond faillit s'étouffer sur une gorgée de cognac.

— Il y a de l'écho, dans cette pièce, on dirait.

Ignorant la plaisanterie, Drummond se ressaisit :

— Il n'y a donc plus rien de sacré, pour les femmes ! Voilà qu'elles veulent porter des culottes de cheval ! Ce qu'il nous faut, c'est une soirée de détente sans femmes, qu'elles soient ou non en jupon. Allez, en route pour Haymarket. Deux élèves de Domenico Angelo font une démonstration au fleuret.

— Personnellement, je préfère un bon vieux sabre d'abordage.

— Rien de plus naturel pour un pirate ayant décidé de se ranger, admit Drummond. Mais je compte t'initier à d'autres disciplines.

La salle n'était pas très vaste, compte tenu de la foule qui s'y pressait. Drummond ne s'était pas trompé : au contraire des champs de courses de lévriers et de chevaux, où les dames étaient toujours en vue, les combats au fleuret n'attiraient que des hommes. La plupart étaient issus de la noblesse, mais on y croisait également quelques bourgeois fortunés. Le brouhaha des spectateurs emplissait l'atmosphère enfumée. Les paris allaient bon train.

— Moi, je dis : à bas cette médiocrité méditerranéenne ! lança une voix nasillarde tandis que Jason et Drummond faisaient leur entrée.

L'homme se tenait dans un coin de la salle, entouré d'une cour d'admirateurs. Ses cheveux blonds coiffés à la Brutus encadraient un visage anguleux au long nez aquilin. Ses petits yeux jaunes scrutaient la foule d'un regard intense.

Jason remarqua aussitôt qu'il avait trop bu, mais nul ne semblait s'en soucier.

— Qui est donc cet imbécile prétentieux ? demanda-t-il à voix basse à son compagnon.

— C'est Forrestal, un odieux personnage. Il boit comme un trou et a des goûts déplorables en matière d'habillement.

Drummond secoua la tête face au gilet hideux du jeune homme, qui était brodé d'un motif floral.

— Si ce type s'aventurait à la campagne vêtu de cette horreur, il aurait tous les papillons à ses trousses, reprit-il.

— Ses amis ne semblent pas s'en offusquer, commenta Jason.

— C'est parce que Forrestal est l'héritier d'Etherington. Il attend que le pauvre vieux passe l'arme à gauche pour devenir duc. Cependant, c'est un duelliste de renom.

— C'est un atout, quand on a de mauvaises manières.

— Et pourtant, il sera duc un jour. Ses pairs sont prêts à fermer les yeux sur ses défauts. Naturellement, en attendant, il mène une vie de patachon.

— Pourquoi son père ne lui confie-t-il pas un domaine qu'il dirigerait seul ? Un duc en possède en général plusieurs.

— Tu viens de voir le sinistre personnage. Lui confierais-tu un domaine, si tu avais le choix ?

— Tu marques un point, concéda Jason, pensif, en sentant le regard du futur duc s'attarder sur lui avec une hostilité inexplicable.

— Viens, ils vont commencer, dit Drummond en fendant la foule.

Au moment où Jason passait devant Forrestal et ses amis, l'un de ces derniers le saisit par le bras.

— Cela vous dirait, de parier sur Arless ? Il y a un bourgeois, là-bas, qui prend les paris.

Jason regarda au-delà du petit homme et croisa le regard vitreux de Forrestal. Il eut la certitude que le futur duc avait poussé son ami à agir de la sorte.

— Si vous pariez sur Arless, je souhaite miser sur son adversaire. Disons… cent livres ?

Soudain, les conversations se turent. Tous les regards se posèrent sur les deux hommes. Beaumont était parmi les plus grands, ainsi que Forrestal. L'Anglais se redressa et écarta sans ménagement son ami.

— Voyez-vous cela… fit-il en tournant autour de Jason tel un vautour, en dépit de son état d'ébriété avancé. Vous entendez, les amis ? Quel est donc cet accent étranger…

Beaumont sentit la main de Drummond se poser sur son bras en signe d'avertissement, mais il l'ignora.

— J'ai grandi en Amérique.

Forrestal arqua les sourcils d'un air sardonique.

— Vous devez être l'héritier de Cargrave. Le fameux comte yankee, lança-t-il avec mépris.

Jason commençait à perdre patience.

— Acceptez-vous mon pari, oui ou non ? demanda-t-il au petit homme.

Avant que son ami ne puisse répondre, Forrestal prit la parole.

— Bien sûr qu'il accepte. Et que diriez-vous de parier avec moi, également ? Un pari un peu plus conséquent... Histoire de donner de l'intérêt à la partie. Cinq cents livres... Si vous les avez, bien entendu.

— Oh, je les ai. Au contraire de votre père, mon grand-père me fait confiance et n'hésite pas à me confier les cordons de la bourse, répliqua Jason avec un sourire cruel. Cinq cents livres, pari tenu.

En se retournant, il remarqua non sans satisfaction la colère à peine contenue de l'Anglais.

— J'ai la nette impression que ce m'as-tu-vu a incité son ami à me provoquer, murmura Jason à Drummond.

— Peut-être. Forrestal ne voit pas d'un bon œil qu'un Américain hérite des titres prestigieux de Cargrave. Il déteste les étrangers, vois-tu.

Jason se mit à rire.

— Comme tous les Anglais. L'adversaire d'Arless a intérêt à être brillant, sinon grand-père va me punir à coups de verge pour avoir gaspillé six cents livres.

— Il n'est pas conseillé de se battre à l'épée contre Forrestal, même si c'est une ordure de la pire espèce, l'avertit Drummond.

— Je suis assez doué à l'épée.

Drummond crut bon de corriger son compagnon.

— Au sabre d'abordage, soit. Mais au fleuret, Forrestal est capable de te laminer.

— Je ne parierais pas là-dessus, répliqua Jason tandis que le combat commençait.

Les deux adversaires semblaient de force égale et particulièrement adroits. Mais, finalement, Arless s'inclina. À l'issue du combat, les spectateurs levèrent leur verre en signe de triomphe ou pour se consoler d'avoir perdu.

— Il serait plus sage d'envoyer un domestique chercher tes gains demain matin, suggéra Drummond.

— Je ne vois pas pourquoi.

Avec un soupir résigné, Drummond suivit l'impétueux Américain. Une lueur meurtrière brillait dans le regard de Forrestal.

— Le comte yankee vient chercher ses gains, railla-t-il d'une voix traînante en avalant une rasade de whisky. Tout comme les autres marchands. Mais, après tout, vous n'y êtes pour rien. Vous venez d'un pays dénué de noblesse.

— Il existe plusieurs formes de noblesse, monsieur. En Amérique, la noblesse consiste entre autres à régler ses dettes sans discuter.

Plusieurs amis de l'Anglais se figèrent, d'autres se mirent à échanger des murmures. Forrestal fit un geste vif du bras. Le silence s'installa.

— Vous insinuez que je refuse de régler une dette d'honneur? gronda-t-il.

Jason se contenta de tendre la main.

— Payez-moi.

— J'en ai bien l'intention, monsieur!

Sur ces mots, il assena à Jason une gifle retentissante.

— En tant que victime, tu as le choix des armes, déclara Drummond, fataliste. Naturellement, je serai ton témoin.

Il se tourna vers Forrestal et lui tendit sa carte.

— Je discuterai des détails de cette affaire avec votre témoin dès demain. Qu'il se présente à ma résidence. Et, je vous en prie, à une heure décente... Pas avant midi.

Cela ne faisait que deux jours que Rachel se trouvait à Londres, et elle en avait déjà suffisamment entendu sur le fameux Jason Beaumont, le comte yankee. Les servantes de son père se pâmaient en évoquant un aussi bel homme, les valets discutaient de ses exploits dans le demi-monde; même la cuisinière, d'ordinaire si renfrognée, riait de ses frasques comme si elle avait été à son service.

Pire que tout, Harriet, baronne de Widmere, la jeune sœur de Rachel, insistait pour lire à voix haute les articles des journaux à scandales le concernant. L'exotique comte yankee la faisait rêver. Son époux, le baron, était un jeune homme fort plaisant mais totalement dépourvu de fantaisie. Étant elle-même timide, Harriet l'avait choisi pour cette raison précise. Secrètement, elle rêvait de princes charmants volant au secours des jolies demoiselles en détresse...

Mariée à dix-sept ans, au terme d'une saison au cours de laquelle cinq prétendants l'avaient demandée en mariage, Harriet était une jolie blonde pulpeuse qui ressemblait à sa mère. Rachel, elle, tenait de leur grand-père maternel, un homme robuste qui avait passé sa vie à travailler la terre. Si elle avait eu le choix, elle en aurait fait autant. Hélas, elle se retrouvait malgré elle dans la capitale, à la veille de ce maudit bal.

— Rachel, imagine un peu! soupira Harriet. Il paraît qu'il a vécu parmi les Indiens!

— Oh, je l'imagine très bien, railla Rachel.

— Crois-tu que tous les Américains soient aussi impétueux? Il a fait forte impression dans les salles de jeu et les salons, sans parler de... enfin, je ne devrais pas mentionner ce détail car tu n'es pas mariée...

Harriet rougit. Avec un soupir, Rachel lui adressa la réponse qu'elle espérait :

— Mais tu vas me le dire de toute façon, n'est-ce pas ?

Sa sœur se mit à glousser comme une adolescente.

— Il a une certaine réputation en ce qui concerne les femmes. Il paraît qu'il a eu une liaison avec la marquise de Shrewsbury. Il n'est arrivé que depuis quinze jours, et on ne parle que de lui et de ses frasques. Rends-toi compte : il a provoqué Forrestal en duel !

— Si tu lisais avec une plus grande attention, ma chère, tu saurais que c'est Forrestal qui l'a provoqué, rétorqua sèchement Rachel en faisant mine de s'intéresser aux robes de bal posées sur le lit.

— Falconridge a quand même été très courageux. Forrestal jouit d'une certaine réputation au fleuret, ajouta Harriet en se mordillant les lèvres. Il aurait pu tuer le pauvre comte.

— Dommage, commenta Rachel, en songeant que cela aurait résolu son problème.

— Comment peux-tu dire une chose pareille ? s'emporta Harriet. Je croyais que tu détestais Forrestal. Et le comte a failli le massacrer lors de ce duel. Il paraît qu'il a appris le fleuret avec un maître d'armes français, en Amérique.

Imaginer Beaumont en train de lacérer les vêtements de Forrestal jusqu'à le dénuder était plaisant, même si l'Américain était à peine moins détestable que l'héritier d'Etherington. Rachel ne put réprimer un sourire.

— Comme j'aurais aimé le voir avec ses vêtements en lambeaux ! s'enthousiasma Harriet. Le malheureux dissimulait ses parties intimes d'une main pendant que, de l'autre, il essayait de se défendre !

Les deux sœurs s'esclaffèrent, aussi complices qu'autrefois.

Rachel fut la première à retrouver son sérieux.

— Le Yankee vient de se faire un ennemi mortel. Il ferait mieux de surveiller ses arrières, désormais. Le futur duc d'Etherington ne lui pardonnera jamais une telle humiliation.

— Quand je pense que tu aurais pu être duchesse, déclara Harriet en se dirigeant vers les robes de bal.

Rachel frémit d'effroi.

— Et supporter Frederick Forrestal pour le reste de mes jours ? Assez parlé des hommes, s'il te plaît.

— En tant qu'aînée, il est de ton devoir...

— Je me fiche de mon devoir ! coupa Rachel. Oh, excuse-moi, Harriet ! Je ne voulais pas défouler ma colère sur toi...

— Mieux vaut que papa ne t'entende pas proférer de tels propos, rétorqua sa petite sœur d'un air guindé.

Harriet adorait son aînée et ne souhaitait que son bonheur. Mais, comme toute jeune fille de bonne famille, elle considérait que celui-ci n'était possible que dans le mariage.

— Tu passes trop de temps dans les écuries et pas assez dans les bals, commenta-t-elle.

— C'est un choix. Depuis toujours, je ne souhaite qu'une chose : passer ma vie à Harleigh, à élever mes bêtes et cultiver mes terres.

— Ce n'est pas naturel, Rachel. C'est d'ailleurs ce qui a poussé père à agir de la sorte. Certes, je ne lui pardonnerai sans doute jamais la façon dont il s'y est pris. Il ne m'a informée de sa décision que le jour de ton arrivée ! Tout cela est bien trop précipité. Et ces secrets m'inquiètent ! Que vont dire nos amis ? Seigneur ! La duchesse de Chichester va avoir un malaise.

Rachel préféra faire diversion.

— Nous n'y pouvons rien, Harriet. Pour l'heure, j'ai besoin de ton aide. Laquelle de ces robes vais-je porter ?

— Eh bien, il faut que tu sois à ton avantage, c'est sûr. Père...

— Je sais ce qui va se passer, l'interrompit Rachel d'un air résigné. À présent, n'en parlons plus et choisis vite la robe que je porterai pour monter sur l'échafaud.

Dans la salle de bal de la résidence des Cargrave, l'orchestre jouait déjà. Dehors, les voitures déversaient peu à peu des invités plus élégants les uns que les autres. Des laquais arborant la livrée des Cargrave aidaient les cochers à se diriger et accueillaient les convives, qu'un huissier annonçait à l'entrée de la salle.

Les dames de la noblesse étincelaient autant que les lustres en cristal. La salle résonnait de rires et de conversations dans un chatoiement de soieries et de couleurs. D'élégants messieurs s'inclinaient vers des dames couvertes de bijoux. Les vases de Mayence débordaient de fleurs odorantes dont le parfum entêtant se mêlait à celui des invités.

Pour rien au monde, une personne en vue n'aurait manqué un bal donné par George William Beaumont, vicomte de Cargrave, événement aussi rare que fastueux. Même le régent avait promis de faire une apparition plus tard dans la soirée. Les plus folles rumeurs circulaient sur les raisons de cette fête impromptue, car la saison était presque terminée.

Pour ajouter aux spéculations, la fille aînée du vicomte, que certains considéraient déjà comme une vieille fille, serait présente. De quoi susciter de nombreux bavardages. Rachel avait toujours fui les mondanités. Elle avait même interrompu sa première saison pour s'exiler à la campagne, laissant son père furieux et ses quelques prétendants humiliés. Par la suite, elle était revenue en ville pour chaperonner ses jeunes sœurs. Sophie et Harriet avaient toutes deux réussi de beaux mariages. Très vite, Rachel s'était retirée à Harleigh Hall. On racontait qu'elle se promenait toute la journée vêtue de hardes et qu'elle travaillait dans la boue comme une vulgaire paysanne.

Elle impressionnait les hommes, c'était évident. En dépit de sa beauté saisissante, la fille aînée de Harleigh était trop grande, trop vive d'esprit, pas assez soucieuse des apparences. Elle regardait les hommes droit dans les yeux et avait son franc-parler, ce qui était inacceptable pour une jeune fille de la haute société. Ces traits de caractère convenaient davantage à l'héritier de Cargrave, le déjà célèbre comte yankee. Or celui-ci serait de la fête. N'était-ce pas merveilleux ?

Dès qu'il eut franchi le seuil de la salle de bal, Jason sentit qu'il était au cœur de toutes les conversations. Ce phénomène se produisait partout où il se rendait, surtout lors des événements mondains d'un tel prestige. Son grand-père avait insisté pour qu'il vienne car il tenait à lui présenter son meilleur ami, le vicomte de Harleigh. En vérité, Jason était curieux de connaître Hugh Fairchild, dont le domaine était voisin de Falconridge. Quelques semaines plus tôt, lors de son séjour à la campagne, il avait souhaité lui rendre visite, mais le vicomte était absent.

Pour l'heure, il ne voyait ni Hugh ni son grand-père. Sans doute s'étaient-ils retirés dans un salon pour fumer un cigare en buvant du cognac. Si seulement il pouvait se joindre à eux... Mais ce fut impossible. Une nuée de mères de famille accompagnées de leurs filles à marier fondit sur lui. Très vite, il se retrouva en train de danser, échangeant des banalités d'un ennui à mourir.

Soudain, une étrange sensation l'envahit. Il eut l'impression d'être observé à la sauvette, comme lorsqu'il vivait parmi les Shawnees. Il sourit à la jeune bavarde qui dansait avec lui, tout en scrutant discrètement l'assemblée. Dès la fin de la valse, il s'inclina poliment et confia sa cavalière à son chaperon.

Seul un homme pouvait l'épier avec une telle intensité. En apercevant Frederick Forrestal appuyé contre une colonne, entouré de sa cour habituelle de jeunes freluquets, il crut avoir percé le mystère. Cependant, le futur duc semblait l'ignorer royalement. Sans doute cherchait-il à éviter une confrontation qui ne ferait que rappeler à tous l'issue honteuse de leur récent duel.

Et cette sensation désagréable persistait. Jason se tourna dans la direction opposée. Son regard croisa celui d'une jeune femme. Non, ce ne pouvait être *elle* ! Mais il n'y avait pas d'erreur possible. Elle fendit la foule à longues enjambées pour le rejoindre. Il aurait reconnu sa façon de se mouvoir entre mille.

Elle était magnifique dans sa robe en soie pêche, dont le décolleté plongeant révélait la naissance de seins ronds et généreux. La coupe de la robe soulignait sa taille fine et le galbe de ses jambes interminables. Son épaisse crinière châtaine était relevée en élégant chignon. Quelques boucles rebelles tombaient sur ses épaules nacrées. Elle avait le teint trop hâlé selon les critères de beauté en vogue, mais il rehaussait la splendeur de ses bijoux en or incrustés d'œils-de-tigre. Des pierres peu conventionnelles pour une femme d'exception. Elle était certainement respectée, car les invités s'écartaient poliment sur son passage.

À mesure qu'elle s'approchait de lui, Jason se rendit compte que le silence se faisait dans la salle. Les conversations se turent. On n'entendait plus que les notes de l'orchestre qui entonna une valse entraînante. Tous les regards se tournèrent vers Rachel. Chacun se demandait avec curiosité ce qui allait arriver. Certaines invitées échangèrent des murmures fébriles derrière leurs éventails. Savaient-elles quelque chose que Jason ignorait ?

Les grands yeux noisette de la jeune femme lui envoyaient des éclairs, ce qui ne l'étonnait guère, vu les circonstances de leur rencontre. Il sourit malgré lui, amusé par les spéculations des invités. Seuls lui et sa « comtesse » connaissaient les raisons de cette animosité.

Dès qu'elle l'eut rejoint, il l'entraîna dans une valse endiablée sans lui laisser le temps de réagir. Une fois de plus, tous les regards se posèrent sur le couple qui tournoyait sur la piste.

Rachel mourait d'envie de lui écraser les pieds. Pourquoi ce rustre venu des colonies s'évertuait-il à la mettre mal à l'aise ? Elle aurait voulu le choquer, le voir réagir comme elle, le jour de leur première rencontre. Or il se montrait arrogant… comme un véritable comte !

Pas question de perdre mon sang-froid, songea-t-elle.

Elle détestait être ainsi dominée par sa haute taille. En général, lorsqu'elle portait des souliers à talons, elle avait le dessus sur ses cavaliers. Elle se força à croiser son regard bleu et rieur.

— Je dois admettre que vous avez de la suite dans les idées, monsieur, déclara-t-elle. Vous êtes toujours aussi grossier.

— J'apprécie votre capacité d'adaptation, répliqua-t-il. Du moins en ce qui concerne vos tenues vestimentaires, comtesse. Je ne faisais pas allusion à vos bonnes manières.

— Je vous trouve bien galant depuis que vous savez que je ne suis pas une simple paysanne.

— Eh bien, nous pourrions peut-être repartir de zéro.

Il pencha la tête vers elle et enlaça sa taille de guêpe. Aussitôt, elle se crispa et voulut se dégager de son emprise. Elle rougit même légèrement. Ravi, Jason sourit.

— On dirait que je produis sur vous le même effet que vous produisez sur moi, murmura-t-il à son oreille d'un ton de conspirateur.

Il respira son doux parfum de chèvrefeuille.

La jeune femme était au bord de la panique. Si seulement il n'était pas aussi bon danseur... En général, elle détestait danser. Cet Américain avait la taille idéale, au point que c'en était troublant. Elle refusa d'y penser. Avec un sourire caustique, elle déclara :

— Si vous songez à une haine sans limites, je suppose que vous avez raison.

Jason éclata de rire et l'attira plus près encore.

— Il existe un fossé entre ce que vous dites, mademoiselle, et ce que vous ressentez vraiment...

Écoutez, cessons de nous quereller et repartons sur de nouvelles bases. Je me présente, Jason Beaumont, comte de Falconridge, pour vous servir.

Face à son sourire, elle se sentit défaillir. Ce devait être la valse…

— Les journaux à scandales ne cessent de relater vos exploits, répondit-elle. Vous êtes le célèbre comte yankee.

— Vous vous évertuez à être désagréable, on dirait. Mais allez-vous m'indiquer votre nom ?

— Avec plaisir. Je suis Rachel Fairchild, de Harleigh.

Elle marqua une pause puis reprit avec un sourire mielleux :

— Votre future épouse.

3

Jason s'arrêta net en plein milieu de la piste et lâcha sa cavalière comme si elle avait la peste.

— Comment ?

Face au sourire machiavélique de la jeune fille, il plissa les yeux.

— Seriez-vous sourd, en plus d'être goujat ? demanda-t-elle innocemment.

Il ignorait tout du projet de mariage et de l'annonce de leurs fiançailles prévue à l'occasion de ce bal.

— Je suis la fille aînée de Hugh Fairchild, vicomte de Harleigh, dont le domaine jouxte Falconridge. Mon père et votre grand-père ont décidé que nous formerions un très beau couple. Si beau que le clou de la soirée sera l'annonce officielle de nos fiançailles, juste avant le souper de minuit.

Jason demeura prostré, la regardant fixement, incapable de prononcer un mot.

— Tiens, tiens, ils ne vous ont rien dit, se moqua-t-elle. Pourtant, le fiancé est en général averti bien avant sa promise…

Cette langue de vipère passait visiblement un bon moment, au point que Jason eut soudain envie d'effacer ce sourire narquois en embrassant ses lèvres roses et boudeuses, avant de lui administrer la fessée qu'elle méritait. C'était une agréable perspective, mais il tenait d'abord à éclaircir cette histoire de mariage.

Il tendit le bras et s'inclina galamment.

— Nous ferions mieux de poursuivre cette conversation ailleurs, vous ne croyez pas ?

L'orchestre choisit cet instant précis pour se taire. Sentant tous les regards rivés sur elle, Rachel opina, sans pour autant accepter le bras du jeune homme. Elle se précipita vers la porte-fenêtre qui donnait dans le jardin, persuadée que l'odieux Américain allait lui emboîter le pas. Pourvu que nul autre n'en fasse autant, songea-t-elle.

Jason la regarda s'éloigner tel Moïse fendant les eaux de la mer Rouge. Il n'avait pas le choix : il devait la suivre. Près d'une haie, un peu à l'écart, elle fit volte-face, prête à poursuivre son sermon péremptoire, mais il ne lui laissa pas le temps de parler.

— Chère demoiselle Fairchild, nous ne nous sommes vus que deux fois. À ma connaissance, je ne vous ai pas demandée en mariage. Vous avez très clairement exprimé votre hostilité à mon égard. Je dois en conclure qu'il s'agit d'une erreur, dont les conséquences risquent d'être catastrophiques.

— Je suis d'accord avec vous, mais nos souhaits n'entrent pas en ligne de compte, répondit Rachel d'un ton amer.

Elle s'en voulut de trahir sa faiblesse en présence de cet inconnu qui avait le don de la troubler. Elle reprit d'un ton sec :

— J'ignore comment ces choses se déroulent dans votre pays... enfin, dans votre ancienne patrie... puisqu'il n'y existe pas de noblesse.

— Vous voulez dire que mon grand-père et votre père veulent réunir les deux domaines, et que c'est pour cela qu'ils ont fomenté ce complot insensé ?

Ils croient donc que je vais accepter sans protester et me sacrifier?

Son expression était aussi sombre que les nuages qui masquaient la lune.

— Absolument. Devenir comte semble soudain plus difficile, n'est-ce pas? Il y a un prix à payer.

Sans comprendre pourquoi, les propos de Jason l'avaient blessée. Comment osait-il parler de sacrifice? Cependant, c'était là l'objectif qu'elle s'était fixé. Il ne voulait pas plus qu'elle de ce mariage, de sorte qu'il serait son allié contre ce projet. Elle s'humecta les lèvres, rassemblant son courage.

— Le marquis et le vicomte ont tout organisé, mais…

Furieux, Jason l'interrompit.

— C'est ce que nous verrons! Puisque vous semblez si bien informée, vous daignerez peut-être me dire où se trouve cette crapu… mon grand-père!

Il était livide. Rachel s'en réjouit.

— Cette crapu… votre grand-père se trouve certainement dans la bibliothèque, en compagnie de l'autre crapu… mon père, en train de célébrer nos fiançailles. Voulez-vous que nous allions les rejoindre?

Sans un mot, Jason tourna les talons et partit en direction de la maison.

— J'ai l'impression que oui, plaisanta la jeune fille pour elle-même en lui emboîtant le pas.

George William Beaumont, neuvième marquis de Cargrave, sentait monter une certaine appréhension à mesure que la soirée avançait. Cependant, nul n'aurait pu s'en douter en le voyant fumer un cigare et en soufflant d'épais nuages de fumée grise. Fumer n'était pas en vogue, mais il appréciait le parfum puissant du tabac, qui avait le don de l'apaiser.

Vers neuf heures, il avait fait quérir Jason. Il devait informer son petit-fils de ses fiançailles et veiller à ce qu'il comprenne qu'il n'avait pas le choix. Comment allait-il réagir ? Le vieil homme devrait-il jouer le dernier atout qu'il dissimulait dans sa manche ? Et même dans ce cas, sa stratégie serait-elle efficace ?

Le marquis ne pouvait en avoir la certitude. Jason semblait pourtant s'adapter à merveille à son nouvel environnement et au style de vie d'un comte. Il en avait toutes les qualités et était assez intelligent pour gérer l'imposant patrimoine dont il était l'héritier. Mais il se montrait aussi terriblement entêté.

Harleigh intervint, comme s'il lisait dans ses pensées.

— Je dois avouer que j'ai encore quelques doutes à propos de ce mariage, George. Ma fille s'y oppose formellement et tu sais combien elle peut se montrer têtue.

— Je me disais la même chose à propos de mon petit-fils, admit Cargrave en souriant. Ils n'ont pas fini de se quereller, tous les deux. Rachel n'est certes pas conventionnelle, mais elle finira par assagir Jason.

Harleigh se racla la gorge.

— Sans doute, mais qui va assagir Rachel ? Je n'ai pas réussi, pour ma part.

— Ils s'assagiront mutuellement, assura le vieux marquis.

Une lueur attendrie apparut dans ses yeux d'ordinaire si froids. Il songeait à Mathilda, sa femme, qui lui manquait toujours au bout de vingt ans.

— Où diable est-il passé, ton diable de petit-fils ? s'impatienta Hugh. Cela doit faire un bon quart d'heure que j'ai envoyé Winters le chercher.

Cargrave haussa les épaules, feignant une décontraction qu'il était loin de ressentir.

— Je l'ai aperçu tout à l'heure. Il dansait avec la fille d'un baron. Il ne peut être parti bien loin.

— Tu es certain que nous avons bien fait de ne rien lui dire avant ce soir ? Tu sais combien ces maudits Américains peuvent être impétueux. Après tout, il a grandi dans les colonies.

Le marquis agita une main désinvolte.

— Je le connais. Si je lui laissais le temps de réfléchir, il risquerait d'échafauder un plan de contre-attaque. Voilà pourquoi je suis obligé de le mettre devant le fait accompli. Quand il comprendra que les fiançailles seront annoncées ce soir, et dès que nous lui aurons présenté ta ravissante fille, il sera obligé d'accepter.

— Rachel est peut-être ravissante, mais, je le répète, elle peut se montrer très… difficile, répondit le vicomte.

Il réprima un frisson en se rappelant la scène à laquelle il avait eu droit, le jour où il avait parlé de ses projets de mariage à sa fille. Elle avait jeté de la vaisselle contre les murs.

Le marquis n'ignorait rien du caractère emporté de Rachel Fairchild et de son goût pour les folles chevauchées dans la campagne. Elle était de la trempe de son petit-fils. Si seulement ces deux imbéciles pouvaient s'en rendre compte !

— N'aie crainte, mon ami. Jason n'aura aucun mal à la tempérer.

— Je l'espère, fit Harleigh avec un soupir. Seigneur, je n'ai jamais eu de chance, avec cette enfant.

Mes deux cadettes ont toujours été dociles, pourtant. C'est loin d'être le cas de Rachel.

— À la bonne heure ! Jason adore les défis.

Les deux hommes étaient installés dans la bibliothèque aux superbes boiseries en acajou. Les murs étaient tapissés de livres. Cargrave observa son ami par-dessus son verre de cognac. Comme lui, il avait une descendance bien plus avantagée sur le plan physique que lui-même. Cargrave était maigre, avec un nez aquilin et de petits yeux enfoncés dans leurs orbites. Harleigh, lui, était petit et voûté, bien qu'il ait dix ans de moins que le marquis. Jason et Rachel, en revanche, étaient grands et robustes, au visage avenant. Ensemble, ils auraient des enfants magnifiques.

Comme s'il devinait les pensées de Cargrave, Harleigh leva son verre pour porter un toast :

— À la prochaine génération des Beaumont et des Fairchild !

— Enfin, fit Cargrave en jetant un coup d'œil vers l'horloge posée sur la cheminée de marbre face à son fauteuil de cuir, où est donc passé ce garçon ?

À cet instant précis, la lourde porte en noyer s'ouvrit avec fracas. Jason entra en trombe et claqua le battant derrière lui. Nul ne remarqua la présence de Rachel, qui avait réussi à se faufiler dans la pièce. Elle alla se cacher derrière une plante verte pour assister à la confrontation.

Le marquis se tourna vers son petit-fils.

— Ce n'est pas une façon, pour un gentleman, de répondre à une convocation de son grand-père, jeune homme !

Jason s'avança.

— Mais nous savons tous deux que je ne suis pas un gentleman, grand-père ! Je ne suis qu'un Américain.

— Plus maintenant, répliqua Cargrave d'un ton cassant. Par la grâce de Dieu et de Sa Majesté, tu es désormais le sixième comte de Falconridge. Or ce titre est assorti de nombreuses responsabilités.

— Dont celle d'une épouse ?

— Précisément, mon garçon. À présent, surveille tes manières. Je vais te présenter mon ami et voisin Hugh Fairchild, le vicomte de Harleigh.

Jason adressa un signe de tête à peine perceptible à l'homme qui se tenait face à son grand-père. Depuis son poste d'observation, Rachel remarqua le contraste entre les deux Beaumont et son propre père, si réservé. Hugh Fairchild semblait se fondre dans les boiseries de la bibliothèque, tandis que Jason et son grand-père se foudroyaient du regard.

Malgré la différence d'âge, la parenté entre les deux hommes était flagrante. Ils avaient les mêmes yeux d'un bleu d'ardoise. Ils s'affrontaient tels deux loups sur le point de se disputer une proie. Les colères du marquis étaient légendaires. Tous les pairs du royaume tremblaient à l'idée de subir ses foudres. Or non seulement Jason ne semblait guère intimidé, mais il émanait de lui une puissance tout aussi implacable.

Rachel ne put s'empêcher d'être impressionnée. Elle appréciait le courage. Au cours de sa saison dans le monde, elle avait évincé bien des prétendants à cause de leur lâcheté. Son pauvre père, qu'elle aimait tendrement, se contentait d'agir dans le dos des gens, comme à l'occasion de ces fiançailles.

Jason Beaumont était peut-être un rustre, mais c'était un homme, un vrai. Elle se rappelait la puissance de ses longues enjambées, son arrogance, le jour de leur première rencontre. Jamais il ne baisserait les bras face à quiconque.

— J'ai accepté votre chantage uniquement pour sauver mon équipage de la prison. Je vous ai donné ma parole de devenir le prochain marquis de Cargrave, mais je n'ai jamais accepté d'être le mari de Rachel Fairchild !

— Aurais-tu quelque chose à reprocher à cette jeune fille ? demanda Cargrave.

Une lueur de satisfaction dans ses yeux trahissait son assurance. Il croisa les bras et observa son petit-fils, attendant sa réponse.

Rachel se raidit. Elle refusait d'épouser Jason Beaumont, mais, pour une raison incompréhensible, il était important à ses yeux qu'il la trouve désirable. Elle crispa les doigts sur le bras du fauteuil près d'elle.

— À part son caractère, vous voulez dire ? Elle est plus féroce qu'un chat sauvage. À moins que vous ne fassiez allusion à ses manières, qui ne sont pas plus élégantes que celles d'un clochard ?

L'intéressée réprima une exclamation outrée. Jason parut ne rien entendre.

— Sachez que cette dame, reprit-il d'un ton chargé d'ironie, ne souhaite pas plus que moi ce mariage.

— Cela ne m'étonne guère, mon garçon ! Tu te comportes comme un malpropre en présence de son père. N'oublie pas que Rachel est la fille aînée de Harleigh !

— Vous avez toute ma compassion, monsieur, déclara Jason en se tournant vers Hugh.

— Je me rends compte que ma fille peut parfois être… un peu difficile, mais…

— Un peu difficile ? coupa Jason. Doux euphémisme !

Le vicomte se voûta sous l'attaque, tandis que le jeune homme reportait son attention sur son grand-père.

— Quand je me marierai – si je me marie un jour –, ce sera selon mes propres conditions et avec une femme que j'aurai choisie moi-même !

— Je crains que non, rétorqua le marquis en se penchant vers lui.

— Vraiment ? répondit le jeune Beaumont en l'imitant d'un air moqueur. Et que comptez-vous faire ? Me reprendre mon titre de comte ?

— Il n'en est pas question, jeune ingrat ! Cela réduirait à néant les efforts que j'ai fournis pour te libérer de prison et dissimuler ton passé de corsaire en Amérique. Sans parler des officiers de l'Amirauté que j'ai sollicités pour te transformer en héros de la marine britannique !

Le marquis se tut, le visage fermé, tel un joueur d'échecs réfléchissant à son prochain coup.

Jason connaissait le vieil homme. La peur lui noua la gorge.

— Que cherchez-vous ? demanda-t-il.

Ignorant la question, son grand-père reprit la parole :

— La tragique épidémie de choléra qui a emporté ton père a, je crois, fait deux autres victimes : ton régisseur et son épouse, une métisse indienne. Ta famille a adopté leur jeune fils, Cameron Edmund Barlow, surnommé Fox par le peuple de sa mère…

— Fox, en effet, qui s'est enfui pour me rejoindre lors de mon dernier voyage et a été capturé au moment de l'abordage de mon navire…

Les entrailles de Jason se nouèrent de plus belle.

— Il devait être rapatrié en Amérique, ajouta-t-il. Vous m'aviez donné votre parole !

En dépit de la colère qui perçait dans la voix de son petit-fils, le marquis demeura impassible.

— J'ai tenu parole. Ton équipage est rentré sain et sauf à la maison. Mais le jeune Fox ne faisait pas partie de cet équipage. Tu l'as admis toi-même, il était passager clandestin.

— Et vous le détenez ! Il vous sert de monnaie d'échange, déclara Jason avec amertume.

— Précisément, admit le vieil homme d'un ton sec.

— À vos yeux, tout n'est qu'un jeu, n'est-ce pas ?

— Je joue toujours gagnant. Tu devrais le savoir.

— Oui, je devrais, marmonna Jason. Quand il le faut, vous n'hésitez pas à tricher. Si jamais vous avez laissé mon frère adoptif dans cette épave…

Cargrave se leva d'un bond, hors de lui.

— Comment oses-tu ? tonna-t-il. Si je n'avais pas aussi désespérément besoin d'un héritier, je te provoquerais en duel pour cet affront, que tu sois ou non mon petit-fils !

— Si Fox se trouve toujours à bord du *Laurel*, vous n'aurez pas besoin de me provoquer en duel ! répliqua Jason.

Le vicomte, qui était demeuré pétrifié dans son fauteuil, se leva pour s'interposer entre les deux hommes.

— Allons, allons, messieurs ! Vous êtes du même sang, que diable ! Un duel serait absurde. Je suis certain que George ne laisserait jamais un enfant croupir en prison.

Son regard passa du grand-père au petit-fils, attendant une confirmation.

— Il semble que tu aies de moi une plus haute opinion que mon petit-fils, Hugh, déclara le marquis avant de foudroyer Jason du regard. Pendant que tu te pavanais dans les salons londoniens, depuis un mois, le jeune Barlow était en sécurité dans un endroit tenu secret. Je regrette de ne pouvoir faire de lui mon héritier. Il fait montre d'une bien plus grande intelligence que ce frère adoptif qu'il admire tant.

Rachel ne put demeurer cachée plus longtemps. Cargrave avait exercé un chantage odieux sur le Yankee pour l'obliger à accepter son titre. Voilà qui prouvait l'intégrité de Jason, elle devait l'admettre. Elle qui avait insinué qu'il avait trahi sa patrie pour un titre de comte ! Une chose était claire : le marquis avait l'intention d'utiliser l'enfant pour forcer Jason à l'épouser.

— Je crois que cette plaisanterie, ou plus exactement cette partie d'échecs, est allée trop loin, lança-t-elle en s'avançant vers le milieu de la pièce dans un bruissement de soie.

— Rachel, mon enfant... Seigneur, depuis combien de temps nous épiais-tu ? s'exclama le vicomte.

— Assez longtemps pour envisager trois meurtres, père, répliqua-t-elle d'un ton doucereux sans quitter Jason des yeux. Cher comte, je vous assure que le chat sauvage est aussi scandalisé que vous à la perspective de ce mariage.

Cargrave vit les yeux sombres de la jeune fille étinceler de mille feux. Ces deux-là engendreraient des enfants superbes, songea-t-il une fois encore. Elle est la femme idéale pour mon chenapan de petit-fils. Il ne lui reste plus qu'à l'apprivoiser, ce qui ne sera pas de tout repos...

— Nous sommes peut-être parfaitement d'accord sur cette question, comtesse, mais je doute que mon grand-père partage cette opinion, déclara Jason en scrutant le vieil homme d'un air interrogateur.

— Le jeune Fox appelle ma belle-fille maman et elle le considère comme son fils cadet. Il fait donc partie de la famille... en visite en Angleterre, ajouta Cargrave habilement.

— Et combien de temps durera cette prétendue visite ? s'enquit Jason.

— J'imagine que même un homme aux capacités intellectuelles aussi limitées que les vôtres est capable de trouver la réponse à cette question, railla Rachel.

Jason la fusilla du regard, mais le marquis esquissa un sourire amusé.

— Je suis sûr que Fox ne voudra pas retourner en Amérique sans avoir assisté au mariage de son frère adoptif. Il sera même vexé si tu ne lui demandes pas d'être ton témoin.

Sans attendre la réponse de Jason, il alla tirer le cordon pour appeler un laquais.

— Faites venir le jeune Fox, ordonna-t-il au domestique.

Une fois encore, la porte de la bibliothèque s'ouvrit avec fracas, mais ce fut un domestique qui prit soin de la refermer doucement. L'enfant se précipita vers Jason en criant de joie :

— Jason ! Grand-père m'avait bien dit que tu serais là !

Le jeune homme étreignit l'enfant aux cheveux noirs et à la peau cuivrée. Si le vicomte semblait un peu étonné de ces démonstrations de tendresse, le marquis ne dissimulait pas sa satisfaction. Quant à Rachel, elle n'appréciait guère l'impudeur de cet Américain. Jamais elle ne l'aurait cru aussi affectueux. Elle l'observa avec attention tandis qu'il écoutait le jeune garçon lui raconter avec enthousiasme sa nouvelle vie.

— Grand-père m'a offert un cheval pour moi tout seul ! Il s'appelle Petit Chef. Et j'ai des professeurs formidables, pas du tout comme ceux que j'avais à l'école, à Baltimore. J'ai aussi un professeur d'équitation et un maître d'armes. Il m'apprend à tirer au pistolet et...

— Eh bien, Fox ! commenta Jason en riant.

Il lui ébouriffa les cheveux, qui étaient coiffés à la dernière mode. L'enfant était vêtu comme tous les petits Anglais de son âge.

— On dirait que tu ne t'ennuies pas. La vie à Cargrave Hall doit être trépidante !

— Oh oui ! assura Fox, qui remarqua enfin la présence des deux autres hommes. Bonsoir, grand-père.

— Grand-père ? répéta Jason, perplexe.

— Et pourquoi pas ? déclara le marquis en tapotant affectueusement l'épaule de l'enfant.

— Grand-père m'a dit que, puisque j'étais ton frère adoptif, il était logique qu'il soit mon grand-père adoptif, expliqua Fox.

Jason lut dans le regard du vieil homme une intense satisfaction.

— Tu sais, Fox, notre grand-père est un homme très logique... et très tordu, aussi.

Fox hocha la tête.

— Cela signifie-t-il qu'il triche aux échecs ? Parce qu'il triche, tu sais, révéla l'enfant qui rougit aussitôt. Je suis désolé, grand-père, je ne voulais pas le dire...

Le marquis eut toutes les peines du monde à masquer sa gêne. Jason jubilait.

— Tu as raison, Fox. Il triche sans arrêt.

Cargrave parvint à se ressaisir. Il prit l'enfant par l'épaule pour le présenter à son ami.

— Ne soyons pas impolis. Voici le vicomte de Harleigh, mon excellent ami Hugh Fairchild.

Fox s'inclina avec l'élégance d'un courtisan. Mais dès que le marquis voulut le présenter à Rachel, l'enfant oublia toute courtoisie. Face à cette apparition vêtue de soie pêche, ses grands yeux noirs s'écarquillèrent d'émerveillement. Avec ses souliers à hauts talons et son chignon, elle était presque aussi grande que Jason, son héros. Il la trouva si belle que lorsque son grand-père fit les présentations, il ne put que bégayer quelques mots. Jason dut lui rappeler de s'incliner.

Rachel observa l'enfant aux traits finement ciselés, qui deviendrait certainement un fort bel homme. Serait-il l'un de ces Américains arrogants, comme Jason ? Elle espérait que non.

— Je suis ravie de vous rencontrer, jeune homme, dit-elle.

Fox rougit de plus belle.

— Vous êtes la plus belle femme d'Angleterre, bredouilla-t-il. Et d'Amérique, aussi !

Les deux aînés sourirent avec indulgence. Seul Jason remarqua l'effet que produisirent les paroles de l'enfant sur Rachel. Elle parut étonnée, puis rosit légèrement sous son hâle. N'était-elle donc pas consciente de sa beauté ? Il la contempla à loisir tandis qu'elle conversait avec Fox. Certes, elle n'était pas d'une beauté classique. Elle avait les traits plus marqués que ne le voulaient les critères en vigueur et n'avait pas ce teint de porcelaine prisé dans les salons. Mais son épaisse chevelure châtaine donnait envie d'y enfouir les doigts.

Jason se ressaisit bien vite. Il n'allait tout de même pas jouer le jeu de son grand-père ! Jamais il n'épouserait cette mégère, même si la perspective de ses longues jambes enroulées autour de sa taille était tentante. Le désir n'était pas une raison suffisante pour se marier.

Le marquis vint interrompre ces pensées en annonçant à Fox :

— Mlle Fairchild va épouser ton frère.

— C'est vrai ? Tu vas te marier, Jason ? demanda l'enfant, impressionné.

Rachel et Jason échangèrent un regard embarrassé. Que dire pour ne pas décevoir le garçon ?

— C'est une histoire qui concerne les adultes et j'ai l'impression qu'il est grand temps que tu ailles te coucher.

Le marquis croisa le regard furibond de son petit-fils et opina :

— Jason a raison, dit-il en sonnant un domestique.

Un homme à la mine patibulaire se présenta. Il lui manquait la moitié d'une oreille et il avait le nez aplati. Il portait une veste démodée et une culotte à l'ancienne qui moulait des cuisses imposantes. Ses petits yeux porcins balayèrent la pièce pour se poser sur Jason.

— Venez, monsieur Fox, dit-il avec un entrain forcé.

L'enfant souhaita bonne nuit à tous et prit congé en compagnie du garde du corps que lui avait attribué le marquis. Jason fixa le vieil homme d'un air intense en murmurant :

— Vous auriez pu engager un serviteur moins effrayant.

— Mace Bings saura protéger l'enfant, étant donné que tu es le seul dont le petit ait besoin d'être protégé, répondit Cargrave.

— Vous craignez que je ne l'enlève pour l'envoyer en Amérique ?

— Tu t'es engagé à devenir mon héritier, déclara fermement son grand-père.

— Mais pas à épouser la femme de votre choix.

— Fox a décidément meilleur goût que toi, pauvre imbécile. Il sait apprécier Mlle Fairchild à sa juste valeur !

— Il n'a qu'à l'épouser !

— Si vous continuez à parler de moi comme si j'étais absente ou débile, je vais prendre la tête de l'un pour frapper celle de l'autre ! intervint Rachel d'un ton faussement posé.

Le vicomte écarquilla les yeux et posa une main sur le bras de sa fille.

— Allons, mon petit…

— Ce n'est rien, père, assura-t-elle en écartant sa main. Monsieur le marquis, je pense que votre petit-fils et moi devrions faire plus ample connaissance. Il existe peut-être un moyen pacifique de régler ce terrible malentendu.

Sur ces mots, elle lui adressa un sourire radieux et tendit la main à Jason.

— Soyons courtois et allons rejoindre les invités. Il me semble que vous savez danser ? Inutile pour cela d'arborer des peintures de guerre.

— Absolument, mademoiselle, et sans peintures de guerre, répondit-il avant de murmurer à son oreille. Il m'arrive même de danser sans vêtements…

Rachel ravala une réflexion cinglante et quitta la pièce avec grâce, non sans avoir salué les deux aînés d'un signe de tête.

Fairchild frissonna d'effroi. Il craignait ce que présageait cette lueur dans le regard de sa fille. Que mijotait-elle donc, cette fois ?

4

— Vous avez fait une conquête, commenta Jason dans le couloir, tandis qu'ils regagnaient la salle de bal. Fox est sous le charme.

Rachel observa son sourire empreint d'une ironie désabusée.

— De toute évidence, ce n'est pas votre cas, répliqua-t-elle plus sèchement qu'elle ne l'aurait voulu.

Pourquoi ce diable de Yankee avait-il le don de la faire monter sur ses grands chevaux ? Pourquoi accordait-elle autant d'importance à ce qu'il pensait d'elle ? Ne cherchait-elle pas justement à lui déplaire ? En dépit de ses bonnes résolutions, elle ne put s'empêcher de lui lancer :

— Ainsi, j'ai le caractère d'un chat sauvage et les manières d'un clochard ? Dans ces conditions, vous ne trouverez chaussure à votre pied que si l'on force une malheureuse comme moi à vous épouser !

Il s'arrêta et la dévisagea, incrédule.

— Je viens d'assister à votre conversation avec votre père. Je doute que le pauvre homme soit capable de vous forcer à faire quoi que ce soit.

Elle sentit le rouge lui monter aux joues et eut toutes les peines du monde à ne pas le griffer… comme un chat sauvage. Qu'il aille au diable ! Elle crispa les poings sur le tissu de sa robe pour dissimuler leur tremblement.

— Je ne souhaite pas devenir votre *comtesse,* dit-elle d'un ton qui se voulait glacial. Ce titre que vous m'avez attribué avec ironie lors de notre première rencontre. Mon père est d'une nature placide, mais, quand il a pris une décision, il n'en démord pas. Il m'a eue à l'usure, en me rappelant mes devoirs… Une notion qui vous est étrangère, on dirait.

Jason se raidit.

— Je ne comprends que trop bien le sens du devoir, comtesse. C'est mon devoir envers mon équipage qui m'a entraîné dans cette situation regrettable.

— Vraiment ? Et n'était-ce pas votre responsabilité si votre précieux équipage a été jeté en prison, au départ ?

Il poussa un soupir résigné.

— Nos prises de bec ne résoudront jamais le problème.

— Je ne vous le fais pas dire. Aucun d'entre nous ne veut de ce mariage. Nous n'avons plus qu'à trouver une solution pour y échapper.

— Mais comment procéder ? Mon grand-père garde Fox en otage.

La jeune fille scruta le couloir puis se dirigea vers une porte.

— Venez. Mieux vaut en discuter en privé.

Jason la suivit dans un élégant salon meublé de superbes fauteuils Chippendale. Elle prit place derrière un fauteuil orné de dorures et attendit qu'il ait refermé la porte. Il se tourna vers elle et croisa les bras.

— Continuez, je vous prie, dit-il. Comment pensez-vous réussir à nous tirer de ce mauvais pas ?

Depuis que son père lui avait exposé ses projets matrimoniaux, Rachel réfléchissait à un moyen de contrecarrer les plans des deux amis. Elle savait que le comte était américain mais, jusqu'à ce soir, elle avait cru les mensonges du marquis. Selon lui, Jason était un agent de l'Amirauté. Elle ignorait qu'il n'était en fait qu'un prisonnier, obligé d'accepter la succession du marquis... Et qu'il était obligé de l'épouser à cause d'un odieux chantage. Grâce à ce nouvel élément, elle savait désormais comment ils allaient s'y prendre...

Dans la vaste salle de bal, les danseurs évoluaient dans un chatoiement de bijoux et de soieries. Les rires fusaient par-dessus les notes de l'orchestre. Cela faisait plus d'une heure que Rachel et Jason s'étaient éclipsés. Leur réapparition soudaine ne passa pas inaperçue. Leur absence avait donné lieu aux plus folles spéculations. Allaient-ils se fiancer? À moins que la turbulente fille du vicomte n'ait noyé l'Américain dans la mare... Avec deux natures aussi fortes, tout était possible.

Jason remarqua que la jeune fille mettait un point d'honneur à ignorer les murmures et les regards de la foule. Avec la prestance d'une reine, elle salua quelques amis sans s'attarder pour leur parler.

— Ils ne vont pas en croire leurs oreilles, lui souffla-t-il.

— Je serai ravie de mettre un peu de piment dans leurs vies si ennuyeuses, répondit-elle.

— On ne peut pas dire que vous appréciiez beaucoup la haute société, n'est-ce pas?

— Est-ce une impression ou bien êtes-vous d'accord avec moi? rétorqua-t-elle non sans ironie.

— Je suis simplement troublé. La plupart des jeunes filles de ma connaissance, aussi bien en Angleterre qu'en Amérique, adorent porter de jolies toilettes à la dernière mode et aller au bal.

— Je ne suis pas comme la plupart des femmes.

— Assurément pas, admit-il. Vous préférez chevaucher à travers champs habillée en homme.

— Je supervise le domaine de mon père depuis l'âge de quinze ans. Et il y a beaucoup de travail pour qui possède assez d'intelligence et de volonté.

— C'est une mentalité très américaine, comtesse. Avant la guerre, je dirigeais un chantier naval. J'ai construit les navires les plus rapides.

— Voilà qui a dû faciliter vos activités de corsaire, commenta-t-elle d'un ton mielleux. Il va falloir organiser rapidement votre retour vers le large. Entre-temps, nous allons jouer le jeu. Venez, je vais vous présenter votre cousin Roger. Si tout se déroule comme prévu, il sera bientôt comte de Falconridge à votre place.

— Roger Dalbert ? Je l'ai déjà croisé plusieurs fois lors de mes visites à mon grand-père.

Elle l'accompagna auprès d'un homme bedonnant, au crâne dégarni et au visage rougeaud, qui se tenait au côté d'une femme rondelette peu avantagée par sa robe en soie crème. Dalbert serra la main de Jason avec vigueur et lui donna une tape dans le dos.

— Eh bien, c'est un plaisir de te revoir, Jason !

Affichant un large sourire, il attira la femme vers lui.

— Je te présente mon épouse, Garnet. Jamais je n'aurais soupçonné que je pourrais me réjouir d'avoir la corde au cou, mais c'est le cas.

Garnet esquissa une révérence en souriant. Elle avait les traits quelconques et un double menton, mais ses yeux pétillaient d'intelligence.

— Je crois savoir que vous construisez des bateaux en Amérique, monsieur le comte.

— En effet, à Baltimore.

— Ces immenses bâtiments sont capables des manœuvres les plus délicates pour contourner nos modestes chalands.

— Vous connaissez donc les clippers de Baltimore ? demanda-t-il, étonné.

En dépit de ses goûts déplorables en matière d'habillement, elle semblait avoir l'esprit vif.

— Garnet possède un chantier naval à Gravesend, qu'elle dirige elle-même. Elle pourrait vous parler de coques et de mâts pendant des heures ! intervint Roger en riant.

— C'est formidable. Rien n'est plus agréable que de discuter travail avec une consœur qui connaît sa partie, assura Jason en adressant un coup d'œil à Rachel.

Sans attendre sa réponse, il invita Mme Dalbert à danser un quadrille, laissant Rachel auprès de Roger. Celui-ci paraissait sympathique, mais un peu ennuyeux.

Garnet évoqua quelques points de détail de la construction navale et les conséquences déplorables de la guerre sur ce secteur d'activité, aussi bien en Europe que dans les anciennes colonies. Tout en bavardant, Jason sentait le regard de Rachel rivé sur lui. Pour une raison inconnue, il ne pensait qu'à lui arracher cette robe couleur pêche. Chassant vite ces images lubriques, il décida de se rendre dans une des meilleures maisons closes de la ville dès la fin de cette soirée désastreuse. Une experte parviendrait à lui faire oublier l'envie de séduire une mégère telle que Rachel Fairchild.

Pourtant, en rendant Garnet à son mari transi d'amour, il ne put s'empêcher de l'observer du coin de l'œil, en train de danser avec un jeune baron. Roger racontait une partie de chasse et se vantait d'avoir abattu un cerf. L'esprit hanté par Rachel, Jason lui accorda quelques hochements de tête polis.

Dès la fin du morceau, elle revint près de lui. Elle avait les joues rouges et les yeux pétillants. Était-ce le fait d'avoir dansé ? Ou bien la perspective de ce qui allait se produire à minuit ? Une vraie petite sorcière, songea-t-il.

— Coupons court aux bavardages, comtesse.

Sans lui laisser le temps de réagir, il l'enlaça et l'entraîna vers la piste de danse pour se lancer dans une valse endiablée.

— Tous les Américains sont-ils aussi impulsifs et grossiers, ou bien êtes-vous une exception ?

En dépit de son mépris, elle se surprit à suivre ses pas avec un plaisir grandissant.

— Mais, comtesse, je ne suis plus américain, répliqua-t-il.

— Vous êtes toujours un butor de la pire espèce !

Jason éclata de rire.

— À présent, je suis un butor anglais, ne l'oubliez pas !

— Nul ne risque de l'oublier, railla-t-elle. En apprenant que le marquis avait désigné son petit-fils américain comme hériter de son titre, tout Londres a cru qu'il avait perdu la raison. Je n'en reviens toujours pas.

— Je me suis moi-même demandé si grand-père parviendrait à mettre son projet à exécution, mais tout semble se dérouler comme prévu.

— Le marquis est un homme puissant. Il a l'habitude d'obtenir ce qu'il veut.

— Vous voulez dire qu'il est sans pitié et prêt à tout pour parvenir à ses fins, corrigea Jason.

— Je décèle chez vous une certaine tendresse pour lui, malgré le chantage dont vous êtes victime.

Il baissa les yeux vers elle tandis que la valse s'achevait.

— Vous êtes décidément très perspicace, comtesse.

— Je le crois, oui, répondit-elle en soutenant son regard.

— Outre mes mauvaises manières, comment me jugez-vous ?

Elle fit mine de réfléchir alors qu'ils se dirigeaient vers le buffet.

— Parfois téméraire, toujours têtu, loyal envers vos amis, je suppose, sinon vous n'auriez pas accepté les conditions de votre grand-père pour faire libérer votre équipage.

— J'apprécie votre franchise, déclara-t-il en lui tendant une coupe de champagne.

Rachel prit la coupe en cristal et avala une première gorgée, tout en observant son cavalier avec amusement. Les invités les épiaient sans masquer leur curiosité. La jeune fille se sentit soudain fébrile. En général, elle détestait attirer l'attention, susciter les ragots. Combien étaient en train de plaindre la malheureuse fille aînée de Harleigh, qui préférait les chevaux aux hommes ?

Cet homme-là était différent.

Mais pourquoi cette pensée incongrue lui venait-elle à l'esprit ? Rachel faillit s'étouffer. Jason Beaumont produisait sur elle un effet que nul n'avait jamais produit sur elle. Si elle n'était pas aussi opposée au mariage, elle aurait peut-être... Non !

Il ne l'avait jamais courtisée et ne souhaitait pas plus qu'elle se marier.

Ils dansèrent plusieurs fois ensemble, ce qui enfreignait les règles de la bienséance et ne fit qu'ajouter aux spéculations des invités. Toux deux prirent soin de ne rien dire qui puisse trahir leurs intentions.

À minuit, Cargrave et Harleigh gagnèrent le milieu de la piste. Il y eut un roulement de tambour. La foule se tut pour écouter le marquis.

— C'est avec une grande fierté que mon ami le vicomte de Harleigh et moi-même avons le plaisir de vous annoncer les fiançailles de sa fille, Mlle Rachel Fairchild, avec mon petit-fils, le comte de Falconridge.

Les deux hommes levèrent leur verre sous les applaudissements polis de la foule.

Quelques ricanements fusèrent. Tous les regards étaient braqués sur le jeune couple, qui se tenait à l'entrée de la salle. Jason remarqua la lueur de triomphe qui brillait dans les yeux de son grand-père. Se tournant vers Rachel, il murmura quelques mots à son oreille.

Pour toute réponse, elle lui jeta son champagne au visage, avant de s'éloigner d'un pas décidé. Choquée par cet éclat, la foule retint son souffle. Jason la suivit un instant des yeux puis se tourna de nouveau vers les invités, qui se taisaient. Il s'essuya le visage avec son mouchoir en affichant un sourire crispé. Enfin, il s'inclina poliment et prit congé à son tour.

Le vicomte semblait horrifié. Jason ne prit pas le temps d'apercevoir le sourire qu'esquissa le marquis.

L'odeur du tabac et du gin se mêlait à la fumée des chandelles qui projetaient une lueur dorée dans le tripot bondé. Des hommes à la mine patibulaire entouraient les tables de jeu. Professionnels au regard averti côtoyaient jeunes gens des beaux quartiers. Les rires de femmes en tenue légère ponctuaient le murmure des paris.

Après le scandale provoqué au bal, Drummond avait amené son ami dans ce lieu de perdition, histoire de lui changer les idées. Cette atmosphère plut très vite à Jason qui joua avec frénésie. Il gagna de nombreuses parties au cours de la soirée. Hélas, ses gains accumulés devant lui ne parvenaient pas à l'apaiser.

— Je crois que j'ai attrapé ce que vous autres Anglais appelez le démon du jeu, déclara-t-il à son ami.

— Il fait presque jour, constata Drum. Partons.

Plusieurs joueurs reprochèrent à l'Américain de se retirer alors qu'il n'avait fait que gagner, mais il suffit d'un regard de Drummond pour les faire taire.

Jason glissa quelques livres dans le décolleté de sa blonde compagne.

— Merci de m'avoir porté chance.

— Écoute, chéri, si tu viens chez moi, je te garantis que tu ne vas pas le regretter, susurra-t-elle en effleurant son bras de ses seins généreux.

— Désolé, Ginnie, répondit-il en secouant la tête, espérant ne pas se tromper de prénom.

Il était tard et il avait trop bu. S'il acceptait la proposition de la jeune femme, il en garderait un souvenir désagréable.

— Nous partons, répéta Drummond en prenant le bras de son ami.

Ils se retrouvèrent dans une ruelle sombre, en quête d'un fiacre qui les conduirait chez eux.

Hélas, les cochers s'aventuraient rarement dans ce quartier malfamé de la capitale. Leur longue promenade forcée se révéla bienfaisante. En arrivant à proximité du West End, Drummond raconta comment le molosse de son ami Joss avait un jour bondi sur Alex Blackthorne et l'avait fait basculer à terre. Le malheureux avait glissé sur le sol de marbre telle une luge sur la neige. Au moment où Jason éclatait de rire, un coup de feu retentit. Une balle lui frôla la tête. Aussitôt, les deux hommes se couchèrent sur les pavés avant de se précipiter dans l'ombre d'un porche, arme au poing.

— Tu l'as échappé belle, murmura Drummond en scrutant la pénombre de la ruelle. Ne bouge pas. Ce n'est peut-être pas terminé.

— Ce type ne va pas s'en tirer à si bon compte, répliqua Jason.

Il écarta la main de son ami qui le retenait et bondit en avant.

— Pas étonnant que ton navire ait été pris d'assaut, maugréa Drummond, tenant son pistolet dans une main et son épée dans l'autre.

Au bout de quelques minutes, ils durent se rendre à l'évidence : le tireur s'était enfui dans le labyrinthe de taudis.

Les deux amis gagnèrent un territoire plus familier. Jason héla un fiacre.

Le jeune dandy tenait absolument à en apprendre davantage sur le premier attentat dont Jason avait été victime, depuis son arrivée en Angleterre.

— On dirait que tu t'es fait un ennemi mortel, commenta-t-il.

— Forrestal a déjà tenté de m'éliminer, souviens-toi. Bien mal lui en a pris.

— Ah oui ! L'héritier d'Etherington… C'est peut-être lui qui loue les services d'un tueur. Après le duel, j'ai mené une petite enquête sur lui. Tu avais raison : votre altercation à Haymarket était une mise en scène.

— Dans quel dessein ? demanda Jason, perplexe, en s'installant confortablement sur le siège du fiacre.

— Tu n'ignores pas qu'il est criblé de dettes. Ces derniers temps, ses créanciers se font de plus en plus pressants. Il cherche désespérément une issue et envisage désormais d'épouser une riche héritière.

Le ton de Drummond éveilla les soupçons de Jason.

— Une riche héritière, dis-tu ? Il en a une en vue ?

Drum esquissa un sourire.

— Oui, et ce n'est autre que ta bien-aimée, Mlle Fairchild.

— J'imagine qu'elle a refusé ?

— Il n'a même pas réussi à lui en parler. Il s'est adressé à son père. Or le vicomte avait déjà choisi son futur gendre. Il a donc informé Forrestal que l'avenir de sa fille aînée était assuré.

Jason se frotta la joue d'un air pensif.

— Tu penses qu'il pourrait essayer de se débarrasser de moi pour pouvoir ensuite courtiser Rachel ?

— Elle s'est forgé une solide réputation de rebelle. Si tu n'étais pas là, son père ne saurait pas avec qui la caser. Peut-être accepterait-il de la marier avec l'héritier d'un duc, même ruiné ?

Jason secoua la tête, abasourdi.

— Jamais je ne me ferai aux coutumes de ce pays en matière de mariage et d'alliances. C'est avant tout une question de politique et d'argent.

— C'est même parfois la guerre, admit Drummond en riant.

Le lendemain matin, les journaux à scandales s'en donnèrent à cœur joie pour relater le désastre du bal de Cargrave. En fin de journée, nul n'ignorait plus ce qui s'était passé, notamment la réaction de Rachel. Certes, le fiancé ne semblait guère plus enchanté par cette annonce que la jeune fille, en quittant la salle de bal. Pourtant, lorsqu'ils avaient dansé ensemble, ils semblaient s'entendre à merveille... Ils avaient valsé quatre fois, alors que les convenances autorisaient une jeune fille non fiancée à n'accorder que deux danses au même prétendant. Rachel allait-elle défier son père et refuser d'épouser l'Américain ?

Lors de leur trajet de retour vers Harleigh, Harriet semblait déterminée à tirer les vers du nez de son aînée.

— Rachel, tu n'as pas desserré les dents depuis notre départ. Il faut que nous ayons une conversation franche.

— Je n'ai pas envie de bavarder, répondit sa sœur, pensive.

— Comment as-tu pu te comporter de façon aussi indigne avec le comte ? Sans parler de notre père et du marquis ! Pauvre papa ! Il était pâle comme un linge. Il a failli avoir une attaque en assistant à ta petite scène. Qu'a pu te murmurer le comte pour te mettre dans un état pareil ?

— Je te l'ai déjà dit ce matin, à ton arrivée. Je refuse de parler du comte.

L'expression volontaire de Rachel indiquait à Harriet qu'elle n'obtiendrait rien dans l'immédiat.

Cependant, la jeune baronne était aussi patiente et entêtée que son père.

— Moi, je le trouve plutôt bel homme – enfin, dans le genre Américain téméraire, comme ils le sont souvent.

— Et combien d'Américains connais-tu, au juste ? railla Rachel.

— Eh bien, j'en ai entendu parler...

— Tu as lu les journaux à scandales, notamment les aventures du comte yankee. Laisse-moi tranquille, Harriet. Je n'ai pas envie de m'attarder sur lui.

— Mais tu devras l'épouser, Rachel ! Autant évoquer tout de suite les problèmes éventuels que tu risques de rencontrer.

Harriet rougit et se mit à tripoter le cordon de sa capeline, tout en rassemblant son courage.

— T'aurait-il murmuré des paroles... suggestives, juste avant que tu ne lui jettes ta coupe de champagne au visage ? Après tout, je comprendrais ta réaction s'il t'avait manqué de respect, s'il avait cherché à te traiter comme une demi-mondaine. Dans ce cas, tu pourrais tout raconter à papa, qui parviendrait certainement à faire annuler les fiançailles.

Rachel serra les dents, bouillonnant d'impatience en écoutant le discours de sa sœur. Celle-ci avait la ténacité d'un bouledogue et avait le don de tirer des conclusions hâtives de toutes les situations.

— Faire annuler les fiançailles ne servirait à rien, déclara-t-elle. Papa trouverait simplement un autre candidat.

Harriet lui cita plusieurs messieurs très convenables de l'entourage de son mari, mais Rachel ne l'écoutait plus. Elle se demandait ce qu'elle ferait après le départ de Beaumont. Parce qu'il allait partir. Étrangement, elle en ressentait un certain trouble. Chassant cette pensée, il médita son problème essentiel : ne plus jamais être une jeune fille à marier.

Jason observait Fox en train de flatter l'encolure d'Araby tout en lui parlant dans la langue des Shawnees. Le marquis les rejoignit, un sourire aux lèvres. Dès le lendemain du bal, ils avaient tous regagné Falconridge pour que Fox et Jason puissent passer quelque temps ensemble. Jason savait que les Fairchild devaient arriver dans un jour ou deux, ce qui lui permettrait de faire le point avec Rachel dans la perspective des prochains événements mondains.

— Bonjour, grand-père ! lança-t-il au vieil homme. Fox et moi faisions une petite promenade... en compagnie de Mace et Bradley, ajouta-t-il avec un froncement de sourcils.

Le marquis gardait l'enfant sous étroite surveillance.

— Grand-père ! Araby est aussi rapide que Petit Chef. Nous avons franchi plusieurs obstacles, j'avais l'impression de m'envoler ! raconta l'enfant avec enthousiasme.

Cargrave posa une main possessive sur son épaule et hocha la tête.

— Fox, nous allons bientôt regagner Cargrave Hall. Rentre vite avec tes précepteurs et prépare-toi à partir. Tu pourras dire au revoir à Jason avant de monter en voiture.

Face à la mine attristée du garçon, il précisa :

— Ton frère adoptif a du travail ici, à Falconridge. Quand il sera marié avec Mlle Fairchild, tu viendras leur rendre visite aussi souvent que tu voudras.

Fox se tourna vers Jason.

— Le mariage aura lieu bientôt ? s'enquit-il avec espoir.

— J'ai la nette impression que tu as envie de revoir Rachel, je me trompe ? répondit Jason en lui ébouriffant les cheveux. Ne t'inquiète pas, nous nous reverrons sous peu. Va te préparer. Je viendrai te dire au revoir.

Jason et son grand-père regardèrent l'enfant suivre ses gardes du corps vers l'élégante demeure.

Au contraire de Cargrave Hall, Falconridge n'avait rien d'une énorme bâtisse en granit. Jason détestait cette richesse ostentatoire. Son propre manoir était différent. La maison de grès et de bois se dressait dans une clairière verdoyante. Depuis le XVIIe siècle, plusieurs dépendances étaient venues s'y ajouter, de sorte que la propriété mêlait plusieurs styles. Elle se distinguait notamment par de grandes fenêtres donnant sur la campagne.

— Tu sembles t'en sortir à merveille, commenta Cargrave. Je savais que ce domaine te plairait, car il ressemble à ce que tu as connu dans le Maryland.

— Il y a en effet des ressemblances, admit Jason à contrecœur. Mais je n'étais pas responsable de la gestion quotidienne de la plantation.

— N'oublie pas que, un jour, tu posséderas non seulement cet endroit, mais aussi Cargrave, Chatfield, Montrose et, bien sûr, Harleigh.

— Si ma comtesse ne refuse pas de m'épouser, répliqua Jason, histoire de tâter le terrain.

Le marquis repoussa cette idée saugrenue en riant.

— Certes, elle a du caractère. Le jour du mariage, il faudra éviter de lui servir du champagne.

— J'ai surtout peur qu'elle ne me défonce le crâne à coups de tisonnier le soir de nos noces. Quelques gouttes de champagne dans les yeux ne font pas de mal.

— Tu ne doutes tout de même pas de tes capacités à la maîtriser, j'espère ? J'ai entendu dire que les Américains s'y entendaient à merveille avec les femmes.

— Nous ne sommes pas en Amérique, et Rachel est bien plus qu'une femme de caractère.

— Que lui as-tu donc raconté pour déclencher sa colère ?

— C'est une question personnelle, je vous l'ai déjà dit.

— Tu as tout intérêt à régler rapidement cette histoire. Hugh t'attend vendredi pour le souper. Ne le déçois pas.

— C'est pour en être certain que vous préférez garder Fox à Cargrave, avec ses soi-disant précepteurs ?

Les yeux gris du marquis étincelèrent d'une lueur de triomphe.

— Ses précepteurs sont particulièrement compétents.

— Je ne connais pas Bradley ou Lafarge, mais Mace me paraît peu fréquentable. À votre place, je ne lui confierais pas le petit.

— Eh bien moi, c'est de toi dont je me méfie en ce qui concerne cet enfant. J'ai peur que tu ne l'enlèves.

— Très bien, conclut Jason en haussant les épaules, résigné. Je vous accompagne jusqu'à la voiture.

En regardant le véhicule s'éloigner dans l'allée, Jason sourit. Son grand-père pouvait afficher cet air satisfait. Fox et lui allaient bientôt échapper à ses griffes...

Après leur départ, Jason passa le reste de la matinée en compagnie du régisseur, puis il décida d'aller chevaucher dans la campagne pour se changer les idées. Ces registres poussiéreux étaient bien ennuyeux.

Dans les chantiers navals de Baltimore, il se reposait sur son vieil ami Morton Riggs pour toutes les questions administratives. Il se cantonnait à dessiner et construire ses superbes clippers. Cependant, il n'avait jamais négligé ses responsabilités envers ses employés. Il était persuadé d'avoir un bon jugement et était décidé à trouver un homme de confiance qui puisse le remplacer... Enfin, une fois qu'il serait revenu, après avoir emmené son frère adoptif en Amérique.

Le vieux marquis aurait tout le temps de fulminer. Il donnerait sa parole de ne plus jamais organiser de fiançailles pour son petit-fils. Quand ils auraient enfin réglé cette question, Jason reviendrait remplir ses obligations envers le nom des Beaumont. Mais si son grand-père refusait, tant pis pour lui. Jason ne remettrait plus jamais les pieds en Angleterre.

Très à l'aise avec les ouvriers, il espérait connaître le nom de chacun de ses métayers. S'il héritait un jour de son grand-père, il aurait quatre domaines à gérer ! Cette simple perspective lui donnait la migraine. Il fit seller Araby par un palefrenier. Le cheval ne demandait pas mieux que de se dégourdir les pattes. Ils s'éloignèrent à travers champs, vers les bois.

Sans s'en rendre compte, Jason se retrouva bientôt aux limites de Harleigh, là où Rachel et lui s'étaient rencontrés pour la première fois dans des circonstances délicates. Leur deuxième rencontre n'avait guère amélioré leurs relations. Qu'est-ce qui lui plaisait donc tant chez cette chipie ? Il s'approcha d'un bosquet d'ifs. La rivière qui séparait les deux domaines formait à cet endroit un bassin.

Séduit par ce paysage enchanteur, Jason mit pied à terre et laissa sa monture paître au bord de l'eau pour aller s'installer sur un rocher, à l'ombre des feuillages. Il étendit les jambes et songea au mystère que représentait Rachel Fairchild. Allongé sur la surface plane et chaude du rocher, il croisa les doigts derrière sa nuque et scruta le ciel d'azur.

Rachel était une femme intelligente, ce qui était une bonne chose. En revanche, il la désirait, ce qui le contrariait. Céder à ses impulsions charnelles risquait de provoquer des conséquences terribles. Il en frémit d'effroi. Se marier avec cette mégère lui donnerait l'impression d'être en état de siège permanent. Étrangement, toutefois, il avait perdu tout appétit pour les courtisanes en quittant le bal de Cargrave, ce soir-là. Il avait fini par jouer chez Wheattie's jusqu'à l'aube. Pourquoi aucune des catins qui y traînaient n'avait-elle réussi à le distraire de ses soucis ?

Cela faisait trois jours qu'il ressassait ces sombres pensées. Rachel le hantait. Lors du bal, sa métamorphose avait été frappante, mais c'était la première femme jolie et bien née qu'il rencontrait. Pendant des années, sa mère avait cherché à lui trouver une fiancée, en vain. Naturellement, elle approuvait en tout point les projets matrimoniaux du marquis.

En imaginant les longues jambes de Rachel et sa crinière châtaine, il ferma les yeux pour s'assoupir. Soudain, un bruit étrange le tira de sa rêverie. Alarmé, il se redressa pour scruter la rivière et au-delà.

Deux énormes molosses apparurent et se précipitèrent vers lui en aboyant furieusement, révélant des crocs acérés.

5

Rachel avait laissé ses deux molosses s'éloigner plus que de raison. Confinées au chenil durant son absence, les pauvres bêtes ne demandaient qu'à se dépenser. En entendant leurs aboiements féroces suivis d'une voix d'homme, la jeune femme mit Reddy au galop. Il n'y avait pas une seconde à perdre ! Ils risquaient de déchiqueter ce malheureux en quelques secondes s'il cherchait à s'enfuir, en proie à la panique !

Il s'agissait sûrement de quelque braconnier, mais elle ne voulait pas être responsable de sa mort ou de ses blessures éventuelles. Rachel traversa le bassin pour rejoindre les chiens. Son cheval rechignait à nager. Elle dut le forcer à avancer. Il l'éclaboussa au point qu'elle n'y voyait plus rien.

— Vénus ! Hélène ! Au pied ! ordonna-t-elle en entendant à nouveau la voix de l'homme.

Les molosses n'obéirent pas, ce qui était inhabituel... et de mauvais augure.

C'est alors qu'elle reconnut la voix de la victime. Elle arrêta son cheval. Si les chiennes dévoraient Beaumont, elle ne serait plus obligée de l'épouser... Elle s'en voulut aussitôt d'une idée aussi ridicule. Elle fit monter Reddy sur la rive et s'essuya les yeux... pour découvrir un spectacle à glacer les sangs. Jason était couché à terre, les deux chiens sur lui.

— Mon Dieu, non... murmura-t-elle.

Elle sauta à terre et se précipita vers eux.

— Vénus ! Hélène ! Ici !

Elle comprit vite pourquoi elles ne lui obéissaient pas. Le rire de Jason résonnait dans la clairière. Ce maudit Américain était en train de jouer avec les chiennes ! Ils se roulaient dans l'herbe comme des chiots fougueux.

La jeune fille les rejoignit, furieuse, tandis que Jason se redressait enfin en caressant Vénus.

— Allons, mes belles, dit-il aux deux bêtes avec un large sourire. Soyez sages. Assis !

Elles obéirent aussitôt. Rachel fulminait. Jason rit de plus belle et se tourna vers les chiennes.

— Vous êtes superbes, mais bien trop directes à mon avis, reprit-il. Cela ne se fait pas, de batifoler dans l'herbe avec un monsieur.

Il fit mine de les gronder. Elles roulèrent à ses pieds dans une posture de soumission.

— La prochaine fois, j'amènerai Adonis et Pâris au lieu de ces deux lavettes, dit Rachel d'un ton mielleux. Je doute que votre charme opère sur deux mâles.

Il arqua les sourcils.

— Mon charme n'agit jamais sur les mâles, en effet... Mais me rouler dans l'herbe avec une superbe créature du sexe faible...

Il la toisa d'un œil égrillard. Elle constata avec horreur que sa chemise en lin était trempée et moulait sa poitrine.

Une fois de plus, Rachel se retrouvait en fâcheuse posture face à cet homme odieux, tout cela par la faute de Reddy. À cause des caprices de son cheval, elle avait les vêtements trempés et les cheveux en désordre. Des mèches humides pendaient lamentablement sur ses épaules et dans son dos. Elle voulut glisser le bas de sa chemise dans la ceinture de son pantalon, mais se ravisa.

— Si vous m'aviez murmuré ces propos grossiers le soir du bal, fit-elle en rejetant ses cheveux en arrière, j'aurais eu toutes les raisons de vous lancer mon champagne au visage.

— Dommage que je n'aie rien trouvé d'aussi indécent, répliqua-t-il.

— Ma sœur est persuadée que vous n'êtes qu'un débauché et que mon père devrait rompre ces fiançailles sur-le-champ.

— Elle a raison, je suis un débauché. Peut-être pourriez-vous rompre avec moi… Mais votre père se hâterait de vous fiancer avec un autre, un homme encore plus odieux que moi.

Rachel sursauta. C'était une menace qui la guettait bien avant qu'elle ne rencontre le Yankee. Il était très brillant, à défaut d'être fréquentable.

— Je dois l'admettre, il existe des prétendants encore pires que vous à Londres. Un ou deux, tout au plus, précisa-t-elle vivement.

Elle leva les bras pour tresser ses mèches humides, de sorte que le lin blanc de sa chemise se plaqua à nouveau contre ses seins, laissant peu de place à l'imagination – ce dont Jason ne manquait pas, au demeurant.

— Forrestal, par exemple ?

Rachel cligna les yeux puis fusilla le comte de son regard ambré.

— Que savez-vous de l'héritier d'Etherington, à part que vous le surpassez à l'épée ?

Il haussa les épaules.

— Il a demandé votre main à votre père, qui a refusé. Une décision fort avisée, selon moi. Forrestal est un joueur invétéré et il est si endetté que votre dot ne suffirait pas à régler ses créanciers.

— Quelle chance que mon père et votre grand-père aient comploté nos fiançailles, ironisa Rachel.

Naturellement, Beaumont ne pouvait imaginer qu'un homme puisse s'intéresser à elle pour autre chose que sa dot ! Au plus profond d'elle-même, toutefois, elle se doutait qu'il avait raison.

— Et c'est une chance que le vicomte ait une fille suffisamment intelligente pour échafauder un stratagème et se tirer de ce mauvais pas, rétorqua-t-il.

Fasciné par ses courbes féminines, il la regarda faire les cent pas. Comment une femme pouvait-elle être aussi attirante vêtue en homme ?

Elle le laissa marcher à son côté, les deux molosses sur leurs talons. Tandis qu'ils avançaient au bord de l'eau, la jeune femme ne put s'empêcher de remarquer les longues jambes de son compagnon et songea à leurs valses, le soir du bal. Il fallait absolument chasser ces idées troublantes de son esprit.

— Vous avez admis que la meilleure approche était de sembler opposés à ces fiançailles, dans un premier temps. Si je m'étais bien comportée le soir du bal, mon père se serait douté de quelque chose. Et si vous aviez fait mine d'être d'accord, ce diable de marquis aurait chargé quelqu'un de surveiller vos moindres mouvements.

— Vous auriez pu me prévenir que vous aviez l'intention de m'asperger de champagne, répondit-il non sans amusement.

— Il fallait avoir l'air naturel, non ? J'aurais volontiers brisé le saladier de punch sur votre tête de mule !

— Je m'efforcerai de ne pas me montrer ingrat, répliqua-t-il sèchement. Lorsque je me présenterai chez votre père, vendredi soir, en réponse à son invitation, devrai-je me montrer poli à votre égard ?

— Ce serait mettre à l'épreuve vos talents de comédien. Optons plutôt pour une colère rentrée. Je suis persuadée que papa s'attendra à vous trouver furieux, après votre petite scène de la bibliothèque et les informations qui ont transpiré lors de nos fiançailles.

— Cela ne devrait pas me poser de difficultés, assura Jason. Mais nous devrons nous résoudre à faire la paix devant eux, si nous voulons qu'ils baissent leur garde.

— D'accord, mais très graduellement. N'oubliez pas qu'ils nous connaissent bien. Jamais ils ne croiront que nous avons capitulé. De plus, j'aurai besoin de temps pour obtenir une place sur un bateau, à Bristol.

Jason enrageait de devoir compter sur les relations de Rachel pour parvenir à embarquer pour l'Amérique.

— Selon vous, dans combien de temps pourrai-je libérer Fox pour l'emmener en Amérique ?

Rachel plissa le front. Elle envisageait plusieurs suites à leur plan. En regagnant Harleigh, il lui était apparu que se contenter de contrer le chantage exercé sur Jason ne ferait que repousser l'inévitable. Son père aurait tôt fait de lui trouver un autre fiancé. N'importe qui accepterait de l'épouser, attiré par une dot conséquente, sans parler de l'héritage. Et ce serait peut-être Forrestal…

— Il faudra sans doute plusieurs mois pour tout régler, déclara-t-elle, prudente.

Elle n'osait lui faire part de ses appréhensions sans y avoir mûrement réfléchi.

— Vous viendrez en visite au château, reprit-elle. Vous ferez mine de vous intéresser aux plantations et au bétail. C'est ce que mon père attend de vous. Et lorsque vous évoquerez la fusion des deux domaines, n'omettez pas de m'impliquer dans la conversation. Mon père se méfierait si j'en étais écartée. C'est moi qui dirige tout depuis six ans. Le Parlement envisage d'augmenter le prix du blé...

Jason sourit en l'écoutant babiller, mais ne répondit pas. Elle se tut et l'observa, perplexe.

— Vous me rappelez ma mère, avoua-t-il.

Était-ce un compliment ? Rachel ne savait comment interpréter ces propos. Mais, après tout, peu lui importait.

— Vraiment ? fit-elle, impassible.

— Après la mort de mon père, elle a repris la plantation en main. Et elle était très compétente. Puis ma sœur s'est mariée et Terrance a pris le relais.

— N'en est-il pas toujours ainsi ? Quelle que soit la compétence d'une femme, il suffit qu'un homme apparaisse à l'horizon et elle doit lui confier les rênes, sacrifiant tout ce qu'elle avait accompli au prix de gros efforts.

L'amertume perçait dans le ton de sa voix... ainsi qu'une certaine vulnérabilité.

— Mon beau-frère n'a privé ma mère de rien. Elle dirige encore la plantation et donne des conseils à Terrance. Et ce maudit Irlandais a intérêt à les suivre ! De plus, ma mère a d'autres occupations depuis qu'elle est grand-mère.

— Ils doivent vous manquer, commenta Rachel, touchée par la tendresse manifeste de Jason pour sa famille.

— Oui. Je suis impatient de les retrouver, dès que cette affaire d'héritage sera réglée.

De toute évidence, il se moquait éperdument de l'aristocratie et de ses privilèges. Rachel se vit contrainte de lui faire un aveu.

— Quand j'ai appris que le marquis faisait de vous son héritier, j'ai d'abord cru que vous étiez un opportuniste de la pire espèce.

Face au regard perplexe de Jason, elle faillit perdre son aplomb.

— Je me suis dit que vous alliez sauter sur l'occasion de devenir comte.

— Et trahir ma patrie ? demanda-t-il, offensé.

— Oui, admit-elle en croisant son regard bleu. Je vous dois des excuses. Ce n'est qu'en apprenant que le marquis vous avait forcé la main que j'ai compris que je m'étais trompée.

— Ce sont là d'élégantes excuses, comtesse, admit-il avec sincérité. Merci.

Lorsqu'il lui souriait ainsi, sans la moindre moquerie, elle en avait la tête qui tournait.

— Je trouve aussi que le marquis est allé très loin pour vous obliger à m'épouser. Ce chantage est odieux.

Pourquoi avait-elle dit cela ? Cet homme exerçait décidément un effet étrange sur elle.

Son petit rire ne parvint pas à masquer la gêne de la jeune fille. Jason s'arrêta et l'observa intensément.

— Je ne vois pas ce qui pourrait ébranler l'assurance d'une femme aussi remarquable que vous, comtesse.

Rachel tapota le flanc de Vénus, venue se frotter contre sa cuisse.

— Notre objectif n'est-il pas d'éviter que je devienne votre comtesse ?

Non sans effroi, il perçut le plaisir qu'avaient provoqué ses paroles. Mieux valait jouer les goujats américains bornés. Sinon, cette chipie risquait bel et bien de lui passer la corde au cou.

— Vous avez raison, déclara-t-il en s'asseyant sur un rocher. Loin de moi l'idée de vous déposséder de Harleigh.

— Ne soyez pas aussi certain que vous en seriez capable, cher comte, rétorqua-t-elle.

— Si j'ai appris quelque chose, depuis mon entrée dans l'aristocratie anglaise, c'est bien que ce sont les hommes qui régissent tout, les patrimoines et les titres. Un comte se situe au-dessus d'une comtesse, peut-être même d'une duchesse. Après tout, n'avons-nous pas eu le bon goût de naître hommes ?

Hélène choisit cet instant précis pour se lancer à la poursuite d'un lapin. Elle s'enfonça dans les épais sous-bois qui bordaient le bassin.

— Hélène ! Reviens ! appela Rachel.

Le molosse fit volte-face en pleine course, mais le mal était fait. Elle avait bondi dans les fourrés avant de revenir docilement sur ses pas pour rejoindre sa maîtresse. Rachel eut un mouvement de recul et lui ordonna de s'asseoir.

— Que se passe-t-il ? s'enquit Jason. Ne me dites pas que vous êtes de ces femmes qui défaillent en voyant un chien se régaler de sa proie ?

Il se pencha pour tapoter le flanc de la chienne assise près de lui.

Rachel sourit face au spectacle du molosse en train de renifler le visage et le cou du comte tandis qu'il la caressait. Vénus s'approcha à son tour, jalouse de l'attention que Jason accordait à l'autre chienne.

— Hélène peut capturer tous les lapins qu'elle désire, assura-t-elle avec fierté. Ils abondent dans le domaine. De plus, ils dévorent les légumes du potager. Cependant, il est fâcheux qu'elle aille se vautrer dans les buissons vénéneux. Les bords de la rivière en sont infestés.

Jason jura et ôta vivement la main de la robe luisante du chien comme s'il s'était brûlé. Puis il s'éloigna de l'animal.

— J'ai dans ma sacoche un savon spécifique qui permet de débarrasser sa fourrure du poison, expliqua Rachel en rejoignant Reddy. Voulez-vous m'aider à baigner Hélène ?

Pour toute réponse, Jason émit un nouveau juron. Il enleva ses bottes et sauta à l'eau pour se frotter vigoureusement les mains avec du sable.

— Allez au diable ! lança-t-il à la jeune fille. Vous allez me le payer, comtesse, je vous le garantis !

Le rire cristallin de Rachel résonna dans la clairière.

— Eh bien, on ne peut pas dire que tu aies bonne mine, mon vieux, déclara Drummond avec une grimace.

Il prit soin de rester à bonne distance de son ami, qui se frottait les mains et le visage. Il avait appliqué sur sa peau une pommade à l'odeur pestilentielle.

— Tes doigts ressemblent à des saucisses. Quant à ton visage, je préfère me dispenser de tout commentaire.

— Tu es bien charitable, grommela Jason.

— C'est très regrettable, mais voilà ce qui arrive avec ces maudites allergies, reprit Drummond avec un frisson de dégoût.

— Voilà ce qui arrive quand on passe l'après-midi en compagnie d'une mégère telle que Rachel Fairchild, maugréa le comte en serrant les dents.

— Quelle est donc cette puanteur ? On dirait la Tamise en plein été.

Drummond sortit son mouchoir et s'en couvrit le nez.

— Il s'agit d'un remède très difficile à trouver, répondit Jason. J'ai apporté la plupart des ingrédients qui le composent d'Amérique. Peux-tu imaginer combien il est délicat de trouver de la graisse d'ours en Angleterre ?

— De la graisse d'ours ? Qu'est-ce que tu racontes ? Il s'agit encore d'un de tes remèdes de Shawnees ?

— Et je m'en réjouis. La première fois que je suis parti avec eux, je redoutais davantage une crise d'urticaire que les flèches des Cherokees. Le chef m'a préparé cette pommade. Jamais je ne m'aventurais dans les bois sans m'en enduire le corps. Comment aurais-je pu me douter que j'en aurais besoin dans la bonne vieille Angleterre ?

— De la graisse d'ours, répéta Drummond en secouant la tête. Pas étonnant que les Indiens aient la réputation de se faufiler sans bruit dans les sous-bois. Ils doivent être glissants à souhait.

— Tu n'es pas drôle, Drum.

Le dandy haussa les épaules.

— Tu aurais pu éviter ces désagréments si tu étais resté tranquillement en ville.

Alvin Francis Edward Drummond s'aventurait rarement hors de la capitale, sauf quand des difficultés financières l'obligeaient à rendre visite à son père, dans le Berkshire.

— Dois-je te rappeler que j'ai des responsabilités qui nécessitent ma présence à Falconridge ?

Ils étaient installés dans le vaste salon du manoir. Le soleil entrait par les grandes fenêtres et projetait des motifs sur le tapis d'un bleu profond et les fauteuils en cuir. Chaque fois que Jason se penchait vers lui, Drummond reculait machinalement dans son siège.

— Fais attention, je te prie. Je ne voudrais pas tacher ma plus belle veste de graisse d'ours ! grondat-il lorsque son ami se leva pour se servir un whisky.

— Je ne te sers pas, mais n'hésite pas à le faire.

Drum secoua la tête, ne supportant pas l'idée de toucher après lui la bouteille.

— Merci, je n'ai pas soif.

Jason retourna s'asseoir. Drummond se mit à priser tandis que son ami se grattait de plus belle.

Quand il eut terminé son rituel et rangé sa tabatière, Drum en vint à l'affaire qui l'avait poussé, bien malgré lui, à rendre visite au comte.

— Au moment où tu as essuyé des coups de feu ici même, Forrestal se trouvait à Londres, déclarat-il. C'est étrange. Je le croyais capable de tirer lui-même. C'est un peu lâche de faire effectuer le sale boulot par un autre et de rester planqué. Il est si fier de ses talents au tir que je me demande pourquoi il a payé quelqu'un d'autre.

— C'est une chance qu'il ait engagé un tireur, car celui-ci était mauvais.

— Sans doute quelque paysan d'Etherington, hasarda Drummond en haussant les épaules.

Jason cessa de se gratter, le temps de questionner :

— Et pour l'autre soir, dans la rue ?

— Il se peut que Forrestal ait agi en personne, cette fois. Nul n'a pu attester de ses déplacements après le bal de Cargrave.

— Peut-être déteste-t-il autant que toi quitter la capitale ? suggéra Jason.

— C'est possible. Mais il demeure cette autre solution que nous avons évoquée : ton cher cousin Roger.

— C'est toi qui l'as évoquée. Roger Dalbert est incapable de tirer sur un homme.

— Si tu venais à mourir, il deviendrait l'héritier de Cargrave. Naturellement, il avait un alibi au moment de chaque tentative de meurtre. Mais il suffit d'engager autant d'hommes que nécessaire pour arriver à ses fins.

Jason s'entêta.

— Roger est un garçon gentil et simple. Les titres ne veulent rien dire, pour lui. Regarde la femme qu'il a épousée. Garnet est une fille de commerçants sans prétention. Elle s'intéresse davantage à la construction navale qu'au titre de marquise. De plus, elle possède une fortune personnelle. Et Roger n'a jamais eu des goûts de luxe.

— Je dois avouer que je suis plutôt d'accord avec toi, depuis que je les ai rencontrés. Roger semble préférer rester au coin du feu avec son chien. Quant à sa femme, on raconte qu'elle s'évertue à choisir les toilettes les moins flatteuses pour sa silhouette. Certes, les femmes sont vraiment sournoises...

— Crois-moi, j'en sais quelque chose, coupa Jason, la mine grave, incapable de soulager ses démangeaisons. J'ai juré de me venger de la perfidie de Rachel... Si seulement je trouvais un châtiment suffisamment cruel à lui infliger.

— J'imagine qu'elle n'est pas sensible à ces buissons vénéneux ?

Jason secoua négativement la tête en soupirant.

— Tu pourrais la noyer dans la rivière. Cela résoudrait deux problèmes d'un coup, proposa Drummond.

— C'est une excellente nageuse.

— Je te fais confiance. Tu finiras par trouver une vengeance à la hauteur du crime de cette chipie.

— Je paierais cher pour l'étrangler de mes mains ! grogna Jason en se grattant de plus belle.

Dès le lendemain, Drummond se hâta de regagner Londres en promettant de surveiller de près Forrestal et ses acolytes. Il fit également allusion à une mystérieuse enquête sur certaines questions financières, mais refusa d'en révéler davantage à son ami. Quant à ce dernier, il passa le reste de la semaine à fomenter sa vengeance… et à se gratter.

Au bout de quelques jours, cependant, son état s'améliora. Grâce au remède des Shawnees, les plaques rouges avaient presque disparu. Jason était resté trop longtemps enfermé dans son bureau, à consulter des registres. Le vendredi matin, il brûlait d'envie d'aller chevaucher à travers champs. Dans la soirée, il devait souper à Harleigh Hall, en présence de son ennemie jurée et de son père. Il n'avait toujours pas échafaudé une vengeance digne de l'affront qu'il avait subi, mais il n'aurait nul besoin de ses talents d'acteur pour se présenter chez ses hôtes dans une colère noire.

Il fit galoper Araby dans les champs et les bois de Falconridge jusqu'à l'épuisement. Il faisait si chaud qu'il eut soudain envie de se baigner. Désormais, il savait qu'il fallait éviter les buissons comme la peste.

Il tira sur les rênes de l'étalon et mit pied à terre. Il bouchonna rapidement sa monture, puis la laissa sous un bouleau. Ensuite, il ôta ses bottes et ses vêtements et plongea dans l'eau fraîche pour nager avec vigueur. Une fois détendu, il gagna l'ombre d'un saule et fit la planche, en réfléchissant à sa prochaine entrevue avec les Fairchild.

Peu à peu, ses pensées dérivèrent. L'image d'un corps doré et d'une chevelure châtaine se mit à danser dans son esprit. Nue et souriante, Rachel lui faisait signe de s'approcher. En transe, il obéit, mais, à chacun de ses pas, la jeune femme reculait d'autant, jusqu'à s'évanouir dans le brouillard...

Jason surgit de sa rêverie, pour se rendre compte que celle-ci l'avait excité au plus haut point. Il repoussa de son visage quelques mèches trempées et se mit debout dans l'eau peu profonde. Enfer et damnation ! Rachel aurait au moins pu attendre la fin de son rêve pour s'évaporer de la sorte ! Elle était décidément perverse et frustrante, jusque dans ses fantasmes. Il fit un pas en avant, mais se figea en entendant un bruit de sabots, au loin, dans la prairie.

Un cavalier arrivait. À cause des arbres, il n'avait pu remarquer la présence d'Araby ou des vêtements du comte. Le baigneur lui-même était dissimulé dans l'ombre du saule. Plusieurs tentatives d'assassinat avaient rendu Jason prudent. Ses pistolets étaient restés dans sa sacoche de selle. Mieux valait voir à qui il avait affaire avant de révéler sa présence. D'autant plus qu'il était nu comme un ver.

— Sans doute un paysan venu se rafraîchir ou abreuver son cheval, murmura-t-il pour lui-même.

Le cavalier s'arrêta et mit pied à terre. Jason en demeura bouche bée. Il aurait reconnu cette silhouette entre mille...

Rachel mena son cheval au bord de l'eau pour l'abreuver.

Ce jour-là, elle ne montait pas Reddy mais une sage jument blanche, ce qui semblait incongru. Une femme de sa trempe ne pouvait monter qu'une bête puissante... Elle devait apprécier les hommes puissants, également. Jason refoula cette pensée troublante. Comment pouvait-il songer une seconde à coucher avec une femme telle que Rachel ?

Mieux valait battre en retraite, se rhabiller et s'en aller au plus vite.

Mais la jeune fille commença à se dévêtir, comme il l'avait fait lui-même quelques instants plus tôt. De toute évidence, elle avait envie de se baigner. Pétrifié, Jason regretta de ne pas avoir une longue-vue pour admirer le spectacle de plus près.

Car c'était un spectacle de choix.

Elle ôta d'abord ses bottes, puis sa chemise et sa culotte. Jason croyait avoir tout deviné de ses courbes lorsqu'il avait vu ses vêtements trempés plaqués sur son corps, mais il s'était trompé. Elle était encore plus longue et mince qu'il ne l'avait imaginé, avec des seins hauts et fermes et des cuisses fuselées. Malgré lui, il avança à pas furtifs pour mieux l'admirer. Elle avait la peau uniformément bronzée. Sans doute avait-elle passé des heures au soleil, dans le plus simple appareil, à laisser les rayons caresser son corps.

À mesure qu'il détaillait chaque parcelle de sa peau, il sentit monter en lui un intense désir charnel. Non seulement cette diablesse hantait ses rêves, mais elle venait le tourmenter dans la réalité ! Elle entra dans l'eau jusqu'à la taille et se mit à nager. Elle se dirigeait vers un rocher proche de l'endroit où il se cachait. Était-ce ici qu'elle prenait des bains de soleil ?

Il avait vu juste. Rachel sortit de l'eau telle une naïade et s'installa sur le rocher tapissé de mousse. Puis elle poussa un soupir d'aise.

Sans doute rêve-t-elle de m'empoisonner lors du dîner de ce soir, songea le comte.

Affichant un sourire cruel, il s'avança vers elle sans se montrer. Il commençait à apprécier ce jeu du chat et de la souris…

6

Langoureusement allongée sur le dos, Rachel laissait les rayons brûlants apaiser son esprit tourmenté. Dans la soirée, le comte allait une fois de plus envahir son territoire. Il fallait qu'elle réfléchisse à un moyen de canaliser son attirance pour lui. Son objectif était de se débarrasser de cette crapule, pas de se retrouver enchaînée à lui ! Une union serait désastreuse pour tous les deux. Le seul moyen de le convaincre d'accepter son nouveau plan était de feindre l'indifférence, de se montrer raisonnable et froide, d'éviter toute situation passionnelle.

Or ce Yankee avait le don de la rendre folle de rage chaque fois que leurs chemins se croisaient. Pire encore, il bousculait ses certitudes et faisait surgir en elle des émotions qu'elle refoulait depuis l'enfance. Elle regrettait amèrement qu'il ait dû supporter ces terribles démangeaisons. En évitant de le mettre en garde, elle s'était montrée vile et méchante. Il devait lui en vouloir. Peut-être allait-il se méfier de son nouveau plan… si elle avait le courage d'aborder ce sujet avec lui.

Elle s'étira, cherchant à détendre ses muscles raides. Puis elle s'allongea de nouveau. Très vite, elle sursauta en percevant un clapotis. Au moment où elle voulut se redresser, une main se referma sur sa cheville.

— Tiens, tiens, une sirène… fit une voix bien trop familière.

Rachel poussa un cri d'effroi, tout en cherchant à se protéger du regard de l'intrus.

— Lâchez-moi ! Sinon, j'ordonne à mes chiens de vous déchiqueter ! hurla-t-elle avec toute la fougue qu'elle put rassembler, compte tenu des circonstances.

D'un bras, elle couvrait ses seins, tandis que sa main tentait de protéger son intimité. Jason rit de bon cœur, sans lui obéir, bien au contraire : il tira la jeune fille par la cheville, la faisant glisser sur la mousse.

— Je regrette, mais je doute fortement qu'Hélène et Vénus me fassent le moindre mal… du moins de façon délibérée, ajouta-t-il en songeant à son urticaire.

— Je ne songeais pas à mes chiennes, qui sont dociles. Aujourd'hui, je suis accompagnée de Pâris et d'Adonis. Vous aurez bien plus de mal à les charmer, je vous le garantis !

Jason ne put résister à la tentation de balayer son corps doré d'un regard plein de convoitise. Sous la masse de cheveux châtains apparaissait un mamelon rose et dressé. Il se félicita d'être immergé jusqu'à la taille. Sinon, il n'aurait pu dissimuler à Rachel la preuve vibrante de son désir. Il fit de son mieux pour se concentrer sur ses paroles.

— Si vous étiez un gentleman, vous n'oseriez pas épier une dame en train de se baigner. Quant à l'agresser comme vous venez de le faire…

Elle s'exprimait d'un ton glacial. Soulagée, elle vit apparaître la silhouette imposante de ses deux molosses, au sommet de la colline.

— Comtesse, vous ne cessez de répéter que je ne suis qu'un Yankee de la pire espèce, un imposteur, que je n'ai rien d'un gentleman.

Il se mit à caresser sensuellement l'intérieur de son pied. C'était si bon que la jeune fille plia d'instinct les orteils.

— J'ai dit : *si* vous étiez un véritable gentleman. Nul ne sait mieux que moi que ce n'est pas le cas. Mais cela ne signifie pas que vous pouvez profiter d'une dame en toute impunité.

— Je ne vois aucune dame aux alentours, affirma Jason en tirant de plus belle sur sa cheville.

Elle tenta de le frapper de son autre pied tout en poussant un juron peu féminin, mais il esquiva l'attaque et la saisit par les deux chevilles, cette fois. Enfin, il l'entraîna dans l'eau sans ménagement.

— Je ne vais pas tarder à mettre ma menace à exécution, grommela-t-elle, furieuse, en regardant les deux chiens accourir vers la rivière.

Ignorant son avertissement, Jason l'enlaça et l'attira contre son corps. Il avait perdu toute raison.

— Quant à vous, souffla-t-il d'une voix rauque, vous allez subir les effets de votre comportement de garçon manqué, comtesse.

Ayant grandi dans le monde rural, Rachel connaissait les signes physiques de l'excitation des mâles de toute espèce. Soudain elle oublia les chiens, la bienséance, ses projets. Plus rien n'existait que la chaleur de ce corps ferme plaqué contre le sien. Ses seins étaient dressés au contact de la toison brune qui couvrait le torse de Jason. Elle sentait son cœur battre au même rythme effréné que le sien. Malgré elle, elle agrippa ses épaules puissantes. Sous l'eau fraîche, son membre gonflé effleurait son intimité.

Elle fut sauvée d'un acte de pure folie par les molosses qui se mirent à les éclabousser, très joueurs. La jeune fille émergea de sa torpeur et posa les mains sur la poitrine de Jason pour le repousser vivement. Puis elle prit appui sur le rocher et lui assena un violent coup de pied.

Son talon heurta le genou de Jason, qui se sentit tomber à la renverse. Enfin, il remarqua la présence des chiens. Luttant pour retrouver l'équilibre, il se rappela qu'il s'agissait de mâles féroces.

Rachel rejoignit les deux bêtes et se plaça entre elles.

— Va chercher ! ordonna-t-elle en désignant le comte comme s'il n'était qu'un objet flottant à la surface de l'eau.

Avec leurs crocs acérés, les chiens n'en feraient qu'une bouchée.

Jamais Jason n'avait été aussi prompt à réagir. Il se précipita sur le rocher et se glissa dans un espace étroit. Les chiens dérapèrent sur la mousse, incapables de le rejoindre. Il vit avec effroi Rachel se placer derrière le monstre qu'elle nommait Adonis.

— Et si je l'aidais à monter pour qu'il puisse vous atteindre… fit-elle.

Ce goujat méritait d'avoir peur, après ce qu'il avait failli lui infliger. Enfin, après ce qu'elle avait failli accepter de faire, même s'il lui était difficile de l'admettre…

— Vous n'avez rien à gagner à me faire tuer ou dévorer, comtesse, répondit-il froidement en espérant que la sueur qui perlait sur son front ne se voyait pas trop.

Il n'était pas aisé de garder son sang-froid dans le plus simple appareil, avec ses attributs exposés aux crocs de deux bêtes féroces.

Il s'efforça de se placer pudiquement de biais et reprit :

— Vous l'avez dit vous-même : si vous ne m'épousez pas, votre père vous trouvera aussitôt un autre fiancé, très probablement Forrestal. Nous devons trouver un accord qui nous protégera tous les deux des machinations de ces vieux tyrans que sont mon grand-père et votre père. Pour l'amour du Ciel, retenez ce chien !

C'était plus qu'elle n'en espérait. Le Yankee lui mangeait dans la main, désormais.

— Je dois avouer, à contrecœur, que vous avez raison. Nous devons trouver un accord. Mais votre comportement est inacceptable. Vous méritez une punition, décréta-t-elle en retenant Adonis.

— C'est vous qui en méritez une, espèce de sorcière, après ce qui m'est arrivé à cause de ce poison ! Je voulais simplement me venger de cette mésaventure !

— Apparemment, vous êtes guéri. Je ne décèle aucune trace d'urticaire, dit-elle en balayant du regard son visage, ses mains, avant de s'aventurer plus bas. Ce que vous venez de faire est révoltant. Je devrais vous laisser moisir sur ce rocher jusqu'à ce que vous mouriez de faim. Mais j'ai pitié de vous. Venez, les chiens !

Les molosses nagèrent vers la rive, où se trouvaient Araby et les vêtements de Jason, et contournèrent les rochers.

Ses vêtements ! Soudain, il comprit où elle voulait en venir. Et il n'y avait aucun moyen de l'en empêcher. Il observa les chiens. Il n'avait aucune chance de les amadouer.

Quelques minutes plus tard, Rachel apparut sur la rive opposée et se rhabilla à l'abri d'un saule.

Puis elle se mit à agiter les effets de Jason tels des étendards en criant :

— Je vous ai laissé vos bottes !

— Vous êtes trop aimable ! railla-t-il.

— Je ne vous vois pas chevaucher pieds nus. Quant au reste... Je paierais cher pour vous voir arriver aux écuries, nu comme un ver. J'espère que la selle ne portera en rien atteinte à votre virilité.

Même de loin, il distinguait son regard triomphant.

— J'y arriverai, comtesse. Sachez que mes amis shawnees chevauchent nus. Nous devrions essayer ensemble, un jour.

Il esquissa un sourire en la voyant se diriger vers sa jument d'un pas décidé. Les chiens rejoignirent leur maîtresse, au grand soulagement du jeune homme. Il quitta son perchoir pour retrouver Araby.

Le souper chez les Fairchild s'annonçait passionnant.

À la fois amusé et désabusé, Jason se dit que son entrée aux écuries, vêtu d'une simple culotte de peau, allait susciter des ragots dans toute la région. Pourquoi pas, après tout ? se dit-il en se rendant à Harleigh Hall dans la soirée. Cette fantaisie convenait à merveille à l'image du comte yankee qui lui collait à la peau. Autant jouer le jeu jusqu'au bout.

Naturellement, Rachel Fairchild apportait sa contribution à cette réputation sulfureuse. D'abord, elle l'avait aspergé de champagne, puis elle lui avait dérobé ses vêtements. Comment aurait-elle pu deviner qu'il gardait toujours dans ses sacoches quelques effets en cas d'urgence ? Si cette garce avait aussi emporté sa culotte de peau, il aurait souffert des frottements de la selle.

Il sourit en songeant combien elle s'était abandonnée facilement à son étreinte. Seule l'arrivée inopportune de ces maudits chiens les avait interrompus. Depuis, Jason s'efforçait de remettre de l'ordre dans ses pensées, en vain. Il était incapable de déterminer ce qu'il ressentait vraiment.

Cela faisait des années qu'il n'avait pas désiré une femme avec une telle intensité. Peut-être même était-ce la première fois. Rachel était excentrique, entêtée, colérique, mais elle possédait un esprit vif et un humour féroce – sans parler de ses attributs physiques. Cependant, il était bien trop jeune pour se marier. En réalité, il n'y avait jamais songé au cours de ses périples, malgré les incitations de sa mère.

Après tout, sa sœur Margaret avait eu trois enfants qui pourraient hériter du patrimoine familial et de l'entreprise. Cela dit, il devait admettre que la situation avait changé. S'il parvenait à trouver un accord avec son grand-père et à vivre en Angleterre, il serait contraint de se marier un jour pour avoir un héritier. Le problème était loin d'être réglé.

— Il serait peut-être préférable que grand-père refuse de négocier et désigne Roger Dalbert, marmonna-t-il à Araby. Ainsi, je pourrais retourner en Amérique et ne plus songer au mariage.

Si le vieil homme n'avait pas cherché à le manipuler de façon aussi arrogante, il aurait peut-être trouvé Rachel à son goût… Du moins, si la jeune femme n'avait pas été contrariée par la détermination de son père à la voir épouser le petit-fils de son voisin. Pour l'heure, leur unique point commun était leur désir d'échapper aux manigances des deux tyrans.

Elle pouvait être redoutable lorsqu'elle était fâchée. Jason frémit à l'idée du sort que lui auraient infligé Pâris et Adonis s'ils avaient réussi à grimper sur ce rocher couvert de mousse. Rachel aurait-elle pu les retenir s'ils avaient commencé à le déchiqueter ?

Soudain, une détonation retentit dans la campagne tranquille. Jason ressentit aussitôt une douleur fulgurante au bras droit. Sans perdre de temps à réfléchir, il mit sa monture au galop. Il se pencha en avant pour être moins vulnérable. Un autre coup de feu éclata. La balle siffla près de son oreille. Non seulement il avait affaire à un excellent tireur, mais celui-ci était capable de recharger son arme en un éclair. Ils étaient peut-être plusieurs. Quoi qu'il en soit, s'il ne s'était pas baissé à cet instant précis, il serait mort.

Il prit un virage et gravit la pente menant au sommet de la colline, puis il mit son étalon au trot. Son agresseur ne semblait pas l'avoir suivi. Toutefois, il préférait ne prendre aucun risque. Il saisit l'un de ses pistolets dans sa sacoche. Le contact familier de cette arme le rassura.

En apercevant l'imposante demeure, Jason ressentit un vertige. Sa blessure au bras saignait abondamment.

Quand il le vit mettre pied à terre, à l'entrée de la maison, le valet blêmit. Il écarquilla les yeux face à la tache rouge qui maculait sa manche.

— Tenez, mon brave, dit-il en tendant les rênes au domestique.

La porte s'ouvrit sur un majordome élancé et d'une maigreur cadavérique. D'un coup d'œil, il comprit la situation et appela deux valets. Jason les repoussa et parvint à gravir les marches sans leur aide. À peine avait-il posé le pied dans la maison que Rachel et son père vinrent à sa rencontre.

— Je suis navré de saigner sur votre tapis, monsieur le vicomte, déclara le jeune homme.

— Dieu du ciel, que s'est-il donc passé ? s'écria Hugh Fairchild en fixant la manche ensanglantée de son invité.

— Mais enfin, père ! s'emporta Rachel. Il paraît évident que le comte a reçu une balle dans le bras.

Elle ordonna à un domestique d'aller chercher son panier médicinal et de l'eau.

— Une balle ? répéta Harleigh. Mais pour quelle raison voudrait-on vous tuer ?

Rachel arqua les sourcils.

— Je pourrais en citer plusieurs, déclara-t-elle.

— Ne sois pas impolie, ma fille.

— Venez, avant que vous n'abîmiez le tapis, dit-elle à Jason en ignorant les remontrances de son père.

Elle le prit par son bras valide et l'entraîna vers un petit salon. Le vicomte leur emboîta le pas, incapable de dissimuler son angoisse.

— Ce bandit cherchait-il à vous dérober vos biens ? s'enquit-il.

— Il a tiré sans me demander ce que j'avais dans ma bourse. D'ailleurs, ils étaient peut-être plusieurs.

— Vous avez décidément le don de vous retrouver dans les situations les plus inextricables, commenta sèchement Rachel en poussant son patient dans un fauteuil.

— Il en a toujours été ainsi, je le crains, avoua-t-il.

— Vous ne ferez pas de vieux os, dans ces conditions.

Une petite femme rondelette avec une énorme verrue sur le menton apparut. Elle portait un panier garni de plantes médicinales et de remèdes.

— Voici votre panier, madame, annonça-t-elle. Farley va vous apporter de l'eau.

Elle regarda d'un œil réprobateur la jeune femme qui entreprenait de débarrasser le blessé de sa veste.

— Mieux vaut que je m'en charge, reprit-elle.

La domestique posa son panier sur une table.

— Je m'en occupe, Beatty, assura Rachel.

Sans se soucier de la vieille femme, elle souleva le couvercle du panier.

— Ce n'est pas convenable, Rachel, intervint le vicomte. Tu n'es pas mariée. Tu ne dois pas te trouver en présence d'un homme partiellement dévêtu.

— Dois-je vous rappeler que, grâce à vos intrigues avec Cargrave, cet homme est désormais mon fiancé ? Sans oublier que je suis le meilleur médecin de la région.

— Tu soignes les animaux, pas les êtres humains, protesta le vicomte en fronçant les sourcils.

Rachel baissa les yeux vers le blessé qui réagit aussitôt :

— Non, ne dites rien.

— D'après vous, qu'allais-je dire, monsieur le comte ? fit-elle d'un air faussement ingénu, une lueur taquine dans les yeux. Je vais être obligée de découper la manche de votre chemise pour évaluer la gravité de la blessure.

Le sang commençait à coaguler sur une vilaine plaie assez profonde qui lacérait son biceps. De sa main valide, Jason déboutonna sa chemise.

— Elle est abîmée, de toute façon, murmura-t-il en haussant une épaule pour se dévêtir.

Il grimaça de douleur en remuant son bras blessé.

Rachel dut se forcer à ne pas contempler son large torse couvert d'une épaisse toison brune.

— Tout va bien, assura-t-elle d'un ton impatient destiné à masquer son trouble. Essayez de ne pas vous évanouir lorsque je décollerai le tissu de la plaie.

Il observa sa blessure d'un air indifférent.

— J'ai connu bien pire… Hélas pour vous, comtesse.

Ses yeux bleus scintillaient d'amusement quand il ajouta :

— Je devrais peut-être me renseigner aux écuries pour savoir si vous ne revenez pas d'une longue chevauchée dans la campagne, par hasard…

— Si je vous avais tiré dessus, je n'aurais pas manqué ma cible. À présent, ne bougez pas. Je vais vous faire mal.

— Vous devriez me remercier de faire de cette soirée un grand moment de satisfaction, railla-t-il.

Lorsqu'elle entreprit d'écarter le tissu de la plaie, il ne broncha pas.

— Il va falloir au moins dix points de suture, annonça-t-elle.

Sa proximité faisait trembler les mains de la jeune fille, qui s'efforça de maîtriser les battements effrénés de son cœur.

— J'ai l'impression que ce n'est pas en brodant des napperons que vous avez appris à manier l'aiguille, commenta-t-il.

— J'ai acquis mes compétences en recousant les blessures de bêtes trop stupides pour éviter les dangers, un peu comme vous.

Elle jeta le tissu maculé de sang dans une cuvette, puis se tourna vers Beatty.

— Où est donc Farley ? Je dois nettoyer la plaie avant de commencer à recoudre.

Le vieux domestique se présenta à cet instant précis et posa sur la table une cuvette en porcelaine et un broc. La jeune femme le laissa remplir la cuvette, puis elle le congédia d'un geste. Elle se tourna vers son père. Pâle comme un linge, le vicomte se tapotait le front d'un mouchoir.

— Père, vous savez bien que vous ne supportez pas la vue du sang. Peut-être vaudrait-il mieux que vous attendiez dans votre bureau.

— Absolument, mon petit, admit-il en s'éloignant vers la porte. Je vais ordonner à Perkins d'apporter mon meilleur porto. Il n'y a rien de tel pour revigorer un homme blessé.

Sur ces mots, il disparut sans demander son reste.

— La dernière fois qu'il a essayé de m'aider, lors de la mise bas de sa meilleure jument, il s'est évanoui, le pauvre, expliqua Rachel à Jason.

— Je vais m'efforcer de rester conscient jusqu'au bout, ne serait-ce que pour vous empêcher de coudre mon bras à ma jambe, par exemple. Vous seriez capable d'un tel méfait.

Beatty émit un grommellement amusé. Rachel la réprimanda d'un regard noir, puis entreprit de nettoyer la plaie. Celle-ci s'était remise à saigner depuis qu'elle n'était plus couverte de tissu. Rachel s'assura qu'il ne restait plus la moindre parcelle de coton, puis elle enfila une aiguille.

Surtout, il ne fallait pas trembler. Elle se concentra sur le chas de l'aiguille et chassa de ses pensées l'homme qui se tenait à quelques centimètres d'elle. Elle sentait la chaleur de son corps. Il émanait de lui un parfum musqué familier. Et ses yeux… Elle devinait qu'ils l'observaient avec attention, mais elle refusait de croiser son regard moqueur.

Ce monstre mériterait que je couse son bras à sa jambe, songea-t-elle, voire à une partie plus sensible de son anatomie.

Elle se mit au travail. Ayant perdu beaucoup de sang, Jason commençait à faiblir. Mais il se refusait à s'évanouir en présence de cette femme qui n'était pas du genre à se pâmer. Il avait promis de ne pas défaillir. La douleur de l'aiguille entrant dans sa chair meurtrie lui permit de se ressaisir. Il ne devait surtout pas montrer sa souffrance. Cherchant une diversion, il étudia les mains de Rachel.

Elle avait de longs doigts fins mais les ongles courts, et ne portait pas la moindre bague. Ces mains étaient habituées à effectuer des tâches inconnues des jeunes filles de l'aristocratie anglaise.

— Vous maniez l'aiguille à merveille, comtesse, commenta-t-il d'une voix douce tandis qu'elle faisait un nœud.

— Je n'ai guère le goût de la broderie, comme vous vous en doutez. Vous avez de la chance que j'aie une grande expérience des animaux et de leurs blessures.

Sans lui laisser le temps de répondre, elle s'adressa à Beatty.

— Allez vite chercher une chemise du vicomte.

La domestique hocha la tête d'un air morne et quitta la pièce.

— Elle sera un peu trop petite, mais vous devrez vous en contenter, déclara Rachel.

Soudain, elle se rendit compte qu'ils étaient seuls, à quelques centimètres l'un de l'autre. Jason était torse nu. Leur entrevue de l'après-midi lui revint en mémoire. En se rappelant le contact de sa toison sous ses doigts, celui de ses seins contre son torse, elle retint son souffle. Si seulement elle pouvait palper une nouvelle fois ses muscles saillants… et son membre tendu.

Qu'est-ce qui me prend ? se demanda-t-elle. Elle se mordilla les lèvres et prit un bandage dans son panier.

— Je vais devoir vous bander le bras…

— Où est donc passé votre ton froid de médecin, comtesse ? se moqua-t-il en lui prenant la main.

En la portant à ses lèvres, il la sentit trembler.

7

Jason s'attendait à ce qu'elle dégage vivement sa main et le traite de débauché. Mais elle le surprit en croisant son regard sans sourciller. Quant à déchiffrer ce que lui disaient ces prunelles mordorées, c'était une autre histoire.

— Le docteur n'a aucune recommandation à me faire ? demanda-t-il.

— Vous n'en tiendriez pas compte, de toute façon, alors à quoi bon ? répondit-elle en laissant sa main dans la sienne.

Ce monstre était en train de lui jeter un sort. Il cherchait à l'intimider. Elle résista à son envie de s'écarter de lui et libéra très doucement sa main en effleurant sa paume du bout des doigts, consciente de jouer avec le feu.

— Vous seriez étonnée de la façon dont je tiens compte de vous, comtesse, répliqua-t-il en se levant.

Rachel savait que si elle lui permettait de la dominer de sa hauteur, elle se retrouverait en mauvaise posture. Aussi posa-t-elle une main sur son épaule valide pour l'obliger à se rasseoir.

— Vous devriez vous montrer plus prudent, dit-elle. C'est la deuxième fois que quelqu'un vous tire dessus. La première fois, il a échoué. Cette fois, vous êtes blessé. Il risque de parvenir à ses fins, un jour.

— En réalité, c'est la troisième fois que je sers de cible. On m'a aussi tiré dessus à Londres.

La jeune fille en eut le souffle coupé.

— Vous m'impressionnez, monsieur. Provoquer la colère de quelqu'un n'est pas rare, mais inspirer une telle haine meurtrière est remarquable. Qui peut bien souhaiter votre mort ?

— À part vous, je ne vois personne... Du moins, pas de ce côté de l'Atlantique.

— Je vous en prie, ne dites pas de bêtises. Certes, je déplore les projets matrimoniaux de mon père et de votre grand-père, mais je n'ai jamais tenté de vous tuer.

— Et, comme vous venez de le dire, vous n'auriez pas manqué votre cible.

Il soupira et passa une main dans ses cheveux.

— À Londres, j'ai un ami qui mène l'enquête. Je ne vois pas ce que je puis faire de plus.

— Même si cela vous semble difficile, vous pourriez vous montrer raisonnable et ne plus chevaucher dans la campagne, où vous constituez une cible de choix, affirma-t-elle avec fougue.

— Je suis touché par votre sollicitude, comtesse...

— Bien sûr que je m'inquiète, imbécile de comte ! J'ai pourtant été très claire, cet après-midi. Nous avons besoin l'un de l'autre pour échapper à un sort funeste. Ne l'oubliez pas. Essayez de porter un casque.

— Je savais que vous me donneriez un conseil avisé, railla-t-il.

Maintenant qu'elle avait la certitude que quelqu'un cherchait à tuer le comte, Rachel était vraiment inquiète, même si elle se refusait à en chercher les véritables raisons.

— Je vais bander votre bras, déclara-t-elle pour se donner une contenance.

— Si vous voulez.

Elle se détourna vivement de ses yeux perçants, en proie à une multitude d'émotions contradictoires. Hésitante, elle prit une longue bande de coton.

— Tenez l'extrémité de la bande pendant que je l'enroule autour de votre bras, dit-elle en se mettant à l'œuvre.

Quand elle eut terminé, Jason se demandait s'il allait pouvoir résister encore longtemps à ses pulsions. Pourquoi diable ne s'était-il pas libéré dans les bras d'une courtisane avant de s'exiler à la campagne ? Il regretta de n'avoir pas accepté l'invitation tacite de la jeune laitière, la veille. Il ne comprenait pas pourquoi il avait résisté.

Au moment où il allait prendre Rachel dans ses bras, Beatty entra dans la pièce. La vieille femme semblait posséder un instinct très sûr. Elle le foudroya du regard, comme si elle devinait ses intentions lubriques.

— Voici une chemise de monsieur, déclara-t-elle. Mais je ne vois pas comment celui-ci va réussir à passer le bras dans la manche, avec ce bandage.

— Nous allons nous arranger, assura Rachel, congédiant la domestique après l'avoir remerciée.

Beatty adressa à Jason un dernier regard meurtrier, avant de s'éclipser.

— C'est une vieille chemise, expliqua Rachel. Depuis, mon père a perdu beaucoup de poids à cause de la goutte. Je vais vous aider.

Il se leva et se retourna. Tandis qu'il enfilait la manche de son bras valide, il la laissa s'occuper de son bras blessé. Hélas, ils comprirent vite qu'il n'y avait pas moyen de boutonner la chemise sur son torse nu.

Rachel recula d'un pas pour réfléchir à la situation.

— Je suppose que si vous soupez de façon aussi scandaleuse que vous montez à cheval, cette chemise conviendra tout à fait.

Il se mit à rire.

— Il est vrai que j'ai monté Araby dans le plus simple appareil, cet après-midi...

L'image de cet homme imposant et nu sur le puissant étalon noir suscita en elle des émotions jusqu'alors inconnues et troublantes à l'extrême.

— Il va falloir trouver un moyen de vous couvrir.

— Vous avez raison. Même si votre père ne voyait aucun inconvénient à ma tenue, je suis certain que Beatty n'hésiterait pas à m'assommer à l'aide de la soupière.

— Je n'en doute pas, admit Rachel. Tournez-vous.

En la voyant prendre ses ciseaux, il arqua les sourcils.

— Je peux vous faire confiance ?

— Les chiens sont au chenil. Vous ne risquez rien, répondit-elle avec impatience.

D'un coup de ciseaux, elle fendit la chemise dans le dos.

— À présent, vous pouvez la boutonner, déclara-t-elle.

Il se retourna vers elle avec un sourire narquois.

— Je suis parfaitement décent, assura-t-il.

— Je n'ai guère eu l'occasion de m'en rendre compte, jusqu'à présent. Tenez, voici vos boutons de manchette.

Elle lui tendit les deux superbes saphirs.

— Votre veste est tachée, mais elle donnera l'illusion que vous êtes bien mis.

Il prit un bouton de manchette et voulut le mettre en place, mais son bras blessé le handicapait.

— Je crains d'avoir besoin de votre aide, murmura-t-il avec une grimace de douleur.

Elle lut le défi dans son regard bleu.

— Je pourrais faire venir le valet de mon père, répliqua-t-elle. Mais nous ne voulons pas faire attendre le vicomte plus longtemps, n'est-ce pas ?

Il lui sourit tandis qu'elle boutonnait sa chemise.

— N'y pensez même pas, comtesse, fit-il en voyant les mains de la jeune fille trembler.

Le repas se déroula sans heurts. Les mets étaient simples et rustiques, pour le plus grand plaisir de Jason. Il en avait assez de tous ces plats en sauce qu'il était obligé d'ingurgiter à Londres. Les trois convives discutèrent élevage, récoltes, et évoquèrent les nouvelles lois qui allaient affecter leur activité. La gestion du domaine n'avait aucun secret pour la jeune femme, ce qui ne surprit pas le comte outre mesure. En revanche, il fut étonné par sa connaissance de la politique. Heureusement qu'elle était son alliée pour éviter ce mariage dont ils ne voulaient ni l'un ni l'autre. Si elle se mettait en tête de le prendre pour mari, elle serait à n'en pas douter une redoutable adversaire.

Pourtant, à plusieurs reprises au cours du souper, il eut l'impression qu'elle cherchait à le séduire. La date du mariage avait été fixée à deux mois plus tard. Cette nouvelle troubla le jeune homme. Le marquis et le vicomte étaient d'accord et les bans seraient publiés dans la semaine.

Compte tenu de la blessure de Jason, un domestique fut envoyé à Falconridge pour avertir le personnel que le comte passerait la nuit à Harleigh Hall. En souhaitant bonne nuit à la jeune fille, Jason se promit de trouver un moyen d'avoir une conversation avec elle avant le lever du soleil. Plus vite ils parviendraient à faire venir Fox, plus vite ils pourraient tous deux échapper à l'emprise du marquis.

En attendant que toute la maison soit endormie, il n'eut aucun mal à demeurer éveillé car son bras le faisait souffrir. De plus, il n'avait pas pris le laudanum que lui avait apporté la gouvernante. Étant la cible d'un tueur, il devait rester en alerte.

Vers une heure du matin, il quitta sa chambre sur la pointe des pieds, guettant le moindre bruit suspect. À part le tic-tac de la pendule, la maison était plongée dans le silence.

D'après ce que lui avait confié une jolie domestique, la chambre de Rachel se trouvait au bout du couloir. Jason avait également appris, sans grande surprise, qu'aucune femme de chambre ne veillait sur elle. Le jeune homme avança à tâtons, de crainte de heurter un meuble. Le subtil parfum des fleurs lui rappelait Rachel. Une chaleur familière lui noua les entrailles.

Alors qu'il atteignait le milieu du couloir, il entendit craquer les lattes du plancher à l'extrémité opposée. Il se cacha vivement derrière une colonne et attendit. C'était Beatty, avec sa démarche chaloupée, qui empruntait l'escalier de service pour regagner l'office.

Cette mégère va sans doute découper un quartier de viande avant d'aller se coucher, songea Jason.

Quand il eut la certitude qu'elle s'était éloignée, il s'approcha de la porte de Rachel. Il actionna lentement la poignée en ivoire. Le panneau de noyer s'ouvrit avec un léger craquement. Jason se glissa à l'intérieur.

— J'étais sur le point de céder et de me rendre dans votre chambre. Vous vous êtes perdu dans le couloir ? fit Rachel, près de la fenêtre, dont les rideaux de velours étaient tirés.

Jason cligna les yeux, ébloui par la lueur d'une chandelle. Rachel portait un peignoir de coton bleu par-dessus sa chemise de nuit blanche.

— Je ne vous imaginais pas dans une tenue aussi féminine, déclara-t-il en observant le col qui enserrait sa gorge. Je pensais que vous dormiez peut-être nue... Mais les domestiques ne verraient pas cela d'un bon œil.

Ce vaurien semblait toujours prendre le contrôle de la situation, quelles que soient les circonstances.

— Je n'ai pas besoin d'une femme de chambre. Sauf quand je suis obligée de me rendre au bal.

— C'est un comportement très américain, comtesse, répondit-il sèchement avant de s'approcher. Pourquoi vous attendiez-vous à ce que je vienne dans votre chambre, ce soir ?

— Ne vous faites aucune illusion : je n'envisageais pas de vous séduire.

Il la toisa longuement.

— Je m'en doute. Sinon, vous ne vous seriez pas habillée de la sorte... Vous vous seriez déshabillée, plutôt. Toutefois, à en juger par votre réaction cet après-midi, dans la rivière... Sans parler de celle que vous avez eue en soignant ma plaie... Eh bien, tout homme en tirerait des conclusions.

— Des conclusions stupides, rétorqua-t-elle d'un ton mielleux. Vous avez entendu ce qu'a dit mon père, au cours du dîner. Les bans seront publiés sous peu. Nous n'avons plus que deux mois pour nous sortir de ce pétrin.

— Je dois admettre que vous aviez raison, à propos de votre père. Jamais je ne l'aurais cru capable d'une telle détermination.

Rachel émit un grommellement plein de mépris.

— À sa façon, il est aussi tordu que le marquis, mais il est moins avisé. Toutefois, il a affirmé que votre grand-père s'était beaucoup attaché à Fox. Écrivez à votre frère adoptif et invitez-le chez vous au moment du bal annuel des Mountjoy. Le marquis s'y rend tous les ans. Nous serons également invités. Quand Fox aura passé un certain temps ici, nous pourrons endormir la méfiance de votre grand-père. Par la suite, l'enfant sera autorisé à revenir chez vous, peu avant le mariage.

Jason la regarda aller et venir dans la pièce, concentrée sur son plan. Les pans de son peignoir s'entrouvrirent, révélant une partie de ses charmes. Se rendait-elle compte que le fin tissu blanc était presque transparent ? Il s'imaginait en train de caresser sa peau dorée à travers sa chemise de nuit. Il se mit à la dévorer des yeux. Elle était pieds nus. Décidément, tout en elle lui plaisait. À part son caractère et le fait qu'il risquait de devoir l'épouser de force.

— J'ai chargé un palefrenier de confiance de vous trouver deux places sur un bateau en partance pour le Canada. Une fois là-bas, vous devrez vous débrouiller pour gagner les États-Unis.

— Je ne manque pas de ressources, comtesse, assura-t-il, cherchant à se concentrer sur autre chose que son corps de rêve.

— Le bateau part de Bristol. Le marquis et mon père auront la certitude que vous serez en route pour Londres ou quelque autre port du Sud. Jamais ils ne vous soupçonneront de prendre le risque de gagner l'Ouest. Avec des chevaux rapides, nous avons une chance de réussir, mais nous devrons compter sur notre bonne fortune. Rien ne garantit que le bateau lèvera l'ancre tout de suite.

Il serait plus raisonnable de nous déguiser, de nous faire passer pour des vagabonds, peut-être…

— Attendez ! coupa-t-il en comprenant soudain le sens de ses paroles. Qu'entendez-vous par « nous », au juste ?

Elle le dévisagea, ébahie, puis soupira.

— Comment comptez-vous trouver le chemin de Bristol sans moi pour vous servir de guide ? Seigneur, vous avez mis une partie de la nuit à venir de votre chambre à la mienne. Fox sera devenu un homme, le temps que vous arriviez à Bristol ! La route est longue et ardue. Cela représente plus de cent cinquante kilomètres de terrain accidenté.

— Raison de plus pour ne pas s'encombrer d'une femme.

— Je suis capable de chevaucher aussi longtemps et aussi vite qu'un homme. Je vous dépasserai sans difficulté.

Il arqua les sourcils et sourit.

— C'est une promesse, comtesse ?

Rachel serra les dents face à tant d'arrogance. Il se tenait les bras croisés, nonchalamment adossé à une colonne de lit, l'air égrillard. Elle crispa les poings.

— Je rêve de vous donner une bonne correction, mais mon père ne manquerait pas de se poser des questions si vous apparaissiez demain matin dans la salle à manger avec un œil au beurre noir.

— Vous n'aviez pas autant de scrupules, le jour où vous m'avez laissé me frotter à cette plante vénéneuse.

— Vous ne passiez pas la nuit sous mon toit, espèce d'imbécile !

Jason n'osa rire de bon cœur, de peur de réveiller les domestiques.

— Regardez-nous, tous les deux dans votre chambre, en pleine nuit, vous en peignoir et moi…

Il ne portait que la chemise ouverte et le vieux pantalon qu'elle lui avait subtilisé dans l'après-midi.

— Je ne vois pas ce qu'il y a de drôle. Si quelqu'un nous surprenait, je serais compromise et nous serions contraints à ce mariage que nous nous efforçons d'éviter.

— Justement, comtesse. Tout le monde croirait à une tendre idylle, au lieu de voir en nous deux ennemis prêts à se sauter à la gorge, répliqua-t-il en s'approchant d'elle imperceptiblement. Et je trouve qu'une idylle serait intéressante…

Elle n'aimait pas cette lueur dans son regard, ni la chaleur qui émanait de son corps, mais elle ne parvenait pas à reculer.

— À votre place, j'éviterais toute imprudence, prévint-elle. Votre avenir est en jeu.

— Seulement si quelqu'un nous surprenait, précisa-t-il d'une voix rauque.

Sur ces mots, il l'enlaça et l'attira vers lui.

La raison de la jeune fille lui intimait de s'écarter, pourtant son corps se lova contre celui du comte. Que se serait-il passé, dans la rivière, si les molosses ne s'étaient pas précipités sur eux ? Cette fois, personne ne viendrait à la rescousse. De plus, elle brûlait de savoir ce qu'étaient vraiment les rapports entre un homme et une femme.

Il effleura ses lèvres des siennes, avec la douceur du battement d'ailes d'un papillon. Elle renversa la tête en arrière et ferma les yeux. Il se mit à déposer un chapelet de baisers furtifs sur ses paupières, ses cils, tout en lui caressant les cheveux. Elle sentait les battements frénétiques de son cœur contre sa poitrine. La bouche brûlante de Jason glissa dans son cou, puis revint vers ses lèvres entrouvertes. Le souffle court, elle ne put réprimer une plainte.

Bientôt, la langue de Jason s'insinua entre ses lèvres. Surprise par ce contact, la jeune fille retint son souffle. Mais le comte approfondit son baiser. Elle perçut l'intensité de son désir pour elle. Il l'embrasa à son tour d'une passion qu'elle ne connaissait pas. Elle lui rendit son baiser, d'abord maladroitement, puis elle prit de l'assurance.

Sans qu'elle s'en rende compte, il défit la ceinture de son peignoir et en écarta les pans. Il glissa une main sous la chemise de nuit pour s'emparer d'un sein. Dès qu'il se mit à le caresser, le mamelon se dressa sous le fin tissu. Soudain, il interrompit leur baiser et se pencha pour saisir le mamelon entre ses lèvres et le titiller à loisir. De la main, il pétrit sensuellement l'autre sein.

Rachel fut emportée dans un tourbillon sensuel. Elle se cambra pour mieux s'offrir à ses caresses. Son ventre était plaqué contre celui de Jason. Seule une barrière de tissu les séparait. Elle ne savait rien des baisers fébriles ni des sensations qu'une bouche virile pouvait faire naître dans tout son corps. Cependant, elle comprenait fort bien le sens de son érection. Soudain, la peur se mêla au désir dans son esprit.

Jason voulut l'allonger sur le tapis. Il fallait qu'elle réagisse, sinon elle serait perdue. Presque malgré elle, elle chercha à se libérer de son étreinte, mais elle avait encore les mains enfilées dans les manches du peignoir. Quand elle voulut le repousser, ses doigts malhabiles appuyèrent sur sa plaie. Jason étouffa un cri de douleur et s'écarta vivement, un peu surpris.

Rachel cherchait son souffle, le visage rouge de honte.

— Vous n'êtes qu'un âne entêté et stupide ! Un imbécile de la pire espèce... un...

Les mots lui manquèrent.

Incrédule, le comte l'observa, se tenant le bras.

— Vous sembliez pourtant consentante il y a une minute à peine, comtesse. Il vous suffisait de détourner la tête et de me dire non.

Comment lui avouer qu'elle avait cédé à la passion de l'instant et que son corps ne répondait plus à sa raison ? Son cœur battait encore à tout rompre.

— J'admets que c'est ma faute autant que la vôtre, si la situation a... dégénéré.

— Vous êtes magnanime, mais, si je me souviens bien, tout se déroulait à merveille, rétorqua-t-il en la regardant fermer son peignoir sur ses seins humides de ses baisers.

Ce commentaire suggestif la fit réagir.

— Si quelqu'un nous avait surpris dans cette posture compromettante, persifla-t-elle, mon père aurait poussé le marquis à obtenir une dérogation. Nous aurions été obligés de nous marier dès demain. À moins que vous n'ayez envie de vous retrouver enchaîné à moi pour la vie ?

— Comtesse, il n'y a rien que je redoute davantage sur cette terre que de devoir passer ma vie avec une mégère telle que vous.

Comme il l'avait fait lors du bal, il s'inclina cérémonieusement et tourna les talons.

— Je vais suivre votre conseil et inviter Fox à me rendre visite, conclut-il. Veuillez vous assurer que nous aurons bien deux places sur ce bateau en partance pour le Canada.

Quand la porte se fut refermée, Rachel demeura pétrifiée. Soudain, elle eut très froid, malgré la douceur de cette nuit d'été. Jamais elle n'avait rencontré un homme plus redoutable que Jason Beaumont.

Le lendemain matin, Jason fut soulagé d'apprendre que Rachel était déjà sortie en compagnie de son régisseur pour aller inspecter un champ de blé touché par quelque maladie. Le vicomte préférait prendre son thé et ses biscuits au lit, en lisant. Jason rédigea un court message de remerciements en s'excusant de son départ prématuré, car il avait plusieurs affaires urgentes à régler à Falconridge.

Il rentra chez lui en empruntant un itinéraire plus long mais plus fréquenté, de peur de tomber dans une embuscade. Ses deux pistolets étaient chargés et glissés dans sa ceinture.

Il avait passé la nuit à se maudire de sa propre stupidité. S'il avait perdu la tête, il se réjouissait que Rachel ait retrouvé ses esprits pour l'arrêter à temps, même si la brutalité de la jeune fille n'était guère flatteuse. Mais les femmes avaient toujours été un grand mystère, pour lui.

Surtout celle-ci.

Rachel Fairchild ne ressemblait à aucune autre. C'était indéniable. Elle pouvait se montrer posée et logique, discuter politique, stratégie militaire ou peinture. Elle n'avait aucun goût pour les frivolités féminines traditionnelles, portait des vêtements d'homme et travaillait ses terres avec le même courage et le même dévouement que les planteurs du Maryland. C'était une femme compétente, mais elle avait peur de sa propre sensualité.

Elle n'avait que faire de ce que pensaient les membres de la haute société londonienne. Pourtant, elle semblait sincèrement étonnée qu'un homme puisse la trouver désirable. Sans l'épée de Damoclès qu'était ce mariage, Jason aurait aimé avoir l'occasion de lui montrer combien elle était désirable pour un homme qui n'avait pas peur des femmes décidées et intelligentes. Mais elle avait raison en affirmant qu'il serait insensé de céder à ces pulsions. Cela ne ferait que les entraîner vers une situation dont ils ne voulaient ni l'un ni l'autre.

Il arriva chez lui sans encombre. Le tireur de la veille s'était abstenu, mais il aurait été imprudent de baisser sa garde. L'agresseur avait déjà échoué trois fois. Il n'y avait aucune raison qu'il s'arrête en si bon chemin.

Jason appela Lurey, le responsable des écuries, un vieil Écossais rusé, et lui décrivit les attentats dont il avait été victime. Il pria son domestique de sélectionner une dizaine d'hommes chargés de patrouiller dans le domaine.

Ensuite, il écrivit une lettre à Fox et une autre à son grand-père, le priant de laisser l'enfant lui rendre visite. Le marquis pourrait venir le chercher en arrivant pour le bal des Mountjoy...

Au cours des jours qui suivirent, Jason géra les affaires de son domaine et fit plus ample connaissance avec son personnel. Quand il ne consultait pas ses registres, il chevauchait sur ses terres et posait des questions aux métayers. Il avait encore beaucoup à apprendre avant d'être un comte digne de ce nom.

Surtout, ne pas penser à Rachel Fairchild...

Le soir, lorsqu'il s'écroulait sur son lit, épuisé, la jeune fille venait hanter ses rêves. Plusieurs femmes de chambre lui avaient suggéré qu'elles apprécieraient ses attentions, mais il avait ignoré leurs invitations. Le Jason de naguère, qui avait une femme dans chaque port, n'aurait jamais fait une chose pareille.

Une semaine plus tard, un domestique de Harleigh apporta un message de la jeune fille. Elle s'était arrangée avec un certain capitaine Harding, de Bristol, qui acceptait d'embarquer Fox et Jason pour le Canada.

Le lendemain, il reçut une lettre portant l'imposant blason des Cargrave. Le marquis acceptait de lui envoyer l'enfant en visite. Naturellement, il serait accompagné de ses « précepteurs », Mace et ses acolytes.

— Votre triomphe sera de courte durée, grand-père, murmura Jason en souriant. Vous serez bientôt échec et mat.

8

— Je ne vois vraiment pas ce qui te met dans un tel état, Rachel, déclara Harriet en s'efforçant de relever les cheveux de sa sœur en chignon.

— Au diable cette maudite coiffure ! lança Rachel, impatiente. Je me contenterai d'une tresse. Qu'on en finisse !

Elle arracha les épingles d'un geste rageur et secoua sa longue crinière qui cascada sur ses épaules. Puis elle entreprit de tresser ses cheveux. Des images troublantes lui revinrent aussitôt en mémoire. Elle était nue, dans la rivière, avec Jason Beaumont. Ses cheveux masquaient ses seins. Ensuite, dans sa chambre… leur baiser…

Comment oublier ce baiser, le contact de ces mains puissantes et de ces lèvres sur ses seins ? Elle avait failli s'écrouler à terre. Depuis, toutes les nuits, elle se retournait dans son lit, incapable de trouver le sommeil. Chaque fois qu'elle fermait les yeux, ces souvenirs venaient la hanter. Son corps s'éveillait soudain. Elle sentait une chaleur monter tout au fond d'elle-même, là où nul homme ne s'était jamais aventuré…

Le comte n'allait pas tarder à arriver, en compagnie de Fox. Leur plan se déroulait à merveille. Si tout se passait comme prévu durant cette visite, Jason et Fox pourraient embarquer pour le Nouveau Monde à l'occasion du prochain séjour de l'enfant. Et ensuite elle reviendrait à Harleigh seule. Car c'est bien ce qu'elle souhaitait, non ?

La voix de Harriet la fit surgir de ses pensées.

— Je sais pourquoi tu as les nerfs à fleur de peau. Le comte sera accompagné de ce sauvage, ce Peau-Rouge !

— Cameron Edmund Barlow n'est pas un Peau-Rouge. Il a reçu une excellente éducation. Même le marquis le trouve charmant.

Rachel se garda de préciser que Fox la considérait comme la plus belle femme d'Angleterre.

— Je serai ravie de le revoir, conclut-elle.

— Alors ce doit être le comte qui te met dans cet état, ce Yankee sans foi ni loi. J'ai bien envie de dire à père de l'envoyer promener. Il te fait tourner la tête avec ses sous-entendus lubriques. Il...

Le grommellement ironique de Rachel interrompit ce flot de paroles.

— Personne ne m'a jamais fait tourner la tête. Certes, il m'agace. Quant à l'envoyer promener... Même s'il le voulait, notre pauvre père n'y arriverait pas. Il aurait l'air d'une souris défiant un lion.

— Père n'apprécierait pas de t'entendre le comparer à une souris, protesta Harriet. Si ce mariage te fait si peur...

— Je n'ai pas peur de Jason Beaumont ! mentit Rachel.

Car elle avait peur, et pas seulement pour les raisons invoquées par sa cadette. Que penserait la sage Harriet si elle savait que son aînée avait le sang aussi chaud que le Yankee ? Plutôt mourir que d'admettre sa faiblesse.

— C'est un homme détestable, arrogant et rustre, mais je sais comment réagir face à ce genre de brute, étant donné que la plupart des hommes sont comme lui.

— Si c'est le cas, pourquoi es-tu aussi nerveuse, depuis quelques semaines ? Tu aurais dû m'écrire. Je ne me serais pas attardée à Brighton avec mon cher Melvin et je serais venue te soutenir.

Rachel adressa un sourire plein de tendresse à sa cadette.

— Le baron et toi étiez si heureux de l'invitation du régent à cette fête. Je ne voulais pas que tu te sacrifies. De toute façon, tu ne pouvais rien changer à la situation.

Cette fois, elle ne mentait pas.

— Allons, allons, insista Harriet. Si ce comte est aussi odieux, je vais charger Melvin de lui dire deux mots. Nous ne pouvons tolérer que tu épouses un homme qui ne te convient pas.

Rachel ne croyait pas une seconde que son beau-frère soit capable de parler franchement à qui que ce soit, surtout pas à Jason. L'idée était même amusante. Comparé à Melvin Chalmers, baron de Widmere, le père de la jeune fille passait pour un colosse. Un affrontement entre le baron et Jason était tout bonnement inimaginable. Cependant, elle se garda de le dire à sa sœur, de peur de la froisser.

— Si tu crois que le comte m'a menacée ou intimidée de quelque façon, tu te trompes, Harriet. Je vais régler cette histoire de fiançailles à ma façon.

La baronne leva les yeux du miroir tandis qu'elle rajustait sa capeline.

— Rachel, le ton de ta voix n'a rien de rassurant. Je te connais. Qu'est-ce que tu manigances ?

— Comment cela ? Je ne manigance rien du tout ! s'offusqua Rachel.

— Je le sens au ton de ta voix, insista Harriet en regardant sa sœur dans les yeux. Avant que tu ne fasses une bêtise, je compte jauger cet homme par moi-même.

— Tu crois que la famille de Mlle Fairchild va m'apprécier ? demanda Fox à Jason, un peu inquiet, sur le trajet les menant à Harleigh Hall.

Mace, son garde du corps, ainsi que Bradley, son professeur d'équitation, ne quittaient pas l'enfant des yeux.

Depuis qu'il était arrivé à Falconridge deux jours plus tôt, Fox ne cessait de poser des questions sur Rachel. Il semblait transi d'amour pour la jeune fille.

— Je suis certain que sa sœur et son beau-frère vont t'adorer, affirma Jason avec un sourire. Tu as déjà conquis le vicomte.

— Oui, il s'est montré très gentil quand il est venu voir grand-père, le mois dernier. J'ai beaucoup regretté que sa fille ne l'ait pas accompagné.

— Tu la verras bientôt.

— Grand-père dit que vous allez vous marier au début de l'automne. Je suis tellement impatient !

Fox n'avait pas demandé franchement à être présent lors de la cérémonie, mais c'était de toute évidence son souhait le plus cher. Comment lui expliquer la situation sans se trahir ? Le béguin de Fox pour Rachel n'était pas un problème, mais mieux valait ne rien révéler de son projet dans l'immédiat. De plus, le garçon s'était attaché au vieux marquis. Il risquait de commettre un impair. Aussi Jason évitait-il d'aborder le sujet du mariage autant que possible. Il s'était fourré dans un sacré pétrin, songea-t-il en se massant le bras. Sa plaie était presque guérie, mais jamais il n'oublierait le moment où Rachel l'avait soigné…

Cherchant un moyen de détourner la conversation, il s'enquit :

— La maison ne te manque pas trop ?

Fox haussa les épaules.

— Parfois, mama Beaumont me manque. Et mes cousins shawnees. Mais il y a tant de choses à faire ici, et à apprendre ! Grand-père triche toujours aux échecs. Parfois, il me laisse gagner. Un jour, je rentrerai sans doute à la maison, mais...

La voix de l'enfant s'éteignit.

— Tu penses à tes parents, n'est-ce pas ? fit Jason.

— Oui. Et toi, ton père te manque toujours ?

Jason opina.

— On n'oublie jamais les gens qu'on aime, mais le chagrin finit par s'atténuer, avec le temps. Sois patient.

La plupart des membres de la famille de Fox, Blancs et Indiens, avaient succombé lors de l'épidémie de choléra. Pendant un an, l'enfant était resté mélancolique. C'était la raison pour laquelle il était monté à bord du navire de Jason, en quête d'une grande aventure.

Ce qui étonnait Jason, c'était surtout la vitesse à laquelle l'enfant et le vieux marquis s'étaient liés d'affection. S'il utilisait Fox uniquement pour faire pression sur lui, en faisant semblant de l'aimer, son grand-père allait le payer très cher.

Le garçon continuait à babiller gaiement à propos du vieil homme, parfois un peu brusque.

— Regarde, voici Harleigh Hall, déclara Jason en désignant l'imposant manoir niché dans une vallée, en contrebas.

— Oh, c'est magnifique ! La maison idéale pour Mlle Fairchild, commenta Fox, impressionné.

Son visage s'illumina à la perspective de revoir la jeune femme. Jason se demanda comment il allait se sortir de ce pétrin.

— Faisons la course ! lança Fox en mettant son cheval au galop.

— Tu es en train de devenir aussi tricheur que grand-père ! cria Jason en lui laissant plusieurs longueurs d'avance, car aucun cheval ne rivalisait avec Araby.

En le talonnant enfin, il observa son frère adoptif, penché en avant, en harmonie avec son cheval. Bradley devait être un excellent professeur. Quand ses parents étaient encore en vie, Fox n'avait guère l'occasion de monter…

Depuis la grille de la maison, Rachel et Harriet regardaient s'approcher les deux cavaliers, suivis de deux autres qui ne semblaient pas participer à la course. Sans doute les prétendus précepteurs dont Jason et elle devraient se méfier, songea Rachel.

— Ils arrivent à toute vitesse, commenta Harriet en réprimant un frisson.

Elle avait une peur bleue des chevaux. Lors des parties de chasse, elle demeurait en retrait, crispée sur sa selle, le visage blême. Mais elle se refusait à renoncer aux mondanités liées à ces événements. Rachel s'abstenait presque toujours, car elle jugeait que la lutte entre les cavaliers, la meute et la pauvre bête traquée n'était pas équitable.

— Jason et Fox font la course, expliqua-t-elle en se protégeant les yeux du soleil.

Son cœur se mit à battre la chamade, en cadence avec les sabots des chevaux.

— Mais ils vont bien trop vite ! murmura Harriet, inquiète.

Melvin s'approcha de sa femme et posa une main rassurante sur son épaule.

— Allons, ma chère, il n'y a aucune raison de s'inquiéter.

— Je n'en suis pas si sûre, intervint Rachel. Ce pré est plein de terriers. Les chiens ne cessent d'y pourchasser les lapins et creusent des trous un peu partout.

Elle gagna vivement les marches du perron en marmonnant des propos incompréhensibles sur la stupidité des hommes et leur imprudence. Au coude à coude, les deux cavaliers parvenaient à l'extrémité de l'allée menant à la maison. Rachel leur cria de ralentir mais, avant qu'ils aient eu le temps de réagir, la monture de Fox trébucha, projetant son cavalier dans les airs. Le cheval s'écroula, roula sur le côté et se releva. Pas l'enfant.

Jason fit aussitôt volter son cheval et sauta à terre d'un mouvement souple. Puis il se précipita vers l'enfant, qui gisait à terre. Fou d'inquiétude, il cria plusieurs fois son nom.

— Ne le touchez pas ! recommanda Rachel en accourant. Vous risquez d'aggraver une blessure éventuelle !

Le comte leva les yeux vers elle. Rachel lut une telle angoisse dans son regard que son cœur se serra. Elle vit ses grandes mains trembler.

— Attendez, je vais prendre son pouls, dit-elle d'une voix douce.

Elle ôta la main de Jason du front de l'enfant.

— Le cœur bat normalement.

Elle palpa ses membres et son cou.

— Apparemment, il n'a rien de cassé. Un coup violent sur la tête entraîne parfois une perte de connaissance.

— Je n'aurais jamais dû le laisser galoper aussi vite. Il n'a pas l'habitude. Et moi, j'ai fait la course avec lui... murmura Jason comme pour lui-même, l'esprit torturé.

— D'après ce que j'ai vu, c'est lui qui a lancé la course. Les garçons sont ainsi, Jason, vous n'y pouvez rien, répondit-elle avec compassion.

— Mais je...

À cet instant, l'enfant se mit à toussoter. Enfin, il ouvrit les yeux.

— Tu as repris connaissance ! Dieu soit loué ! fit Jason tandis qu'il se dressait sur son séant.

— Je suis désolé d'être tombé... Petit Chef va bien ? s'enquit l'enfant en se tournant vers sa monture, qui broutait tranquillement non loin de là.

— Oublie Petit Chef. Il va bien. C'est toi qui m'inquiètes.

À sa grande surprise, Rachel le vit prendre Fox dans ses bras et le bercer tendrement. Des larmes de soulagement scintillaient dans ses prunelles. Il tourna la tête pour masquer son émotion. Fox posa les yeux sur Rachel et bredouilla des salutations en s'excusant de sa maladresse. La jeune fille lui assura qu'il n'y avait pas de honte à être désarçonné en pareil cas.

Mace et Bradley arrivèrent à leur tour. Bradley mit pied à terre et s'approcha, visiblement inquiet. L'ancien boxeur resta en selle, la mine renfrognée. Le professeur d'équitation gronda son élève, lui reprochant de ne pas avoir étudié le terrain.

Pendant ce temps, Rachel observait Jason. Il avait l'air accablé. Elle l'avait vu faire preuve d'une grande tendresse envers son frère adoptif. De toute évidence, il l'aimait.

Pour sauver Fox, Jason est même capable de m'épouser, songea-t-elle. Cette pensée lui fit mal. Elle se releva et ôta les brins d'herbe qui maculaient sa robe. Elle n'avait pas fière allure avec son chignon défait, sa robe froissée et sale, son front moite.

Fox lui adressa un regard empli d'adoration.

— Je suis désolé de vous avoir inquiétée, mademoiselle Fairchild, dit-il le plus sérieusement du monde. Puis-je vous escorter jusqu'à la maison ?

Rachel hocha la tête et lui tendit la main en souriant.

— J'en serais honorée, monsieur Fox.

— Pour quelqu'un qui gisait à terre il y a quelques instants encore, tu sembles aller beaucoup mieux, railla Jason, quelque peu agacé.

— J'ai seulement eu le souffle coupé, assura-t-il.

— Il serait plus sage que vous restiez à la maison quelques jours et que vous évitiez les chevaux. On ne sait jamais, prévint Rachel.

L'enfant accepta, avec un soupir de résignation.

Elle croisa furtivement le regard de Jason et perçut sa préoccupation. Il sait que j'ai vu ce qu'il prend pour de la faiblesse, songea-t-elle.

Les hommes étaient décidément des imbéciles.

Elle chassa toute irritation en se rendant compte qu'elle devait s'occuper des soi-disant précepteurs de Fox. Elle leur donna des instructions concernant les chevaux. Dès qu'ils les auraient menés à l'écurie, un laquais leur montrerait l'office où ils pourraient se restaurer et passer la nuit.

Harriet et Melvin avaient quitté leur poste d'observation pour gagner le jardin. En tant qu'hôtesse, Rachel se chargea des présentations. Fox l'oublierait vite en voyant Harriet, qui était bien plus jolie qu'elle.

En fait, ce ne fut pas le cas, au contraire.

Durant le repas, l'enfant se montra très poli avec Harriet, mais son attention demeurait fixée sur Rachel.

Celle de Jason également.

L'adoration de l'enfant lui mettait du baume au cœur, alors que l'attention du comte la troublait à l'extrême, surtout son regard bleu rivé sur elle. Si seulement elle avait laissé Harriet la coiffer et choisi une robe plus flatteuse que celle-ci, toute simple en batiste marron. Avant de rencontrer Jason Beaumont, elle ne s'était jamais préoccupée de son apparence.

Quelle mouche l'avait piquée ?

Un coq se mit à chanter sous la boule de feu qui se levait au-dessus des arbres, au-delà des écuries. Encore une journée très chaude, songea Rachel en gagnant la stalle de Reddy. Elle était vêtue légèrement, en prévision de la chaleur, et avait relevé ses cheveux pour dégager sa nuque avant de se coiffer d'un affreux chapeau de paille que lui avait donné un garçon d'écurie. Les jours d'été, il la protégeait à merveille des rayons du soleil.

Le cheval l'accueillit avec un grognement amical, impatient de courir. Il n'y avait personne aux alentours. Même les palefreniers ne commençaient pas à travailler de si bon matin. Pour Rachel, c'était pourtant le meilleur moment de la journée. Elle avait plusieurs champs à vérifier et voulait se débarrasser de cette corvée avant que les autres soient réveillés.

Comme leur père, Harriet se levait tard, de même que le baron. Melvin se plongeait dans la lecture du journal et son épouse mettait des heures à se pomponner. Rachel était allée voir Fox. Il dormait profondément. Apparemment, sa chute n'était plus qu'un mauvais souvenir. Quoi qu'il en soit, elle se promit de le surveiller durant toute la durée de son séjour.

Et Jason ? Elle ne l'imaginait pas en train de paresser au lit par une aussi belle matinée. Il faudrait qu'ils passent un moment ensemble. Après tout, le but de cette mascarade n'était-il pas de convaincre son père qu'ils s'étaient résignés à ce mariage, et même qu'ils se plaisaient ? Quelle idée d'affirmer une chose pareille !

D'autant plus que c'est la vérité... lui murmura une petite voix intérieure.

L'image de Jason tenant Fox dans ses bras lui revint à l'esprit. Il était plus qu'un séducteur, un beau parleur, et n'avait rien de l'Américain fasciné par la noblesse qu'elle s'était imaginé. Mais il ne voulait pas l'épouser. Elle en avait la certitude. Et elle, était-elle disposée à l'épouser ?

Le cheval lui donna un coup de museau, espérant recevoir une pomme.

— Tu n'es qu'un mendiant, gronda-t-elle en le caressant.

Elle sortit de sa poche la pomme tant convoitée et la lui tendit.

— À présent, je vais te seller. Il faut bien que tu les mérites, ces pommes.

Elle quitta la stalle et saisit une selle accrochée au mur. À cet instant, une voix inconnue rompit le silence de l'aube, teintée d'un accent des faubourgs londoniens.

— Tiens, tiens, mais qu'est-ce que je vois là ? C'est pas une jolie fille de ferme, ça ? Et elle a une belle croupe, surtout avec cette culotte !

Rachel se retourna et reconnut le visage patibulaire de Mace, le garde du corps de Fox, qui la dévorait des yeux. Il fit quelques pas chancelants et posa une grosse main sur le bras de la jeune fille. Elle se dégagea en étouffant un juron. La bouche de Mace se fendit d'un large sourire, révélant des dents noircies.

— J'aime bien qu'on me résiste, oh oui...

Il la plaqua contre lui.

— Vous allez le regretter, dit-elle, les dents serrées, écœurée par son haleine pestilentielle.

De toute évidence, il ne l'avait pas reconnue.

— Je suis la fille de Harleigh ! lança-t-elle froidement.

Mace éclata de rire et se mit à tirer sur le tissu de son corsage en pétrissant un sein d'une main balafrée.

— Comment ? La fille de Harleigh déguisée en vulgaire fille de ferme ? Tu me prends pour un imbécile, ma belle ? Je l'ai vue, la fille de Harleigh, et elle n'a rien de commun avec toi.

Elle se débattit, cherchant à gagner le milieu de l'écurie. Pas moyen de discuter avec ce demeuré, songea-t-elle. Si seulement elle pouvait...

Elle fut interrompue dans ses pensées par le corps de Mace qui bascula soudain vers l'avant, la faisant presque chuter. Rachel s'écarta d'un bond tandis que Jason assenait à la brute un violent coup de poing dans les reins.

Mace parvint à retrouver l'équilibre, mais il avait le souffle coupé. Il pivota vers son assaillant. Avant qu'il n'ait le temps de riposter, Jason le saisit par le bras gauche et fit une clé tout en lui donnant un coup de pied dans le genou. Le colosse s'écroula comme une masse. Sans tarder, Jason assura sa victoire en le frappant à la tempe du bout de sa botte. Mace perdit connaissance.

Au moment où le comte se tournait vers la jeune fille, Bradley surgit dans l'écurie et s'arrêta net face au spectacle qui s'offrait à lui. Le marquis l'avait prévenu que Jason chercherait peut-être à enlever Fox. Mace et lui devaient éviter cela par tous les moyens.

Bradley se précipita en avant, tout en cherchant à dégainer un pistolet rangé dans sa poche, mais le comte fut plus prompt à réagir. Il désarma Bradley avant de le frapper d'un coup de poing dans l'estomac, suivi d'un autre en pleine mâchoire. Bradley s'écroula dans la paille.

Tout s'était déroulé en quelques secondes. Le comte se tenait entre ses deux adversaires à terre, à peine essoufflé. Il s'approcha de l'ancien boxeur pour vérifier qu'il ne reprenait pas ses esprits. Bouche bée, Rachel le regarda enjamber sa victime pour la toiser longuement.

— Seigneur, il vous a fait mal ! s'écria-t-il.

Son corsage était déchiré et une contusion commençait à apparaître sur son épaule. Il eut envie de frapper de nouveau l'agresseur, mais la jeune fille se mit à lancer une bordée d'injures.

— Vous allez bien ? insista-t-il, soupçonnant que sa colère était dirigée contre lui et non contre Mace.

— Espèce d'imbécile ! Sale brute ! J'aurais pu me charger de ce butor toute seule !

Les poings crispés, le visage rouge de fureur, elle était plus belle que jamais. Jason l'observa, à la fois fâché par son ingratitude et troublé de la trouver si magnifique.

— Vous croyez vraiment ? rétorqua-t-il. C'est vrai, j'aurais dû m'en rendre compte ! Ce que j'ai pris pour une agression n'était en fait qu'une manifestation de tendresse typiquement anglaise !

Rachel fit quelques pas vers lui. Ses yeux lançaient des éclairs.

— Je vous interdis de vous moquer, espèce de…

Soudain, elle trébucha.

Avait-elle un malaise ? Cela ne ressemblait en rien à la Rachel Fairchild qu'il connaissait. Sans doute avait-elle été blessée dans la bagarre. Il se pencha pour la rattraper et se figea.

— Écoutez-moi bien, Jason le téméraire, le sauveur des demoiselles en détresse ! Je vous conseille de vous redresser très lentement, ronronna-t-elle en l'attrapant par les cheveux.

Dans l'autre main, elle tenait un couteau, qu'elle appliqua sur sa gorge. Comme il ne bougeait pas assez vite, elle appuya la lame sur sa peau.

Une goutte de sang perla dans son cou.

9

Jason obéit.

— À présent, je vais parler et vous allez m'écouter.

Il demeura silencieux, même s'il la foudroyait du regard.

— Je constate avec satisfaction qu'il vous reste un peu de bon sens, dit-elle en lâchant ses cheveux mais en maintenant le couteau contre sa gorge. Je n'ai nul besoin que l'on vienne à ma rescousse. Ni aujourd'hui, ni un autre jour. J'ai eu pour professeur un ancien brigand des bas-fonds londoniens, que ma mère avait engagé quand il a décidé de se racheter une conduite. Mais je m'égare. Le plus important, c'est que votre façon stupide de gérer ce problème vient de réduire à néant vos chances de gagner Bristol avec Fox. Après cette farce ridicule, le marquis veillera à faire surveiller l'enfant par un garde du corps autrement plus efficace que ce butor.

Elle rangea son couteau dans sa botte, sous le regard fulminant de Jason.

— Puis-je préciser que ce butor ne vous aurait jamais accostée de la sorte si vous assumiez votre rôle de maîtresse du domaine en vous habillant normalement, au lieu de jouer les garçons d'écurie ?

— Cela ne m'étonne pas de vous. Vous m'insultez, à présent !

— À propos d'insultes, comtesse, ce butor n'aurait jamais cru à votre comédie du malaise. Ces stratagèmes ne fonctionnent qu'avec les hommes qui respectent les femmes.

Elle ne dit rien, puis toute son indignation parut s'envoler.

— Très bien, Jason, je l'avoue, vous avez raison. Je me suis montrée imprudente. S'il m'avait emprisonnée dans ses bras, j'aurais eu beaucoup de mal à atteindre mon couteau.

Il esquissa un sourire étrange.

— Je vous accorde toutefois que vous avez de quoi désarçonner un homme, comtesse.

Lorsqu'il lui souriait ainsi, elle se sentait défaillir.

— Je vous ai égratigné, déclara-t-elle. Au diable mon emportement !

Sans réfléchir, elle tendit la main vers l'entaille qu'il avait au cou. Un filet de sang coulait vers le col de sa chemise. Elle l'essuya d'un doigt qu'elle porta ensuite à ses lèvres, tout en soutenant son regard.

Étouffant une plainte rauque, Jason la prit dans ses bras et l'embrassa à perdre haleine. Rachel lui rendit volontiers son baiser. Elle ouvrit les lèvres pour accueillir sa langue avide et goûter sa saveur. Tandis que leurs corps se fondaient l'un contre l'autre, elle se laissa aller à gémir. Ces baisers devenaient de plus en plus agréables. En fait, la jeune femme aurait continué bien plus longtemps, si Bradley n'avait pas choisi cet instant pour émerger de sa torpeur avec un grognement qui ne devait rien à la passion.

Ils se séparèrent, le souffle court, étourdis de devoir redescendre sur terre aussi brutalement. À quoi pensais-je donc ? songea-t-elle, incapable de croiser son regard d'azur.

Jason réfléchit à ce qui venait de se produire. Cette diablesse l'avait ensorcelé ! Quelle autre explication pouvait-il trouver à cette pulsion soudaine ? Il observa Bradley, qui venait de perdre une nouvelle fois connaissance.

Comme si rien ne s'était passé entre eux, il déclara :

— À mon tour de vous faire un aveu, Rachel. Vous avez raison, j'ai commis un impair. Le marquis ne permettra jamais à Fox de revenir quand il saura ce que j'ai fait à Mace. Il va me surveiller comme un vautour guettant sa proie.

Il jura et passa une main nerveuse dans ses cheveux en faisant les cent pas.

— Nous pourrions aller chercher Fox et partir tout de suite pour Bristol…

Rachel ravala la douleur qui lui nouait les entrailles et afficha un air détaché.

— C'est impossible. Le navire que vous devez prendre est en route pour Dublin et ne reviendra pas avant des semaines.

— Je redoutais ce genre de réponse, marmonna-t-il.

La date du mariage approchait irrémédiablement.

— Je vais devoir trouver une autre solution, voilà tout, dit Rachel.

— En attendant, essayons de réveiller le pauvre Bradley. Il pourra nous aider à charger Mace sur une charrette et à l'envoyer au diable.

Plus tard dans la journée, tandis qu'elle chevauchait dans la campagne, Rachel médita sur les changements intervenus dans leurs projets. En l'état actuel des choses, il leur était impossible de tirer Fox des griffes du marquis. Dans la matinée, son père avait reçu un message de Cargrave annonçant qu'il était bien arrivé à Falconridge. Le bal des Mountjoy était prévu pour le soir même. Dès qu'il le verrait, Bradley aurait le devoir d'informer son employeur que Jason avait facilement eu le dessus sur les deux hommes.

Que faire, désormais, pour empêcher le mariage d'avoir lieu ?

Une idée commençait à germer dans son esprit, une idée si choquante que Rachel n'avait osé la considérer. Jusqu'à présent. Elle préférait rester célibataire. Ou alors il lui fallait un mari qu'elle pourrait dominer. Un homme qui serait tout l'opposé de Jason Beaumont.

Pourtant, elle ne pouvait nier son attirance pour ce Yankee arrogant. De toute évidence, cette attirance était réciproque. S'il n'avait pas été contraint de se fiancer avec elle, il aurait cherché à la séduire. Ensuite, hélas, il serait vite passé à une autre conquête, sans un regard en arrière. Jason éprouvait pour elle une attirance purement charnelle. Mais que ressentait-elle ?

— Je suis complètement perdue, murmura la jeune fille pour elle-même.

En dépit de tous ses défauts, Jason était un homme de parole. Il n'avait rien du rustre qu'elle soupçonnait. Outre sa beauté, il se montrait drôle et charmant, quand il le voulait. Et il possédait d'autres qualités bien plus profondes. Il était loyal envers ses amis, pour qui il avait renoncé à parcourir les mers qu'il aimait tant. Il adorait son jeune frère adoptif. Il avait même été disposé à respecter un engagement pourtant obtenu de façon malhonnête par le marquis.

Une solution au problème consistait à l'épouser.

— Je dois perdre la raison, fit-elle en flattant l'encolure de Reddy, pensive.

Et s'ils parvenaient à une sorte d'entente ? Elle retourna cette idée dans sa tête en sillonnant la campagne, adressant des signes distraits aux paysans qu'elle croisait sur son chemin. Elle ne s'intéressait même pas aux récoltes qu'elle était venue inspecter.

S'ils se mariaient, le grand-père de Jason aurait l'impression d'avoir gagné. Il baisserait sa garde et relâcherait sa surveillance sur Fox. Il leur serait plus facile d'enlever l'enfant et de le ramener en Amérique. Elle-même resterait en Angleterre et serait libérée des machinations de son père pour la marier, car elle serait séparée de son mari par un océan. Elle pourrait mener la vie dont elle avait toujours rêvé, et Jason aussi.

Toutefois, cette solution audacieuse n'était pas sans inconvénient. D'abord, elle devait trouver le courage d'en parler à l'intéressé. Sans doute allait-il lui rire au nez. Cependant, cette idée la hantait. Tant de problèmes seraient réglés une fois pour toutes !

Fox caressa son cheval qui dévorait une pomme.

— Tu mérites bien une récompense après cette promenade, déclara-t-il.

Il avait passé un long moment à chevaucher en compagnie de Jason, sous le regard attentif de Bradley. Après sa chute de la veille, les deux hommes s'étaient montrés réticents, mais l'enfant avait réussi à les amadouer.

Il avait toutefois eu plus de difficultés à convaincre Bradley que Jason. Fox décelait une certaine hostilité entre les deux hommes. Bradley avait la mâchoire meurtrie, comme s'il avait reçu une correction. Peut-être s'étaient-ils battus ? Ce différend avait-il un rapport avec l'étrange disparition de Mace ? En descendant ce matin-là, il avait appris que Jason l'avait congédié. Il refusait de lui expliquer pourquoi. De toute façon, Fox n'aimait pas l'ancien boxeur, aussi n'avait-il pas insisté pour en savoir davantage. En revanche, il aimait bien Bradley et espérait qu'il ne le quitterait pas à son tour.

Petit Chef détourna son attention en lui effleurant la joue de ses naseaux pour obtenir une autre pomme.

— Ça suffit, petit coquin. Nous devons retourner chez Jason voir grand-père. Il ne faudrait pas que tu sois trop lourd pour galoper.

— Tu as raison, intervint Rachel en menant son cheval vers sa stalle.

— Bonjour, mademoiselle Fairchild ! fit Fox, un peu intimidé.

Quoique étonné de la voir ainsi vêtue, il la trouvait toujours aussi belle. Dès qu'elle entreprit d'ôter elle-même la selle de Reddy, il se précipita :

— Permettez-moi de vous aider...

— Volontiers, répondit-elle en lui souriant.

Le garçon s'affaira avec adresse.

— Vous semblez avoir appris un tas de choses sur les chevaux, commenta-t-elle.

— Avant de venir en Angleterre, je n'avais pas l'occasion de monter, mais j'ai toujours beaucoup aimé les chevaux. Jason m'emmenait parfois faire un tour, mais il passait le plus clair de son temps en mer, à cause de cette guerre stupide entre les États-Unis et l'Angleterre. J'aimerais qu'elle se termine vite.

— L'Amérique vous manque ?

— Oh, j'aimerais bien y retourner un jour, mais puisque vous allez épouser Jason, je serais ravi de rester ici. Grand-père m'a promis que je pourrais séjourner chez vous de temps en temps... Enfin, si vous n'y voyez pas d'inconvénient.

Il eut soudain un air fragile qui serra le cœur de la jeune fille. Comment lui avouer que son cher Jason n'avait aucune envie de l'épouser ? Mieux valait qu'il explique lui-même la situation à son petit frère, à l'occasion de leur voyage de retour vers l'Amérique.

— Vous serez toujours le bienvenu, affirma-t-elle avec sincérité.

— Cela signifie que... nous sommes amis, mademoiselle Fairchild ?

— Absolument, répondit-elle avec un sourire radieux. Pour vous le prouver, je vous autorise à m'appeler Rachel.

Fox en eut le souffle coupé.

— Vraiment, mad... je veux dire, Rachel...

— À présent, prenez la couverture.

Ils rangèrent l'équipement et bouchonnèrent le cheval. Rachel parvint à lui faire surmonter sa timidité et l'invita à parler de sa vie dans le Maryland. Naturellement, il décrivait Jason comme un héros et ne cessait de vanter ses exploits.

— La famille de ma mère l'appelle Jason la Vipère. Chez les Shawnees, c'est un grand honneur, vous savez !

— Vraiment ?

— C'est l'un des serpents les plus venimeux qui existent, expliqua l'enfant. Il est mortel et rapide comme l'éclair.

— Jason mérite son surnom, selon vous ?

— Oh oui, fit Fox avec enthousiasme. Quand il avait quinze ans, il est venu passer une saison chez la sœur de ma mère et son mari. Il voulait découvrir le mode de vie des Shawnees, comme l'avait fait son père autrefois. Un jour, les hommes et les grands garçons sont partis à la chasse. Des Cherokees en ont profité pour attaquer notre village. Ils ont enlevé ma tante Vent chantant, parce que mon oncle est un chef et qu'ils voulaient l'attirer dans un piège. Mais mon oncle était bien plus malin qu'eux. Au lieu de mener ses guerriers dans une embuscade, il a chargé des hommes de trouver où ils la gardaient prisonnière. Ensuite, lui et Jason se sont faufilés dans leur campement pendant que les Cherokees dormaient. Mon frère a libéré ma tante, pendant que mon oncle donnait l'ordre à ses hommes d'attaquer. Mais l'un des ennemis s'est réveillé et s'est jeté sur Jason, qui lui a enfoncé une hache dans le crâne. Il paraît qu'il lui a fendu la tête en deux !

Rachel pâlit, imaginant des lambeaux de cervelle sanguinolents. Quand elle était enfant, elle avait vu un cavalier se fracasser la tête en tombant de cheval. Ce n'était pas beau à voir.

— Jason a pris trois autres scalps avant que les assaillants ne soient conduits dans les bois par les hommes de mon oncle.

— Des scalps ? répéta la jeune fille, le souffle coupé.

Peut-être valait-il mieux renoncer à ce mariage, après tout…

— Oui. Il a frappé avec une telle rapidité que mon oncle lui a donné le surnom de Vipère. Les Shawnees chantent encore ses exploits, le soir autour du feu, expliqua fièrement le garçon.

Rachel réprima son dégoût, de peur de gâcher le plaisir de Fox. Elle préféra détourner la conversation.

— Je dois me préparer pour le bal des Mountjoy qui a lieu ce soir, et vous…

— Il va devoir rentrer à Falconridge avec Bradley et moi, déclara Jason en entrant dans l'écurie. Si tu allais rassembler tes affaires ?

— D'accord. Je racontais à Rachel comment tu avais acquis ton surnom de Vipère. Quand vous serez mariés, vous pourrez venir en Amérique. Tu la présenteras à Vent chantant et à mon oncle.

— Peut-être, répondit Jason, amusé par la mine livide de Rachel. À présent, file ! Sinon, je vais arriver en retard au bal.

Dès que Fox eut quitté les lieux, il se tourna vers la jeune fille et lui sourit.

— Vous êtes désormais persuadée que j'appartiens à une espèce que vous, les Anglais, qualifiez de sauvage ?

— Vous étiez très jeune. On ne peut vous tenir rigueur de…

Elle déglutit.

— Fox a des talents de conteur, ajouta-t-elle.

— Tous les garçons de son âge sont fascinés par la brutalité, qu'ils soient blancs ou indiens. Si vous aviez eu des frères, vous le sauriez.

— Je n'ai rien d'une petite nature, protesta Rachel en redressant le menton.

— Et vous faites preuve d'une grande charité chrétienne à mon encontre, railla-t-il.

Étrangement, il n'était pas agacé par les préjugés de la jeune fille et sa certitude de faire partie de l'unique peuple civilisé. Sa façon de lui chercher des excuses était même touchante.

— Permettez-moi de vous rassurer, à propos de ces scalps, reprit-il.

— Vraiment ? fit-elle d'un ton qu'elle voulait assuré.

— Contrairement à ce que croit Fox, je n'ai scalpé personne. J'étais si soucieux de mettre Vent chantant à l'abri que je n'ai même pas songé à exercer mes prérogatives de vainqueur. L'oncle de Fox s'en est chargé. Après la bataille, il a récolté les trophées à ma place.

En dépit de son dégoût initial, Rachel commençait à trouver l'anecdote savoureuse.

— Qu'avez-vous fait de ces trophées ? s'enquit-elle.

— N'oubliez pas que j'avais quinze ans, à l'époque. Je voulais avoir l'air d'un homme, d'un guerrier.

— Alors ? insista-t-elle.

— Comme un imbécile, j'ai dit aux guerriers que ma mère ne me permettrait jamais de les garder.

Rachel éclata de rire, ce qui le fit rougir de honte. Comment avait-il réussi à se mettre en si mauvaise posture ?

— Je suis ravi que cela vous amuse. J'ai expliqué aux autres que ma mère avait fait un rêve prémonitoire lui disant que, si je gardais ces scalps, le malheur s'abattrait sur moi.

— Et ils vous ont cru ?

— Les Shawnees croient aux rêves prémonitoires. Il y a quelques années, un chef a prédit un terrible tremblement de terre ainsi que l'apparition d'une comète.

— Ces prédictions se sont vérifiées ? demanda Rachel, incrédule.

— Oui, au bout de quelques semaines. Quoi qu'il en soit, mes camarades ont respecté le souhait de ma mère, et l'oncle de Fox a gardé les scalps.

— J'imagine que vous n'avez plus eu l'occasion d'en remporter, depuis ?

Elle ne plaisantait qu'à moitié. Jason saisit sa longue tresse d'un air pensif.

— Pas dernièrement, comtesse...

Dès son retour à Falconridge, Fox se précipita pour saluer son grand-père. Jason ne cessait de s'étonner de la tendresse qui unissait le vieil homme et l'enfant. Ce lien compliquait ses projets pour ramener le garçon en Amérique. Mais il redoutait surtout que Fox ne soit qu'un pion dont le marquis se servait pour avoir une emprise sur lui. Lorsqu'il aurait obtenu satisfaction, il risquait de le rejeter sans l'ombre d'un remords.

Un domestique vint lui annoncer que le marquis de Cargrave désirait le voir dans son bureau. Sans prendre le temps de se changer, Jason obéit. Il entendait Fox relater sa mésaventure à Harleigh Hall. Depuis le seuil, il observa la scène, prêtant une attention particulière à la façon dont le marquis écoutait l'enfant, posant de temps à autre une question. Une affection sincère se lisait dans son regard gris. Cela ne faisait aucun doute.

Jason se racla la gorge pour signaler sa présence, puis entra dans la pièce.

— Vous m'avez appelé, grand-père ?

— Ah, Jason ! Je suis ravi de te voir, mon garçon.

Il se tourna vers Fox, lui adressa un clin d'œil complice et précisa :

— Ton frère aîné est loin de posséder tes bonnes manières. Tu devrais lui donner des leçons de maintien.

— Permettez-lui de séjourner avec moi à Falconridge, lança Jason d'un air de défi.

— Balivernes ! J'ai des projets pour le jeune Fox à Cargrave. Son nouveau professeur de français vient d'arriver et lady Belmot a eu des petits.

Lady Belmot n'était autre que l'épagneule du marquis.

— Une portée de six chiots. Tu vas devoir en choisir un, ajouta-t-il à l'intention de Fox.

— Vraiment, grand-père ? J'aime déjà beaucoup lady Belmot. Ce serait merveilleux d'avoir l'un de ses petits rien que pour moi !

Il se ressaisit et s'inclina poliment.

— Je vous remercie, grand-père.

Le marquis lui ébouriffa les cheveux avec tendresse et se mit à rire.

— Très bien, mon garçon, très bien. À présent, file. Ton frère et moi devons parler.

Dès que Fox eut refermé la porte, Cargrave posa sur le comte un regard perçant.

— L'enfant vient de m'informer que je vais devoir lui trouver un autre garde du corps. C'est moi qui avais engagé Mace Bings. Je le vois mal accepter de bonne grâce d'être congédié par tes soins.

— Il n'a pas eu le choix. Il était inconscient. Bradley vous fournira les détails. Je dirai simplement que ce type s'est conduit de façon indécente. Il a agressé Rachel dans l'étable en la prenant pour une simple fermière.

Le vieil homme se leva d'un bond.

— Nom de Dieu ! La jeune fille n'a rien, j'espère ?

— Non, mais il valait mieux que je me charge de lui. Elle avait un couteau glissé dans sa botte, précisa le comte d'un ton sec.

Cargrave éclata de rire.

— Elle a vraiment du cran ! Elle a toujours été ma préférée, parmi les filles de Hugh. Les deux autres sont des mijaurées. Rachel, elle, a la tête sur les épaules. Elle me rappelle Mathilda.

La marquise mesurait à peine plus d'un mètre cinquante et avait les cheveux roux, mais le marquis l'aimait à la folie.

— On ne peut pas dire que Rachel ait la douceur de grand-mère.

— Tu es bien jeune ! Tu ne sais rien de la vie. À l'époque, ma tendre épouse était connue pour son sens de la repartie et son intelligence. J'ai mis du temps à l'apprivoiser, mais le jeu en valait la chandelle. Dieu sait si nous nous sommes chamaillés !

Ignorant la nostalgie du vieil homme, Jason déclara :

— Je suppose que vous allez engager un nouveau garde du corps pour Fox. Cette fois, vérifiez au moins ses références. Sinon, il risque de tirer sur le majordome et de voler l'argenterie.

— À propos de coups de feu, j'ai entendu dire qu'un maladroit t'avait pris pour un cerf…

Son expression impassible ne dissimulait pas totalement son inquiétude.

— Je crois comprendre qu'on t'a tiré dessus sur les terres de Falconridge ?

— La première fois, j'étais en compagnie de Rachel, expliqua Jason en haussant les épaules. Le tireur la visait peut-être.

— Que veux-tu dire par « la première fois » ?

Le marquis était décidément attentif au moindre détail. Jason se maudit de ce faux pas. Il ne tenait pas à se retrouver cerné de gardes du corps.

— J'ai croisé Rachel par hasard dans les bois, au cours de la semaine suivant mon arrivée. Il s'agissait sans doute d'un braconnier.

— Hugh m'a informé que tu étais arrivé chez lui ensanglanté. Ne va pas me parler de braconnier, cette fois !

Il riva ses yeux gris sur son petit-fils, attendant sa réponse.

— Cette fois-là, on voulait me tuer, c'est évident, concéda-t-il. Je soupçonne Forrestal. Harleigh lui a refusé la main de Rachel et il m'en veut terriblement. Drummond mène l'enquête. Je suis sûr que nous pourrons régler ce problème en toute discrétion.

— L'héritier d'Etherington est un vaurien doublé d'un imbécile, maugréa le marquis. Ce type a de mauvaises fréquentations. C'est un joueur invétéré, un coureur de jupons. Il est étonnant que les Mountjoy permettent à leur cadet de sortir avec lui.

— Vraiment ? fit Jason en arquant les sourcils.

Il gardait de Robin Mountjoy le souvenir d'un été en Angleterre. Ils étaient souvent ensemble, car ils avaient le même âge. Cadet de six enfants, Robin était fluet, réservé et très influençable.

— Peut-être la bande de Forrestal lui a-t-elle mis le grappin dessus. Au moins, il est en sécurité à la campagne, jusqu'à l'automne. Il sera présent au bal de ce soir. À propos, j'espère que la fille de Hugh et toi nous donnerez des raisons d'être fiers. Pas question de dispute, de coupe de champagne en plein visage... Sinon, je devrai engager une dizaine d'hommes de la trempe de Mace Bings pour veiller sur toi.

Jason poussa un soupir. Le vieil homme était habile.

— Je dois avouer qu'il est charmant, surtout quand on pense qu'il a grandi en Amérique, déclara

Harriet en inspectant sa tenue dans le miroir de la chambre de sa sœur.

Rachel se demandait comment réagirait Harriet si elle lui racontait l'histoire des scalps. Mieux valait ne pas tenter le diable.

— Disons que le comte est… hors du commun.

— Et très séduisant. Est-ce la raison pour laquelle tu as fait tant d'efforts pour soigner ton apparence ?

Harriet toisa sa sœur. Celle-ci portait une nouvelle robe que la couturière n'avait livrée que la veille. La mousseline verte rehaussait son teint doré à merveille. De plus, elle avait accepté d'arborer les émeraudes qui faisaient la fierté de la famille, du moins une partie : des boucles d'oreilles et un collier discret.

Rachel haussa les épaules. Pas question d'avouer qu'elle s'était faite belle pour Jason Beaumont.

— Cette robe est bien plus légère que le taffetas que je porte en général pour le bal des Mountjoy… Viens, il est temps de partir. Père et Melvin font sans doute les cent pas dans le vestibule.

— Eh bien, je constate que tu tires très bien ton épingle du jeu. Un comte, héritier de Cargrave et doté d'un charme fou. Hier soir au souper, il ne t'a pas quittée des yeux, tu sais.

— Ne sois pas ridicule.

— Tu l'aurais remarqué si tu lui avais prêté un peu d'attention. En fait, tu t'es montrée très grossière, Rachel. Tu ne semblais voir que l'enfant. Quelle idée étrange de permettre aux enfants de manger à table avec les adultes ! Quoi qu'il en soit, cet Américain te le fera certainement payer…

Au cours du trajet vers le manoir des Mountjoy, Rachel ne participa pas aux bavardages de sa famille. Quand on la sollicitait, elle se contentait de hocher la tête. La voiture des Fairchild cahotait sur la route accidentée, dans la chaleur poussiéreuse de cette fin de journée. Tout le monde s'attendrait à ce qu'elle danse avec le comte, maintenant que les fiançailles étaient officielles. La jeune fille allait devoir endurer de longues heures de sourires hypocrites.

Et elle devrait danser avec lui.

Harriet avait-elle vu juste ? Ses efforts vestimentaires étaient-ils destinés à plaire à Jason ? Non ! Certainement pas ! Après tout, il lui avait montré combien il s'intéressait à elle lorsqu'elle était habillée en paysanne. Ou dans le plus simple appareil. Elle ne pouvait oublier combien il était agréable de danser avec lui. Ils étaient en parfaite harmonie et leurs cœurs battaient à l'unisson.

Elle s'agita sur son siège. Il n'était pas souhaitable qu'elle se retrouve dans ses bras, ce soir. Dès qu'elle s'approchait de lui, chaque fois qu'il la touchait, elle perdait la raison. Comme cet après-midi, quand il avait tiré sur sa tresse en la regardant droit dans les yeux, avec son commentaire lourd de sous-entendus.

La scalper ! Qu'il essaie donc ! Et elle n'avait pas trouvé la moindre réplique cinglante. S'il avait essayé de l'embrasser, elle n'aurait pas résisté. Au contraire, elle aurait répondu avec fougue, comme les fois précédentes. Au moins, il lui avait épargné cette indignité. Il avait préféré lui parler de la façon de persuader le vicomte et le marquis qu'ils étaient résignés à se marier. Ils étaient convenus d'être polis durant le bal.

Cela signifiait qu'il allait la toucher.

Et qu'elle le laisserait faire.

La voiture s'engagea dans l'allée des Mountjoy.

Le cocher fit arrêter les chevaux. Rachel laissa son père et son beau-frère descendre pour aider les dames. Lorsqu'elle se pencha pour descendre à son tour, tendant une main gantée, ce ne fut pas le vicomte qu'elle reconnut, ni le baron, mais le comte.

— En reconnaissant le blason des Harleigh, je suis venu vous présenter mes hommages, comtesse, murmura Jason. Autant faire notre entrée ensemble.

Elle sentait la chaleur de sa main à travers le tissu de son gant. La gorge nouée, elle le suivit avec élégance.

Il la lâcha pour se tourner vers Harriet.

— Comme c'est aimable à vous, cher comte ! Je disais justement à Melvin quel plaisir ce fut de vous rencontrer, hier soir. N'est-ce pas, mon cher ?

Melvin se contenta de hocher la tête. Harriet reporta son attention sur le comte.

— Voyez comme vous rendez notre Rachel coquette ! Cela fait des années que j'essaie de la rendre plus féminine, en vain. Mais vous avez...

— Je ne crois pas que le comte s'intéresse à la mode, coupa sèchement Rachel.

Jason affichait un sourire moqueur qui lui donna envie de les gifler tous les deux. Il lui offrit galamment son bras et se pencha pour murmurer à son oreille :

— Ce n'était pas la peine de vous donner tout ce mal pour moi, comtesse. Je sais combien vous détestez les fanfreluches.

— Ne vous rengorgez pas trop. Je n'ai rien fait pour vous plaire, répliqua-t-elle, les dents serrées, tandis qu'ils gravissaient les marches.

— Vous anéantissez toutes mes illusions. Peut-être devrais-je plutôt croire votre sœur ? Cette chère Harriet est une experte quand il s'agit d'affaires de cœur.

— Pour cela, il faut en posséder un, railla Rachel. Un organe dont vous êtes démuni.

— Qu'est-ce qui peut bien battre aussi fort dans ma poitrine, chaque fois que je vous tiens dans mes bras ? À moins que ce soit le vôtre qui s'emballe ?

Rachel ravala une réplique cinglante en voyant arriver un laquais qui les annonça. Les notes de l'orchestre résonnaient dans l'air vespéral.

10

À la campagne, les bals étaient moins formels et guindés que dans la capitale. L'été, les jeunes gens ne cherchaient plus à trouver une fiancée. L'effervescence de la ville faisait place à des réjouissances assez bon enfant. Oswald et Edwina Mountjoy, duc et duchesse de Mountjoy, donnaient toujours le premier bal de l'été et invitaient tous leurs voisins, de la haute noblesse à la petite bourgeoisie. C'était un événement incontournable.

L'orchestre jouait des airs entraînants. Les dames bavardaient en agitant leurs éventails. Les commérages allaient bon train. Les discussions des messieurs tournaient autour de la politique ou des courses hippiques. Jason écoutait d'une oreille distraite son cousin Roger et un dénommé Abington qui vantait les mérites de son nouveau pur-sang. Les deux hommes étaient amis d'enfance. Les chevaux n'avaient visiblement aucun secret pour eux.

L'attention de Jason ne cessait de dériver vers l'autre extrémité de la pièce, où sa comtesse discutait avec un vieil homme bedonnant au visage rougeaud et aux mains calleuses de paysan.

Elle préférait évoquer les récoltes que d'échanger des propos futiles avec ses sœurs et leurs amies. Plus loin, quelques mères de famille entourées de leurs filles étaient groupées autour de Harriet. Elles ricanaient et échangeaient des messes basses.

Jason apprécia le choix de Rachel. Il aimait les femmes qui avaient la tête sur les épaules et savaient ce qu'elles voulaient. Personne ne pourrait jamais l'accuser d'avoir une case en moins, comme le disait volontiers Drummond des jeunes écervelées. Cependant, Jason devait admettre qu'il n'était pas uniquement charmé par le caractère excentrique de Rachel. Il aimait aussi sa beauté.

Il l'observa à son insu – ce qui devenait une habitude, ces derniers temps. Qu'elle ait fait des efforts de toilette pour lui plaire ou pas, elle était particulièrement belle, ce soir. Sa robe verte seyait à merveille à son teint cuivré. Et son décolleté en révélait beaucoup. Elle n'avait nul besoin d'artifices pour souligner ses courbes féminines. Le moindre de ses mouvements rehaussait la rondeur de ses seins, la finesse de sa taille et la longueur de ses jambes.

Elle était de la même taille que la plupart des hommes présents. Elle en dépassait même plusieurs, perchée sur ses souliers à talons. Ses longs cheveux formaient une élégante couronne. Quelques boucles tombaient sur ses tempes et dans son cou. Jason brûlait d'envie de l'effleurer du bout des doigts.

Comme malgré lui, il marcha vers elle.

Était-il ensorcelé ? Cette question le taraudait depuis leur mésaventure dans la rivière. Il revoyait sans cesse Rachel nue et ruisselante, lui rendant ses baisers avec fièvre. Et l'autre soir, dans sa chambre... Ils avaient frôlé le désastre. Quelle chance qu'elle ait retrouvé ses esprits !

Certes, il la désirait. Mais cela ne signifiait pas qu'il était amoureux.

Lorsqu'il la rejoignit, l'interlocuteur de Rachel s'excusa avec un sourire gêné et les laissa seuls.

— J'ai dit à mon cousin Roger que vous adoriez la valse.

— Mais l'orchestre ne joue pas une valse, en ce moment, répondit-elle.

— Il en jouera une tôt ou tard. En attendant...

Il lui tendit la main.

Rachel refusait de la prendre. Du moins était-ce ce qu'elle se répétait sans cesse. Chaque contact était une véritable torture. Une douce torture, à laquelle elle ne pouvait résister. Et il fallait donner une bonne impression au marquis, après tout.

Ils gagnèrent le bord de la piste, attendant leur tour pour se joindre au quadrille.

— Ces émeraudes sont assorties à vos yeux, chuchota-t-il à son oreille.

— Auriez-vous perdu l'esprit, cher comte ? J'ai les yeux noisette, et non verts.

Le souffle de Jason, si proche, la fit frémir.

— Ce soir, ils sont aussi verts que celles-ci, insista-t-il en effleurant les pierres de sa boucle d'oreille. Ces bijoux vous mettent en valeur.

— Ils appartiennent à ma famille depuis des générations. Ils font d'ailleurs partie de ma dot. Seriez-vous prêt à m'épouser pour quelques pierres, monsieur le comte ?

Elle le provoquait. Quelle mouche l'avait donc piquée ? Qu'allait-il penser d'elle ?

Jason sourit en entrant dans la danse.

— Peut-être. Comme vous le savez, j'ai été corsaire. J'aime les trésors... et la beauté.

— Balivernes, marmonna-t-elle, déconcertée par sa réaction.

Il badinait ! Cela faisait partie de leur plan, se rappela-t-elle. Le marquis les observait de son regard perçant. Son père était en train de jouer aux cartes dans un petit salon, laissant son complice les surveiller...

À la fin du morceau, ils étaient essoufflés. Par les portes-fenêtres ouvertes, la brise vespérale faisait à peine vaciller les chandelles. Rachel sentit une goutte de sueur couler entre ses seins. Jason était-il aussi troublé qu'elle ?

— Je crois avoir vu mon grand-père battre la mesure, annonça-t-il.

Ce commentaire lui fit l'effet d'une douche froide. Le plan ! Jason jouait la comédie, rien de plus. Il ne fallait pas qu'elle l'oublie.

— Je l'ai remarqué, moi aussi, répondit-elle froidement, soulagée de ne pas avoir à endurer une valse, même si ce n'était que partie remise. Il fait un peu chaud. Sortons dans le jardin, suggéra-t-elle alors que l'orchestre allait se remettre à jouer.

Il opina et lui offrit son bras. Ensemble, ils flânèrent vers la terrasse, illuminée de flambeaux. Des groupes d'invités riaient çà et là, des couples échangeaient des baisers discrets, persuadés que nul ne les voyait.

L'air frais fit du bien à Rachel. La rivière était nimbée de brume. L'humidité faisait frisotter ses cheveux. Sans crier gare, Jason écarta une boucle rebelle de sa joue.

— J'ai eu envie de toucher cette mèche dès que vous êtes descendue de voiture, avoua-t-il d'une voix rauque.

Sa main s'attarda sur son cou, dans une caresse qui lui coupa le souffle.

— Inutile de vous donner tant de peine pour jouer les amoureux transis. Cargrave ne nous observe pas.

— Qui vous dit que je n'agis qu'en fonction de mon grand-père ? Pourquoi ne me ferais-je pas plaisir ? Ainsi qu'à vous ?

— Vous ne me faites pas plaisir, Jason.

Il n'en croyait pas un mot. Voyant approcher un domestique, il lui fit signe.

— Veuillez apporter à mademoiselle un porto. Pour ma part, je prendrai un punch.

Puis il se tourna vers Rachel.

— Vous êtes vraiment certaine que mes attentions ne vous font pas plaisir ?

— Oui, et je suis tout autant certaine que vous êtes un débauché.

Il éclata de rire, ce qui apaisa la tension qui régnait entre eux. Ils badinèrent encore un moment, puis évoquèrent Drummond ; celui-ci n'avait pas réussi à déterminer qui cherchait à tuer Jason. Un autre domestique leur apporta les boissons qu'ils avaient demandées.

Jason but une gorgée et fit la grimace.

— Quel drôle de goût. Celui qui a préparé ce cocktail ferait mieux de changer de métier...

— Charmante soirée, vous ne trouvez pas ? lança Roger Dalbert en les rejoignant, en compagnie de son épouse. Vous vous souvenez de Garnet, ma femme ?

Une fois encore, elle était déguisée en poupée. Son affreuse robe violette ne faisait qu'accentuer son teint rougeaud.

— Nous nous sommes rencontrés à l'occasion de vos fiançailles, déclara Mme Dalbert en esquissant une révérence.

Roger s'éclaircit la gorge, un peu gêné en songeant à la façon un peu cavalière dont le bal s'était terminé.

— Il y a eu de l'animation ce soir-là, n'est-ce pas ? commenta-t-il avec un sourire embarrassé.

Le comte se mit à rire et fit un clin d'œil à Rachel.

— Nous nous sommes... rapprochés, depuis. N'est-ce pas, chérie ?

Le sous-entendu la fit rougir, mais elle se ressaisit vite et répliqua :

— Absolument, mais... chéri... c'est vous qui avez fait le premier pas.

Garnet tapota son front moite à l'aide d'un mouchoir.

— Il fait terriblement chaud, ce soir...

— Le pauvre Jason s'est frotté à l'un de mes molosses et à une plante vénéneuse, confia Rachel à Roger. Il faut vraiment prendre garde où l'on met les pieds.

Roger s'esclaffa de bon cœur et donna à son cousin une tape dans le dos, qui lui fit renverser le reste de son verre de punch.

— Oh, désolé, mon vieux ! Je suis vraiment maladroit. Garnet, j'espère que ta robe n'est pas tachée ?

— Pas du tout, chéri, grinça-t-elle en essuyant quelques gouttes de liquide tombées sur le tissu violet.

— Du moment que la robe de Mme Dalbert n'est pas tachée, tout va bien. De toute façon, ce punch était le plus mauvais que j'aie jamais goûté, assura Jason.

Roger avait toujours été d'une maladresse légendaire. Il fit signe à un laquais qui portait un plateau chargé de coupes de champagne. Le comte posa les verres vides et prit deux coupes en cristal qu'il offrit aux deux femmes, puis deux autres pour son cousin et lui-même.

Roger porta un toast :

— À votre bonheur. Soyez aussi heureux que nous le sommes.

Il tapota l'épaule de Garnet avec tendresse. Elle lui sourit.

Jason se pencha pour trinquer avec Rachel.

— Cette fois, j'espère que vous allez le boire.

Elle l'étudia par-dessus sa coupe.

— Prenez garde, chéri. Je pourrais bien vous le cracher au visage…

Roger et Garnet ne savaient que penser de cet échange, mais ils étouffèrent un gloussement nerveux tandis que Jason riait de bon cœur.

— En seriez-vous vraiment capable ?

— Est-ce un défi ? rétorqua-t-elle en portant sa coupe à ses lèvres.

— Qu'est-ce qui te fait tant rire, jeune chenapan ? s'enquit Cargrave en les rejoignant sur la terrasse.

Jason se tourna vers son grand-père, mais, avant de pouvoir lui répondre, il se sentit soudain pris d'un malaise. Tout se mit à tourner autour de lui. Il ne pouvait plus respirer, et son cœur battait à tout rompre dans sa poitrine.

— Qu'est-ce qui ne va pas, Jason ? s'inquiéta Rachel en aidant le marquis à la soutenir.

Son visage était écarlate. Ses jambes se dérobèrent.

— Eh bien, mon vieux, tu n'as pas très bonne mine, déclara Roger d'un ton alarmé.

— Je… je crois connaître ces symptômes, affirma Garnet. Ce jeune homme a-t-il le cœur fragile ? Prend-il un médica… ?

— Pas du tout ! coupa le marquis. Il a une santé de fer !

Garnet tendit la main vers Jason, mais le marquis la saisit par le poignet. Elle le repoussa sans ménagement et prit le pouls de Jason, avant de poser une main sur sa poitrine. Elle se tourna alors vers Rachel, attrapa sa main et la posa sur le cœur du comte. La jeune fille écarquilla les yeux.

— Seigneur ! Son cœur bat si vite qu'il va exploser !

— Vous avez raison, ma chère, confirma Garnet. Il faut l'installer au calme.

Les invités commençaient à s'agglutiner autour d'eux. Le marquis héla deux laquais :

— Portez-le à l'intérieur, vite !

Il repoussa les curieux.

— Allons ! Dégagez, je vous en prie !

Tandis que les domestiques portaient le corps inerte de Jason dans la maison, Rachel s'adressa à un invité qui vivait non loin.

— S'il vous plaît, faites quérir un médecin ! Envoyez votre cavalier le plus rapide !

Puis elle se précipita vers Garnet, qui suivait le marquis et les laquais.

— Que vouliez-vous dire en affirmant que vous connaissiez ces symptômes ? lui demanda-t-elle.

— Je pensais à mon père. Il avait le cœur malade et prenait de la digitaline. Un jour, il en a absorbé une dose trop puissante. Ce fut une erreur stupide. Cette substance accélère le rythme cardiaque.

— Mais comment Jason aurait-il pu avaler de la digitaline ?

Aussitôt, elle comprit.

— Quelqu'un l'a empoisonné !

— Empoisonné ? répéta Garnet avec effroi. Seigneur ! Mais qui...

— Peu importe, dans l'immédiat. Ce qui compte, c'est Jason. Comment le sauver ?

Garnet lui tapota le bras.

— N'ayez crainte, chérie. Votre fiancé est jeune et vigoureux, au contraire de mon père. S'il s'agit bien de digitaline, il existe des solutions. Venez.

Le marquis ordonna aux laquais de déposer Jason dans un petit salon attenant à la salle de bal.

Garnet prit les choses en main sans être sollicitée. Son efficacité était rassurante, même aux yeux du marquis.

— D'abord, il faut l'asseoir. Voici une chaise qui conviendra. Posez ses pieds sur un tabouret, comme ceci.

Elle mit les jambes de Jason en position. Rachel et Cargrave demeurèrent en retrait, terrifiés par le visage rouge et le souffle court du jeune homme. Garnet ordonna à Rachel de desserrer sa cravate et d'aider un domestique à lui ôter sa veste et ses boutons de manchette. Il se mit à transpirer abondamment.

— Il faut d'abord le rafraîchir. Apportez de la glace du buffet, un gros bloc, ainsi qu'un pic à glace pour le briser en petits morceaux, et des linges. J'aurai aussi besoin d'un couteau tranchant et de plusieurs bassines.

Très vite, Garnet eut formé des poches de glace. Elle chargea des domestiques de les appliquer sur le corps de Jason.

— Maintenez la plus grosse sur le cœur. Il se fatiguera moins, expliqua-t-elle en saisissant le couteau dont elle inspecta le tranchant.

Puis elle toisa Rachel.

— Vous semblez avoir la tête sur les épaules, mon petit. Je vais avoir besoin de votre aide. Vous allez tenir les bassines pendant que je pratiquerai une saignée. Et ne tournez pas de l'œil, sinon vous risquez de tacher le beau tapis de nos hôtes.

— Je n'ai jamais cru aux vertus des sangsues, déclara Cargrave. Cela ne fera que l'affaiblir.

— Je crois que Mme Dalbert sait ce qu'elle fait, intervint poliment Rachel. N'ayez crainte, madame, je ne tournerai pas de l'œil.

— Tant mieux. Tenez bien la bassine.

Elle se mit à l'œuvre, tout en expliquant à la jeune fille ce qu'elle faisait.

— Voyez-vous, son cœur bat trop fort, il pompe trop de sang dans son corps. S'il ne ralentit pas, le comte risque de mourir ou de sombrer dans le coma, comme mon pauvre père. Il faut soulager la pression en réduisant la quantité de sang.

Rachel plaça la bassine sous la première incision et vit jaillir le sang de Jason. Allait-il mourir ? Elle ne pouvait envisager cette possibilité. La terreur lui noua la gorge.

Garnet passa ensuite au second bras. Rachel tint une autre bassine.

Cargrave n'osait s'approcher. Dans l'armée, il avait souvent vu le sang couler. Mais ce n'était pas la guerre, et il s'agissait de son propre petit-fils, le dernier d'une lignée prestigieuse. Il se rendit compte combien il l'aimait.

Rachel assistait Garnet avec efficacité. Jason et elle formaient un bien beau couple. C'était d'ailleurs la raison pour laquelle il avait choisi la jeune fille. Qu'importaient les titres et les terres ! Rachel était de la trempe de Mathilda. Sa chère Mathilda... Comme elle serait fière si elle les voyait.

— Ne vous avisez pas de mourir, Jason Beaumont. Je ne vous le pardonnerais jamais, espèce de Yankee, murmura Rachel à l'oreille du comte, tout en lui passant un linge humide sur le visage.

Avait-elle rêvé ? Elle eut l'impression de percevoir un mouvement de ses paupières. Retenant son souffle, elle lui rafraîchit une nouvelle fois le visage, lui tapota les yeux, qui s'ouvrirent soudain.

— J… Jason ? fit-elle d'une voix brisée.

Elle se rendit compte qu'elle retenait ses larmes depuis le début.

Il scruta son visage. Il avait encore le tournis. Il secoua la tête et cligna les yeux.

— Rachel ? Mais que… comment… Nom de Dieu ! gronda-t-il en découvrant les bassines pleines de son sang.

— Calmez-vous, monsieur le comte, dit Garnet d'un ton apaisant. Je vais arrêter la saignée dans très peu de temps, et vous serez sur pied.

Rachel et le marquis le retinrent sur sa chaise, le temps que les domestiques le débarrassent des poches de glace.

— Il n'en a plus besoin, décréta Garnet.

— Quelqu'un vous a empoisonné, Jason, expliqua Rachel.

Pendant un moment, il se contenta de la fixer, l'air vague, le temps de retrouver ses esprits. Il était en nage mais avait moins chaud. Et le rythme de son cœur s'était calmé.

— Empoisonné, dites-vous ? Je n'ai rien mangé depuis midi. Ce devait être mon verre… Celui que ce bon Roger a renversé. Dieu le bénisse.

— Apparemment, vous avez absorbé une dose massive de digitaline. Sans la présence d'esprit de Mme Garnet, vous seriez peut-être mort, dit Rachel en ravalant ses larmes de joie.

— Est-ce de l'inquiétude que je décèle dans votre voix ? Et ceci… ?

Il grimaça en levant une main bandée vers la joue de la jeune fille.

— Ce n'était pas le moment de tout gâcher en faisant une grosse bêtise comme mourir. Je serais restée seule, à la merci de tous les coureurs de dot de la capitale, répondit-elle en lui prenant la main pour la serrer dans la sienne.

— Je crois que le comte a besoin d'un peu de repos, maintenant, annonça Garnet au marquis, attendrie par le spectacle de ces tourtereaux.

Cargrave donna l'ordre aux domestiques de préparer un lit et d'y porter Jason.

Rachel demeura agenouillée près de son fiancé. Ils n'entendaient rien de ce qui se déroulait autour d'eux et ne prononçaient pas un mot.

— Veuillez emporter ceci, j'ai bien trop mangé, dit Jason en repoussant son bol de flocons d'avoine.

Il était installé dans le grand lit de la chambre d'amis des Mountjoy, appuyé sur ses oreillers. Les premières lueurs de l'aube filtraient par la fenêtre ouverte. Sa peau semblait presque aussi blanche que les draps. Rachel emporta le plateau tandis que le médecin se frottait nerveusement les mains.

— J'insiste pour que vous mangiez encore pour purifier votre sang de ses humeurs.

— Au diable mon sang ! protesta Jason. J'ai failli être empoisonné, voilà ce qui me met de mauvaise humeur !

— Vous avez bel et bien été empoisonné. Garnet avait raison, c'était de la digitaline, intervint Rachel.

Le médecin hocha la tête.

— C'est exact, monsieur le comte. C'est une chance que Mme Garnet ait su pratiquer une saignée... Même si je ne suis pas persuadé de l'utilité de la glace, ajouta-t-il en se frottant le menton.

Jason acquiesça.

— Je lui dois la vie, admit-il.

Le vieux médecin n'était arrivé que tard dans la nuit, car il se trouvait au chevet d'un paysan dans une ferme isolée. Il prit congé.

Après son départ, Cargrave demanda :

— Quelle ordure a bien pu commettre un tel acte ?

Il faisait les cent pas dans la chambre comme un lion en cage, trop furieux et soulagé à la fois pour dormir. Rachel et lui avaient passé la nuit au chevet du malade.

— Sans doute celui qui lui a tiré dessus dans les bois.

Jason s'assura qu'aucun domestique ne se trouvait dans la pièce.

— Je suis persuadé que quelqu'un a versé du poison dans mon punch, déclara-t-il. Le laquais qui nous a servis n'était pas le même que celui à qui j'ai demandé deux verres.

— C'était un autre homme, en effet, confirma Rachel. Je vais mener une enquête discrète auprès du majordome pour voir si je peux le retrouver.

— Non, je m'en charge. Restez plutôt ici pour surveiller ce chenapan, dit le marquis.

Sur ces mots, il quitta la pièce. Rachel couvrit le plateau et voulut sonner un domestique pour le prier de l'emporter, mais Jason l'en empêcha.

— La femme de Roger n'est pas la seule à mériter ma gratitude, comtesse, murmura-t-il. Vous l'avez aidée de façon très efficace.

— Je ne suis pas de celles qui tournent de l'œil pour un rien, répliqua-t-elle en dégageant son poignet de son emprise.

Elle préférait rester à distance, pour garder les idées claires.

— J'ai effectué de nombreuses mises bas, j'ai tué le cochon à Harleigh…

— Décidément, vous ne perdez jamais votre sang-froid, comtesse. Mais n'est-ce pas des larmes que j'ai vues, hier soir, sur vos joues ?

Elle tira le cordon pour appeler un domestique.

— Vous étiez en plein délire. Reposez-vous. Vous êtes encore malade.

— C'est vous qui semblez avoir besoin de repos, rétorqua-t-il en voyant ses cernes.

Elle portait toujours sa robe verte, désormais froissée et maculée de sang, et semblait morte de fatigue.

— Nous ne pouvons vous laisser à la merci des domestiques après ce qui s'est passé. J'attendrai le retour du marquis.

Jason sortit un pistolet de sous son oreiller.

— Grand-père pense à tout. Je suis capable de me protéger durant votre absence. Allez vous reposer.

Elle allait refuser quand on frappa doucement à la porte. Roger Dalbert passa la tête dans l'entrebâillement.

— Alors, mon vieux, tu as meilleure mine ! Garnet m'a dit que tu étais tiré d'affaire. J'ai voulu vérifier par moi-même.

— Je suis très reconnaissant envers ta femme, Roger, et envers toi aussi. Si tu n'avais pas renversé mon verre de punch, je serais mort à l'heure qu'il est.

— Pour une fois que ma maladresse est utile !

— Tu peux le dire, cousin. Tu peux le dire…

11

L'enquête du marquis révéla que le valet qui avait servi les boissons avait disparu. Il n'avait été engagé que quelques jours avant le bal. En se renseignant au village, Cargrave découvrit que l'homme avait utilisé une fausse identité.

Deux jours plus tard, le patient se leva et s'habilla malgré les protestations du garde du corps que Mountjoy avait posté dans sa chambre. Jason fit avancer sa voiture et regagna Falconridge en compagnie de son grand-père. Fox les attendait, impatient de revoir son frère. Cargrave envoya une lettre à Drummond, à Londres, pour lui confier une nouvelle mission. Tant qu'ils n'auraient pas déterminé qui cherchait à éliminer Jason, Drummond servirait de garde du corps à son ami.

Le lendemain de l'empoisonnement, Rachel dormit presque toute la journée. Après le départ du comte, elle regagna elle aussi sa maison et demeura prostrée dans son bureau, face à un monceau de papiers et de registres qu'elle devait consulter. Dehors, le ciel plombé annonçait la pluie. L'humeur de la jeune femme était tout aussi sombre. Elle se mit à faire les cent pas dans la pièce, puis regarda par la fenêtre en pensant au comte.

— Tout est sa faute, soupira-t-elle.

Elle en voulait à Jason de l'empêcher de travailler. De grosses gouttes de pluie se mirent à marteler les vitres, reflétant sa tristesse.

Il avait remarqué ses larmes et en avait plaisanté. Mais il lui avait pris le poignet avec une telle tendresse qu'elle en restait bouleversée. Au fil des semaines, elle s'était résignée à accepter son attirance physique pour lui. Après tout, c'était une réaction naturelle. Ses pulsions finiraient par se calmer d'elles-mêmes, avec le temps. Elle en était certaine, même si c'était la première fois qu'elle se sentait attirée par un homme.

Mais Jason Beaumont n'était pas un homme ordinaire. Il était si viril que tous les autres faisaient figure d'eunuques. Dès qu'elle l'avait vu avancer vers elle, dans la rivière, elle avait compris qu'elle était perdue. Au moment où elle avait réussi à se convaincre qu'elle parviendrait à réprimer sa passion, il la bouleversait une nouvelle fois. Comment avait-il osé frôler ainsi la mort ?

La jeune fille redoutait d'être en train de tomber amoureuse. Le butor ! En croisant son chemin, il avait réussi à ébranler sa vie tranquille et anéantir des projets forgés depuis l'âge de quinze ans. Et il ne voulait même pas l'épouser ! Appuyant son visage sur la vitre, elle ferma les yeux.

— Eh bien, je ne veux pas l'épouser, moi non plus, murmura-t-elle.

Hélas, ce n'était plus la vérité…

— Tu as vraiment mauvaise mine, déclara Harriet en entrant dans la pièce, chargée d'un plateau. J'étais sûre que tu étais en train de te morfondre. Au moins, tu es restée à la maison au lieu d'aller te cacher dans les écuries, comme autrefois. Seigneur, Rachel ! Parle-moi ! Comment te dérider un peu ?

Rachel lui adressa un sourire peu convaincant pendant qu'elle servait le thé. Les petits pains aux raisins embaumaient.

— Si je me souviens bien, toi, tu te cachais dans le grenier quand tu étais bouleversée. Mais je ne suis pas bouleversée ! s'empressa-t-elle d'ajouter.

— Viens t'asseoir, lui ordonna Harriet. Nous devons parler du comte.

Lorsque sa sœur la regardait ainsi, Rachel savait qu'il ne servait à rien de discuter. Elle prit une tasse et huma le parfum du thé brûlant.

— Voilà qui va me faire du bien.

— Prends un petit pain. Cela fait des semaines que tu ne manges rien. Hier encore, j'en faisais part à père. Le temps que ton trousseau soit terminé, tu seras squelettique. Plus rien ne sera à ta taille.

Obéissante, Rachel prit un petit pain et mordit dedans, même si elle n'avait pas faim.

— Toutes ces histoires de trousseau m'ennuient à l'extrême, Harriet. Je préfère ne pas en discuter.

— Balivernes !

Harriet rectifia la coiffure de sa sœur et ôta une miette de la commissure de ses lèvres, avant de reprendre :

— Dis-moi ce que tu ressens pour Jason.

— Je le trouve arrogant, agaçant. Que souhaites-tu savoir, au juste ? s'enquit-elle en buvant son thé.

— Alors tu es amoureuse.

Rachel cracha son breuvage dans la soucoupe.

— Quelle idée ! Qu'est-ce qui peut te faire croire une chose pareille ?

— Je vous ai observés, tous les deux, ces derniers jours, répondit Harriet. Quand le comte a frôlé la mort, j'ai bien cru que tu allais succomber, toi aussi.

Rachel cligna les yeux et la dévisagea.

— Depuis quand es-tu aussi avisée ?

— Depuis quand es-tu bécasse au point de ne pas voir ce qui saute aux yeux ? Tu es amoureuse de Falconridge, et c'est réciproque.

Rachel secoua la tête et posa sa tasse.

— Tu te trompes. Il ne m'aime pas. Il ne souhaite pas m'épouser, sauf, peut-être…

— Ainsi, ma première opinion n'était pas si éloignée de la vérité, commenta sèchement Harriet. Qu'importe ! Tu le mettras au pas et tu finiras par le conquérir. Le comte est le seul adversaire qui soit à ta hauteur.

— Je n'ai nulle envie d'un mari dominateur, affirma Rachel.

— Tu en voudrais un que tu puisses dominer ? J'ai toujours imaginé que, si tu te mariais un jour, père te choisirait un époux particulièrement lâche. Mais une telle union serait vouée à l'échec. Le Yankee te rendra heureuse.

— Je ne crois pas. Son grand-père exerce sur lui un chantage pour l'obliger à m'épouser. Il garde Fox en otage, jusqu'à ce que Jason ait respecté son engagement.

Harriet allait-elle comprendre ce qu'elle endurait ?

— Cargrave se sert d'un enfant innocent comme monnaie d'échange ? s'indigna celle-ci. Voilà qui n'est guère honorable, que ce soit de la part du marquis ou du comte. Ce dernier est si stupide qu'il ne voit même pas son propre intérêt. Eh bien, il va falloir leur donner satisfaction.

Rachel décela dans son regard une lueur espiègle qui l'inquiéta.

— Je n'aime pas le ton de ta voix, déclara-t-elle. Comment satisfaire deux hommes qui ont des souhaits opposés ?

— Crois-moi, ce sera un jeu d'enfant. Il te suffit d'épouser Falconridge. J'ai l'impression que le marquis a toutes les cartes en main.

Devait-elle se confier à Harriet ? Elle n'hésita qu'un instant. En dépit de ses défauts, sa cadette était d'une loyauté sans faille et prenait toujours sa défense quand son père critiquait le comportement peu féminin de son aînée.

— Le comte et moi mijotons un plan pour enlever Fox et le faire sortir d'Angleterre en toute discrétion. Ainsi, Jason ne sera plus obligé de m'épouser. Ce qui est préférable, compte tenu de son absence de sentiments pour moi.

— Allons ! Les hommes ne savent jamais ce qui est bon pour eux, surtout ceux de la trempe de Falconridge. Il a trop couru les jupons des courtisanes pour renoncer facilement aux plaisirs et choisir le confort de la vie conjugale. Toutefois, quand ils se rangent, les débauchés font d'excellents maris… Je parle en connaissance de cause.

— Je refuse d'épouser un homme qui ne m'aime pas, insista Rachel d'un ton plaintif qui ne lui était pas coutumier.

— Je te le répète, je vous ai observés et je suis persuadée qu'il t'aime. Le problème, c'est qu'il ne le sait pas encore. Les hommes sont idiots pour ce qui est des sentiments.

Face à la mine sceptique de sa sœur, elle poursuivit :

— Il ne te quitte pas des yeux. Il y a tant…

Elle toussa délicatement.

— Enfin, il te regarde avec convoitise, comme s'il avait envie de te dévorer toute crue.

Rachel émit un grognement méprisant.

— Certes, il a essayé. Et j'ai failli succomber. Dieu me vienne en aide ! Mais c'est de la luxure, pas de l'amour.

— Pour les hommes, le désir est le début de l'amour. Sans rapports charnels, nous ne les garderions jamais. Ce que tu ressens pour Jason va au-delà du simple désir. Ne cherche pas à le nier.

Rachel ne nia pas.

— Je m'en doutais, reprit Harriet avec un sourire triomphal. Tant mieux ! Tu es amoureuse de lui et il te désire. Nous n'avons plus qu'à veiller à ce que votre plan se déroule à merveille… avec quelques modifications, toutefois. Voilà comment nous allons procéder…

Dans la bibliothèque de la résidence londonienne des Cargrave, Jason tenait un message écrit de la main de Rachel. Son écriture lui correspondait à merveille : longue, fine, élégante et déterminée à la fois. Il le froissa sans même l'avoir lu. Il s'en voulait d'être incapable de chasser la jeune femme de sa mémoire. Il avait l'impression d'être un adolescent transi d'amour. Comment osait-elle lui envoyer une lettre pour le torturer davantage ?

Dès qu'il avait été rassuré sur l'état de santé de Jason, son grand-père avait quitté Falconridge en emmenant Fox. Il lui avait promis qu'il pourrait voir l'enfant la semaine du mariage, qui serait célébré à l'église St. George. En attendant, Jason se retrouvait sous la surveillance de Drummond, son garde du corps. Non seulement son ami était redoutable à l'épée, mais il tirait fort bien au pistolet. Par chance, le comte appréciait la compagnie de Drum et s'était résigné à sa présence continuelle.

Rachel n'ayant pas daigné lui rendre visite durant sa convalescence, il s'était ennuyé à mourir, incapable de penser à autre chose qu'au visage de la jeune femme lorsqu'il s'était réveillé dans la chambre des Mountjoy. Éprouvait-elle des sentiments pour lui ? C'était dangereux. Presque aussi dangereux que s'il était amoureux d'elle...

— Écoute, mon vieux, si tu n'as pas envie de lire cette lettre, tu n'as qu'à la jeter. Inutile de la froisser, à moins que tu ne cherches à la réduire en poussière.

Drummond alla s'installer dans un immense fauteuil en cuir de Cordoue qui le fit paraître tout petit.

Jason baissa les yeux vers la lettre et crispa le poing de plus belle. Pourquoi lui avait-elle écrit ? Il était fou de ne pas la lire. Ce message contenait sans doute des informations sur l'enlèvement de Fox. Peut-être était-ce précisément la raison pour laquelle il se refusait à en prendre connaissance...

La mine renfrognée, il lança la boulette de papier sur le bureau de son grand-père et alla s'asseoir en face de son ami.

— As-tu établi un lien entre Mountjoy, le camarade de Forrestal, et ce laquais qui a failli me tuer ?

Drummond pencha la tête en se caressant le menton d'un air pensif.

— Tu avais raison, à propos du plus jeune fils Mountjoy. Il est aussi fauché que Forrestal. Ils ont au moins cela en commun. Ainsi que le démon du jeu. D'autant plus qu'ils ne sont pas très doués.

— Mais pas moyen de les impliquer dans les événements survenus au bal ?

C'était une question de pure forme. Drummond n'avait pas non plus réussi à identifier l'homme qui avait tiré sur le comte.

— Mieux vaut rester profil bas jusqu'à ce que nous parvenions à arracher Fox des griffes du marquis, recommanda Drummond.

Il était désormais dans la confidence. Étant fermement opposé à l'idée du mariage en général, il avait accepté de prêter main-forte à Jason et Rachel, qu'il n'avait pas encore rencontrée.

— Si ces attentats cessent après la rupture de tes fiançailles, tu auras au moins la certitude qu'il s'agissait bien de Forrestal.

En imaginant Forrestal en compagnie de Rachel, Jason se crispa.

— Elle ne voudra jamais de lui.

— Mais elle voudrait bien de toi, n'est-ce pas ? fit Drummond d'un air espiègle.

— Ne sois pas ridicule. Je t'ai déjà expliqué comment nous allons prendre mon grand-père à son propre jeu. C'est elle qui a échafaudé ce plan.

— Et il semble te troubler au plus haut point, répliqua Drummond. Je ne suis pas né de la dernière pluie, figure-toi. Depuis que tu es de retour en ville, tu n'es plus le même. À mon avis, la raison de cette métamorphose n'est autre que Rachel Fairchild.

— La raison, c'est que j'ai failli mourir empoisonné ! lança Jason, incapable de quitter des yeux la boulette de papier posée sur le bureau.

— Allez, lis-la donc…

— Comment diable sais-tu qu'elle vient de Rachel ?

Drummond prit une poignée de tabac à priser et l'inhala avant de répondre :

— J'ai du flair, voilà tout. Son parfum est trop subtil pour une courtisane. Ce ne peut être que celui de ta fiancée. Si seulement j'avais autant de flair pour découvrir qui cherche à te tuer !

Mais, n'aie crainte, je finirai par résoudre ce mystère.

Jason céda. Il alla chercher la feuille et la défroissa avec soin. Puis il l'ouvrit. Drummond l'observa. Jason fronçait les sourcils tout en esquissant un sourire.

— Elle se trouve actuellement à Londres pour l'essayage de son trousseau.

Il imagina Rachel dans une robe blanche ourlée de dentelle, avec une traîne.

— Et elle souhaite te rencontrer, continua Drummond.

Jason fixait les livres des rayonnages sans les voir. Son ami devina sans peine ses pensées.

— Franchement, Harriet, j'ai l'impression d'être une poupée de porcelaine, ainsi attifée ! protesta Rachel.

Le taffetas lui grattait la peau. Elle se trouvait pourtant chez la modiste la plus en vue de la capitale, à Burlington Arcade. Tout autour d'elle étaient exposés les derniers modèles de robes, sans parler des dessous et des chemises de nuit. Elle était en train d'essayer une robe bordeaux, couleur qu'elle détestait.

— Cette couleur ne me va pas du tout au teint !

— Tu n'as qu'à te blanchir la peau et fuir le soleil comme la peste. Je parie que tu es aussi bronzée que Jason.

Il suffisait qu'elle entende prononcer son nom pour qu'elle s'empourpre aussitôt. Elle n'avait rien oublié du corps cuivré du comte, de ses muscles saillants, de sa toison brune...

La veille, sur le conseil de sa sœur, elle lui avait adressé un message urgent mais n'avait toujours pas reçu de réponse. Le goujat ! Il aurait au moins pu en accuser réception. Sans doute était-il trop occupé à trousser les jupons de quelque courtisane, alors que le jour du mariage approchait à grands pas. Une fois marié, continuerait-il à entretenir des maîtresses ? La plupart des hommes de la noblesse trompaient leur épouse. Ce n'était un secret pour personne.

C'est alors qu'elle se rendit compte que sa sœur lui parlait.

— Il n'est pas question que je m'applique des pommades sur la peau. De toute façon, cela ne servirait à rien, car j'ai la ferme intention de continuer à gérer le domaine, ce qui m'obligera à travailler en plein air.

— Ton mari ne voudra peut-être pas que tu battes la campagne habillée en homme. Y as-tu songé ?

— Cela ne lui déplaisait pas, avant.

— Mais tu n'étais pas sa comtesse, lui rappela Harriet d'un air pincé.

Je suis déjà sa comtesse, pensa Rachel. Quelle ironie du sort qu'il lui ait choisi ce surnom dès leur première rencontre ! Fâchée par la tournure que prenait la discussion autant que par le silence de Jason, elle eut envie d'arracher cette maudite robe.

— Sortons d'ici avant que je ne devienne folle ! déclara-t-elle.

— Essaie d'abord les chemises de nuit, répondit Harriet d'un ton sans réplique.

Mme Louvois, une vieille femme noueuse, apparut, mètre en main.

— Vous allez voir, petite demoiselle, elles sont magnifiques, assura-t-elle.

Rachel n'avait rien de « petit ». Un regard de Harriet suffit toutefois à lui faire entendre raison. Elle soupira, prit une brassée de chemises de nuit très élégantes et se dirigea vers les cabines d'essayage.

Par la faute de Harriet, les deux sœurs étaient arrivées en retard à leur rendez-vous. Rachel n'avait aucune envie d'endurer d'interminables essayages, de toute façon.

Toutes les cabines étant occupées, on l'installa dans un petit atelier, au fond du couloir. La modiste avait proposé d'évincer une femme moins fortunée, mais Rachel jugeait cette attitude intolérable. L'atelier était encombré de mannequins et de rouleaux de tissus. La vendeuse s'excusa du désordre qui régnait. Rachel s'en moquait. Soucieuse d'en finir au plus vite, elle se serait contentée d'un placard à balais.

La frêle jeune fille aux mains délicates l'aida à ôter la robe de bal bordeaux. Rachel s'efforça d'oublier la signification de cette chemise de nuit en dentelle qu'elle était en train d'enfiler.

Soudain, elle sentit sa gorge se nouer. Dans l'entrebâillement de la porte, elle venait d'apercevoir son fiancé…

Jason cherchait l'accès à la salle d'attente destinée aux messieurs. De toute évidence, il s'était trompé de porte… À moins qu'il n'ait été attiré par la douce voix de Rachel ? Il pensait bien l'avoir entendue, mais il avait d'abord cru être l'objet d'une hallucination. Cette diablesse hantait ses jours et ses nuits. Il était naturel qu'il ait l'impression de la voir partout où il se rendait.

S'il avait tardé à répondre à son message, c'était parce que, en réalité, il redoutait de se retrouver seul avec elle. Drummond lui avait alors affirmé que le meilleur moyen de surmonter son appréhension était d'affronter la jeune femme. Puis il avait déposé son ami devant la boutique. En arrivant à la résidence des Fairchild, il avait en effet appris que sa fiancée se trouvait chez Mme Louvois pour essayer… son trousseau de mariée.

Il eut l'impression d'avoir rêvé d'elle, vêtue de soie et de dentelle, et de voir son rêve se réaliser sous ses yeux. Il devait absolument quitter les lieux avant de céder à la tentation de l'épier une nouvelle fois. Mais ses jambes refusaient de lui obéir. Fasciné, il vit la soie glisser sur sa peau veloutée. Chaque courbe de son corps était soulignée par cette chemise de nuit ourlée de dentelle et au décolleté plongeant, révélant la naissance de ses seins.

Il n'avait qu'une envie, se jeter sur elle et l'allonger sur la table pour la faire sienne. Réfléchis, se dit-il. En dépit de son désir fou, il ne pouvait céder à ses pulsions. Cela ne ferait qu'accorder à son grand-père ce qu'il voulait. Il relâcha le rideau et demeura dans le couloir, abasourdi. Seigneur, il avait bien failli commettre le pire !

Dès qu'il eut retrouvé ses esprits, il quitta la boutique et, sans attendre Drummond, héla un fiacre. Celui qui cherchait à l'assassiner pouvait aller au diable ! Il eut soudain l'impulsion d'enlever Fox et de gagner Bristol sur-le-champ. Il trouverait bien un bateau en partance ! Il était disposé à partir n'importe où, du moment qu'il quittait l'Angleterre. Cette femme allait le rendre fou !

Puis il se souvint qu'il avait remis sa carte de visite à la vendeuse de Mme Louvois, qui l'avait prié de patienter dans la salle d'attente, le temps que Mlle Fairchild termine son essayage. S'il disparaissait sans prévenir, la vendeuse s'en inquiéterait.

Rachel devinerait sans peine la raison de sa disparition. Il n'allait tout de même pas lui donner une telle satisfaction. Lorsqu'elle l'avait veillé, après son empoisonnement, il avait senti que ses sentiments pour lui avaient changé.

Cette idée le terrifiait plus que tout.

Et si elle avait décidé d'accepter le mariage, après tout ? Toute cette histoire était peut-être une manigance de sa part pour l'attirer dans ses filets. Il était plus désirable que Forrestal ou tout autre prétendant de sa trempe. La beauté particulière de Rachel et son franc-parler repoussaient les prétendants ordinaires. Jason lui avait fait découvrir le désir charnel. Il allait le payer très cher en se faisant passer la corde au cou !

Il jura en silence, puis revint sur ses pas pour gagner la salle d'attente, déterminé à avoir avec Rachel une discussion franche sur leur situation. Il en avait assez du chantage, des menaces, des agressions. Plus jamais il ne se laisserait posséder.

Il ne vit pas la jeune femme blonde qui l'observait discrètement, à l'autre bout du couloir, un sourire de conspiratrice sur les lèvres. Harriet était satisfaite du déroulement des événements. Si seulement Rachel pouvait trouver le courage d'agir…

Rachel essuya ses mains moites sur la mousseline de sa robe, qu'elle portait depuis plus de cinq ans. Elle lui allait encore à merveille, à part peut-être le décolleté un peu trop étroit. Ce matin-là, elle était si contrariée à la perspective de ces essayages qu'elle s'était habillée sans réfléchir. Avec le recul, elle compara la qualité de cette robe quelconque et délavée avec les toilettes superbes de son trousseau. Mais pourquoi se préoccupait-elle de cette maudite robe ?

Parce que je veux faire bonne impression à Jason, pour qu'il soit heureux de me revoir, s'avoua-t-elle. Harriet était persuadée qu'il l'aimait. Sa sœur affichait un air entendu. Était-elle à l'origine de la présence inattendue de Jason ? Rachel se préparait à cette confrontation depuis plusieurs jours. À présent, elle sentait son courage l'abandonner.

Et s'il refusait de l'épouser ? Elle n'aurait plus qu'à chercher quelque imbécile malléable qui convienne à son père. Cette perspective ne l'enchantait guère. En revanche, Harriet avait peut-être raison... Il n'y avait qu'un moyen d'en avoir le cœur net.

Elle entra dans la pièce où il l'attendait.

12

Jason lui tournait le dos, ce qui permit à la jeune fille de l'observer à loisir, tandis qu'il regardait par la fenêtre. Ils étaient seuls. Harriet veillait à ce que personne ne vienne les interrompre. Rachel trouva Jason superbe, avec ses larges épaules et ses longues jambes. Inutile de le nier, il avait la classe d'un comte, cette arrogance naturelle qui rappelait celle de son grand-père, dont il cherchait tant à se démarquer. Sa détermination était sans doute le fruit de son expérience en Amérique. Harriet avait raison : les Yankees étaient des gens bizarres.

Et Jason était sans conteste le plus original d'entre eux. Sa carrure imposante attirait la jeune fille, elle qui avait toujours été trop grande. Jamais elle n'oublierait le plaisir qu'elle avait ressenti en valsant avec lui. Elle sentait encore sa main virile posée dans son dos. Ils évoluaient en parfaite harmonie sur la piste. Et cet autre jour, au bord de la rivière, lorsque leurs corps nus s'étaient accordés comme jamais elle ne l'aurait imaginé.

Harriet avait raison : elle était amoureuse.

À quoi bon le nier davantage ? Tout en lui la troublait, ses cheveux d'un noir de jais dont les boucles effleuraient sa nuque, ses yeux sombres qui semblaient la déshabiller, ce sourire éclatant qui creusait une fossette sur sa joue.

Prenant son courage à deux mains, elle s'exprima enfin :

— Votre présence ici me surprend.

Il fit volte-face et la transperça d'un regard accusateur.

En réalité, il cherchait désespérément à ne pas trahir le fait qu'il l'avait épiée, quelques instants plus tôt.

— Eh bien, moi, c'est votre message qui m'a étonné. Vous daignez quitter Harleigh pour venir me voir à Londres ?

Il donnait l'impression de lui en vouloir de ne pas lui avoir rendu visite durant sa convalescence.

— J'ai réfléchi à notre dilemme, et je crois qu'il devient nécessaire de modifier un peu nos projets.

Il releva vivement la tête.

— Comment cela ? demanda-t-il, en alerte.

— J'ai eu une longue conversation avec ma sœur. Votre grand-père aurait dit à mon père qu'il envisageait d'adopter Fox.

— Adopter Fox ? répéta Jason, incrédule.

— Il semblerait que votre mère ne l'ait jamais fait officiellement. L'enfant n'est pas légalement son fils, et elle pense qu'il serait préférable pour lui de recevoir une éducation anglaise. Si Cargrave l'adopte, Fox restera ici jusqu'à sa majorité... Ce qui vous obligera à faire votre devoir... en tant qu'héritier.

Dieu qu'elle était belle quand elle rougissait, songea-t-il.

— Cela ne se produira que si je ne l'enlève pas pour le ramener en Amérique, déclara-t-il comme pour se convaincre lui-même.

— Au cas où vous ne l'auriez pas remarqué, cher comte, le marquis vous fait suivre par un bataillon de gardes du corps, depuis les attentats dont vous avez été victime. Il détient Fox chez lui, et nous n'avons aucun moyen de l'atteindre sans éveiller ses soupçons. Sans oublier qu'il faudra expliquer à l'enfant qu'il sera mieux en Amérique qu'ici.

Jason se mit à faire les cent pas en se massant les tempes.

— Cette histoire devient de plus en plus complexe. Il doit bien exister un moyen de faire sortir Fox…

Il riva sur la jeune femme un regard de reproche, comme si elle était responsable de leurs problèmes. Tel n'était pas le cas. Son désir charnel et ses sentiments grandissants pour Rachel lui jouaient décidément des tours.

— Quelle est donc cette idée dont vous vouliez me parler? s'enquit-il.

Elle se mordilla les lèvres et se força à soutenir son regard.

— Je propose que nous nous mariions. Le marquis baissera sa garde, ajouta-t-elle vivement face à son expression choquée.

— Continuez, je vous prie…

— Le lendemain du mariage, nous partirons pour Falconridge en voyage de noces, expliqua-t-elle, les joues rouges. Nul ne s'attendra à ce que nous filions, pas même vos gardes du corps. Le soir venu, nous pourrons gagner Cargrave Hall rapidement grâce aux meilleurs chevaux de vos écuries. Une fois sur place, nous persuaderons Fox de nous suivre pendant que le marquis sera endormi.

— Vous avez tout prévu, fit-il d'un air soupçonneux.

N'était-ce pas là exactement ce qu'il redoutait? Elle cherchait à le prendre dans les filets du mariage.

Rachel sentit monter sa colère. Ce maudit Yankee était décidément un imbécile ! Pourquoi s'évertuait-il à compliquer la situation ? Harriet se trompait, il n'avait aucune envie de l'épouser.

— Si vous avez une meilleure idée, je vous écoute, lança-t-elle sèchement.

Jason poussa un soupir. En y réfléchissant, il devait admettre que ce plan était judicieux. Il n'avait aucune envie de se marier, mais s'ils restaient chacun d'un côté de l'océan Atlantique... chacun y trouverait son compte. Sans doute ne remettrait-il jamais les pieds en Angleterre. Roger hériterait de ces maudits titres et les accepterait avec plaisir.

— Je suppose que ce plan pourrait fonctionner. Vous êtes une redoutable tacticienne, comtesse. Le mariage constituera un excellent écran de fumée. Le vieux bougre n'imaginera jamais que nous puissions le défier après avoir prononcé nos vœux.

Il se mit à faire les cent pas.

— Naturellement, nous ne consommerons pas notre union. Mais vous serez légalement mon épouse, tout en étant libre de vivre comme bon vous semblera. De demeurer à Harleigh, d'élever vos bêtes, cultiver vos terres... Tout ce que vous voudrez. Cargrave sera fou de rage, mais il ne pourra pas se venger contre vous de m'avoir aidé à enlever Fox.

— J'apprécie votre sollicitude, répondit-elle en crispant les poings dans les plis de sa robe délavée.

Harriet avait vraiment fait fausse route ! Non seulement Jason n'était pas amoureux d'elle, mais il n'y avait plus la moindre étincelle de désir entre eux. S'était-elle fait des illusions à ce sujet ? Peut-être aurait-il ressenti le même désir en présence de n'importe quelle femme ? Au fil des semaines, son attirance s'était envolée. Rachel était si attristée qu'elle n'assimila pas tout de suite ses propos :

— Si un jour vous rencontrez l'homme de vos rêves, vous pourrez toujours obtenir une annulation.

Aussitôt, Jason comprit combien la perspective de la savoir mariée avec un autre le contrariait. Il était normal qu'il ne supporte pas l'idée que Forrestal pose les mains sur la jeune femme. C'était une question de décence. Mais pourquoi ne voudrait-il pas la savoir heureuse avec un autre homme ? Il chassa vite cette question de son esprit.

Rachel chercha à nier sa souffrance pour se concentrer sur des considérations pratiques. Cet imbécile ne comprenait donc pas que, dès qu'il serait parti, le marquis exigerait l'annulation du mariage ? Si son propre père ne l'obligerait jamais à subir l'humiliation d'un examen médical pour prouver sa virginité, Cargrave en était capable. Toutefois, c'était plus le rejet de Jason que la menace d'un autre mariage qui la chagrinait.

Il ne lui restait qu'à affronter les événements avec courage. La colère l'envahit, mais elle parvint à la maîtriser.

— C'est vous qui pensez à tout, et non moi, déclara-t-elle avec un sourire. Notre plan est au point. Je vous reverrai donc à l'église.

Sur ces mots, elle tourna les talons pour quitter la pièce, laissant derrière elle un Jason pensif, qui se demandait pourquoi il souffrait tant.

Sur le chemin du retour, Rachel se refusa à confier ses sentiments à sa sœur. Elle l'informa simplement que le comte avait accepté de se marier.

Elle félicita Harriet pour son idée de broder sur la rumeur qui prêtait au marquis l'intention d'adopter Fox. La baronne s'enquit naturellement de la réaction du comte à la proposition de Rachel, qui demeura bouche cousue.

Ce soir-là, les joues inondées de larmes, elle resta allongée dans son lit, à fixer les fresques du plafond au clair de lune. Elle était incapable de trouver le sommeil.

— Depuis que j'ai rencontré ce maudit comte yankee, je pleure comme une madeleine, maugréa-t-elle.

Elle se leva pour aller regarder par la fenêtre.

L'automne approchait à grands pas. Il se mit à pleuvoir. Rachel y vit un triste reflet de son humeur. Jason ne s'intéressait pas à elle, son plan se retournait contre elle. Mais elle refusait de baisser les bras, quitte à en avoir le cœur brisé. Elle se jura que Jason ne serait pas son mari en théorie : il le serait réellement.

Plus jamais elle ne se soumettrait aux caprices de son père. Ce mariage serait consommé, malgré le manque d'enthousiasme du Yankee. Le lendemain, en changeant les draps, les femmes de chambre en auraient la preuve concrète. Ensuite, le seul moyen de dissoudre ce mariage serait un décret de divorce, une démarche très complexe qui nécessitait l'intervention du Parlement. Et seul le mari pouvait demander le divorce.

— Or Jason se trouvera en Amérique, murmura-t-elle.

Pourquoi les hommes exerçaient-ils un tel pouvoir sur les femmes ? Elle décida de se montrer plus habile. Non seulement elle serait comtesse, mais elle gérerait son domaine. Plus résolue que jamais, elle retourna se coucher.

Cette fois, elle sombra peu à peu dans le sommeil, épuisée, se demandant pourquoi elle souffrait tant.

— Écoute, Drum, laisse-moi tranquille ! balbutia Jason d'une voix traînante avant de s'écrouler mollement dans son fauteuil, une carafe de cognac dans une main, un verre plein dans l'autre.

À la fois inquiet et agacé, Drummond observait son ami, dans le vaste bureau de la résidence londonienne des Cargrave.

Jason avait passé la semaine à boire.

— Tu sais bien que je ne peux te laisser seul. Ta vie est menacée.

— Dans ce cas, va plutôt chercher les coupables. Je suis enfermé dans cette prison depuis trop longtemps.

Sur ces mots, il vida son verre d'une traite et s'en servit un autre, puis il posa la carafe d'un geste mal assuré sur une tablette.

— Justement, mon vieux, répliqua Drummond. J'ai mis tous mes hommes de confiance sur le coup. Et ils ne trouvent pas un seul élément prouvant la culpabilité de Forrestal.

— Alors je vais devoir lui faire cracher le morceau à coups de poing, déclara Jason en essayant de se lever.

Son ami posa une main sur son épaule.

— Ce ne serait pas raisonnable. Tu risques de te retrouver en prison pour avoir agressé le fils d'un duc. Une aubaine pour ceux qui cherchent à te tuer !

— Au moins, cela me changerait un peu, fit Jason en le foudroyant du regard.

— Ce n'est pas ce dont tu as besoin, mon vieux.

— Et de quoi ai-je besoin, d'après toi ?

— Rachel Fairchild.

Ignorant le grommellement de mépris du comte, Drummond reprit :

— Depuis que tu l'as croisée chez la modiste, tu es odieux, tu n'es plus le même. Que s'est-il passé exactement ce jour-là, entre ta fiancée et toi ?

Jason haussa les épaules et avala une autre gorgée de cognac, dont il ne sentit même pas le goût.

— Je bois pour redevenir sobre, marmonna-t-il.

— Je sais que tu n'as pas l'intention de l'épouser, mais...

Il fut interrompu par le rire lugubre de Jason.

— Tu te trompes ! La demoiselle a échafaudé un nouveau plan. Nous allons nous marier ! Le lendemain, nous enlèverons Fox et je le ramènerai en Amérique. Plus jamais je ne remettrai les pieds dans cette bonne vieille Angleterre. Ainsi, mon ami, tu n'auras plus à te soucier de protéger la peau d'un Yankee.

Drummond se raidit, incrédule.

— Le mariage est un cap difficile à franchir, admit-il.

Il frémit et sortit sa tabatière.

— Oh, il ne sera pas consommé, assura Jason. Ainsi, la demoiselle aura encore un avenir. Une fois comtesse de Falconridge, elle ne sera plus une jeune fille à marier et pourra mener la vie qui lui plaira.

Drummond réfléchit quelques instants, tout en observant la mine défaite de Jason.

— Je t'ai souvent parlé de mon bon ami Alex, mais jamais d'une autre amie très chère, Jocelyne, son épouse.

Jason leva les yeux, étonné par la chaleur que trahissait la voix de Drummond. Jamais il n'avait exprimé une telle tendresse pour une personne du sexe opposé.

— Jocelyne est une femme... hors du commun. Pas de la même façon que ta Rachel...

— Ce n'est pas *ma* Rachel ! coupa Jason avec emphase.

Drummond l'ignora.

— Une femme décidée, pleine de volonté, très intelligente. Elle ne répond en rien aux normes d'élégance et de beauté en vigueur dans la haute société, mais elle a bon cœur et elle était faite pour Alex.

— Eh bien, Rachel n'a pas bon cœur, comme tu dis. Et elle n'est pas faite pour moi... même si je voulais me marier, ce qui n'est pas le cas.

Drummond parut sceptique.

— N'en sois pas si certain. Tout homme avisé sait déceler ce qui se cache sous la surface.

— C'est un peu fort, venant d'un homme qui méprise le sexe faible ! s'exclama Jason d'un ton sardonique.

— Ma misogynie ne signifie pas que je ne les comprends pas, rétorqua Drummond.

Il prit sa décision. Mieux valait qu'il rencontre la fiancée de Jason, afin de se forger une opinion personnelle.

Quand le comte sonna un domestique pour réclamer une autre bouteille, Drummond prit congé. Son protégé ne risquait rien, enfermé dans son bureau. Il ordonna à deux valets de coucher le comte dès qu'il serait abruti par l'alcool. Dans la maison, chacun veillait sur la sécurité de Jason Beaumont.

Rachel passait elle aussi la soirée en ville, et seule. Son père, Harriet et Melvin étaient allés au théâtre, mais elle avait préféré ne pas se joindre à eux. Tous auraient remarqué qu'elle n'était pas au bras de son fiancé. Les commérages seraient allés bon train, même si elle s'en moquait éperdument. Toutefois, tout ce qui concernait Jason avait le don de la faire souffrir.

Elle était restée dans la capitale jusqu'à ce que son trousseau soit enfin terminé. En huit jours, Jason n'était pas venu lui rendre visite une seule fois. Les invitations s'accumulaient dans le vestibule. La jeune fille savait que les gens étaient simplement curieux du couple que formaient une rebelle et un comte yankee. Elle détestait se montrer en spectacle et se félicitait d'y échapper. Mais elle voulait savoir pourquoi Jason refusait de jouer le jeu. Même Harriet ne lui trouvait plus d'excuses.

Elle avait l'intention de retourner à Harleigh Hall dès le lendemain et d'y rester jusqu'au mariage. Qu'importent les rumeurs !

Elle était en train de préparer ses bagages lorsqu'une femme de chambre lui apporta une carte. Alvin Francis Drummond sollicitait un entretien. Rachel le connaissait de réputation, et celle-ci n'était pas flatteuse. Issu d'une vieille famille distinguée, il ne cessait de s'opposer à son père, qui envisageait de le déshériter à cause de ses frasques. C'était un joueur invétéré qui fréquentait les dandys de tout poil.

Il était également le compagnon de beuverie de Jason, d'après les journaux à scandales. Que pouvait-il lui vouloir ? Elle inspecta rapidement sa tenue dans la glace et descendit l'escalier, intriguée.

La jeune femme ne correspondait pas à l'idée qu'il se faisait. Alvin avait entendu parler d'une mégère effrayante, qui repoussait tous les prétendants et préférait la compagnie des chevaux à celle des hommes. S'il n'avait pas détesté les chevaux, Drummond aurait certainement adhéré à cet état d'esprit. Il n'avait aucun goût pour les membres de la noblesse.

Il imaginait une jeune femme au physique ingrat. Rien n'était plus faux. Certes, Rachel était trop grande, comme Jocelyne. Mais leur ressemblance s'arrêtait là. Rachel avait un corps parfait, dotée de superbes rondeurs. Elle avait les cheveux épais et soyeux, et un regard perçant. Sa robe n'était pas à la dernière mode, mais la couleur lui allait bien.

Elle s'avança vers lui avec grâce. Il s'inclina poliment et nota qu'elle ne lui tendait pas la main.

— Alvin Drummond, à votre service, mademoiselle Fairchild.

— Que me vaut l'honneur de votre visite, monsieur Drummond ? fit-elle en inclinant la tête.

— Veuillez excuser mon intrusion à cette heure tardive. Je sais que nous n'avons pas été présentés et…

— Mais vous vouliez voir de vos yeux si je suis aussi horrible que l'affirme Jason ? compléta-t-elle sèchement.

Face à son air consterné, Rachel esquissa un sourire – ce qui ne lui était guère arrivé, ces derniers temps.

— Je vous assure, mademoiselle Fairchild, que mon ami a pour vous la plus haute estime. Ne devez-vous pas vous marier dans moins d'un mois ?

— Serez-vous son témoin ?

Il pâlit.

— Oui, s'il me le demande. J'en serais honoré. Ce qui m'amène à une question un peu délicate…

Elle lui fit signe de s'asseoir, puis commanda des rafraîchissements avant de s'installer en face de lui, sur le divan.

— Quelle question ? s'enquit-elle en le regardant droit dans les yeux.

Jason était si nerveux qu'il était prêt à se battre avec le premier venu dans une taverne malfamée. Plus il envisageait cette perspective, plus elle lui plaisait. Il en avait assez d'être enfermé et surveillé à chaque instant, assez de ne plus pouvoir dormir, de crainte de rêver de Rachel.

Rachel, drapée de soie et de dentelle... Rachel dont la peau dorée appelait ses caresses... Rachel qui voulait se livrer à cette mascarade obscène de mariage. C'était Jason qui avait conclu que ce mariage ne serait pas consommé, mais il voulait partager le lit de Rachel. Sans les machinations de son grand-père, il aurait obtenu ses faveurs. Et sans être obligé de l'épouser !

— Il faut que je sorte d'ici, sinon je vais perdre la raison, marmonna-t-il pour lui-même en passant une main dans ses cheveux.

Il sonna son valet afin de prendre un bain et se vêtir. Il se réjouit que Drummond se soit absenté pour Dieu sait quelle raison. Avec un peu de chance, il pourrait quitter la maison avant le retour de son garde du corps.

Une heure plus tard, il montait dans sa voiture malgré les protestations de son valet, du majordome et de tous les autres domestiques. Seul le cocher lui résista, affirmant qu'il n'irait nulle part sans deux valets qui veilleraient sur sa sécurité. Jason accepta de bonne grâce, sachant que ces hommes ne pourraient le suivre dans les clubs privés.

Après un orage dans la soirée, le ciel était étoilé. Jason évita quelques flaques d'eau en se dirigeant vers l'entrée de Brooks. Les deux domestiques furent obligés de patienter à l'extérieur. D'ailleurs, il ne pouvait rien arriver au comte dans un endroit aussi bien fréquenté.

Ce qu'ils ignoraient, c'est que le comte ne resta qu'un instant avant de s'éclipser par l'entrée de service. Il héla un fiacre pour se rendre dans les tripots des quartiers populaires.

S'il ne se soûlait pas, s'il ne trouvait aucune femme à son goût, il parviendrait peut-être à perdre un peu de l'argent de son grand-père au jeu. Mieux encore, s'il gagnait, cet argent l'aiderait lors de son voyage vers l'Amérique.

D'humeur lubrique, il se dit que Rachel Fairchild pouvait aller au diable.

Mais il ne vit pas la silhouette, tapie dans l'ombre, qui grimpa à l'arrière du fiacre au moment où celui-ci démarrait.

13

— Alors, monsieur, ai-je réussi cet examen de passage ? demanda Rachel tandis qu'ils sirotaient leurs boissons.

Elle avait fait apporter l'une des meilleures bouteilles de porto de son père. Face au compagnon de Jason, elle avait besoin de courage. Leur conversation se révéla très... instructive.

Drummond se sentait observé par son regard perspicace qui lui rappelait celui de Jocelyne.

— Vous l'avez réussi avec brio, ma chère.

Ils s'étaient jaugés, d'abord gênés, puis s'étaient lancés dans une joute verbale, avant d'en rire ensemble. De toute évidence, Alvin Drummond tenait à s'assurer qu'elle était digne de Jason Beaumont. Son verdict la soulagea, mais ne manqua pas de la troubler. Après tout, elle n'était pas sur le point de s'engager à vie avec Jason. C'était du moins le cas du comte. Rachel savait que si elle parvenait à séduire son mari le soir de leurs noces, elle serait compromise à vie, surtout si elle se retrouvait enceinte.

Drummond interrompit ses sombres pensées.

— À quelques différences près, vous me rappelez beaucoup mon amie Jocelyne Blackthorne... Vous avez toutes les deux une tendresse cachée pour un vaurien.

Rachel faillit s'étouffer.

— Vous n'ignorez pas que notre union n'est appelée qu'à durer une journée.

— C'est suffisant, assura Drummond.

Rachel sentit ses joues s'empourprer. Il ne pouvait se douter de ses intentions… Certes, il avait tout d'un dandy, avec une touche de misogynie si courante dans ce milieu, mais il semblait d'une loyauté à toute épreuve envers ses amis et se montrait un peu trop perspicace. Elle soutint son regard sans broncher. Pouvait-elle se confier à lui ? Qu'avait pu lui raconter Jason ?

C'est alors qu'ils entendirent des éclats de voix provenant du vestibule. Rachel ouvrit la porte pour voir ce qui se passait. Drummond lui emboîta le pas. Ils reconnurent Ames, l'un des laquais de Cargrave, qui discutait avec le majordome.

— Qu'est-ce qui vous prend, Ames ? s'enquit Drummond, la mine grave car il pressentait qu'il s'agissait de Jason.

— Le comte est sorti pour aller chez Brooks, mais il a réussi à fausser compagnie à Jimmy et Seth. Il est passé par la porte de service et est monté dans un fiacre !

Drummond étouffa un juron, puis pria Rachel de l'excuser.

— Avez-vous une idée de l'endroit où il se trouve ? demanda-t-elle au laquais.

— Selon Jimmy, il serait parti en direction des quais.

Rachel jura à son tour.

— Ce maudit Yankee a donc envie de mourir !

— N'ayez crainte, mademoiselle Fairchild. Nous allons le retrouver, promit Drummond.

En tournant les talons, il sentit une main se poser sur son bras.

— Je vous accompagne. Veuillez m'attendre un instant, le temps que j'aille chercher mes pistolets.

Sous le regard ébahi du dandy, elle gravit les marches quatre à quatre. Drummond se dit qu'il commençait vraiment à l'apprécier.

Un quart d'heure plus tard, ils étaient à bord d'un fiacre qui filait vers le quartier populaire de la capitale, au bord de la Tamise. Avec ses entrepôts et ses tavernes, il grouillait de marins. À la stupeur d'Alvin, Rachel avait enfilé un pantalon et une chemise d'homme trop grande pour elle. Deux pistolets étaient glissés dans sa ceinture, et ses cheveux étaient dissimulés sous un vieux chapeau en feutre.

En descendant du fiacre, la jeune fille prit soin de maculer son visage de boue.

— Mieux vaut ne pas avoir l'air trop propre, expliqua-t-elle.

Drummond opina. Par chance, la nuit était noire et les tavernes étaient peu éclairées. En plein jour, nul n'aurait pris Rachel pour un garçon. Mais dans la pénombre...

— Laissez-moi parler, dit-il en entrant au Purple Parrot, dix minutes plus tard.

Au bout de cinq essais infructueux, ils commençaient à perdre espoir.

— Vous croyez qu'il pourrait se trouver dans une allée, blessé, voire... ?

Elle ne parvenait pas à prononcer le mot.

— C'est possible, mais Jason a toujours eu de la chance.

— Comment ose-t-il mettre sa vie en péril pour s'enivrer ?

Durant le trajet en fiacre, Drummond lui avait fait part des abus de boisson de son ami, qu'il croyait à l'abri dans son lit.

Pourvu qu'il ne meure pas, cet imbécile ! Que ferait-elle si elle le retrouvait gisant dans le caniveau, en train de se vider de son sang ? Pourquoi avait-il agi de la sorte, alors que quelqu'un cherchait à le tuer ? L'idée de se marier avec elle lui était-elle si insupportable ? Jamais Rachel n'avait eu aussi peur… enfin, depuis qu'il avait failli mourir empoisonné.

Ils avancèrent dans un épais brouillard en direction de la prochaine taverne.

Jason était juste assez sobre pour comprendre qu'il avait des ennuis. Dans un coin de la taverne, seule une table le séparait de trois inconnus à la mine patibulaire. Une épouvantable odeur de friture et de vieux gin flottait dans l'air. L'établissement était éclairé par quelques lampes à huile qui projetaient une lueur dorée sur le trio qui avançait vers lui.

La lame d'un couteau scintilla dans la main du chef de la bande, flanqué de ses deux acolytes. De toute évidence, il les avait recrutés sur les quais. L'un d'eux avait le cou meurtri de la marque d'une corde et était armé d'une matraque. L'autre était borgne et crispait ses poings énormes.

Jamais Jason n'aurait dû boire cette dernière pinte de bière. Il secoua la tête, cherchant à retrouver ses esprits. Si seulement il avait autre chose que son petit pistolet caché dans sa veste ! Bon sang, il n'avait même pas pris soin de se munir de son couteau. Il pouvait tenter de désarmer le chef de la bande, mais devait d'abord rétablir l'équilibre des forces en présence. Un coup de feu. Et mieux valait faire mouche. Il décida de prendre pour cible l'homme à la matraque. Il dégaina son arme et la pointa vers le chef, une petite fouine aux dents gâtées et aux cheveux filasse.

— Retournez-vous et dirigez-vous vers la porte, ordonna-t-il d'une voix forte qui couvrit le brouhaha.

— Dans ce cas, je ne serais pas payé, milord, dit l'homme avec un sourire moqueur.

Il fit signe à l'homme armé d'une matraque. Les deux acolytes s'écartèrent dans des directions opposées.

— Vous serez donc le premier à mourir, décréta Jason.

Le brigand ne parut guère impressionné. Il était de petite taille, et sans doute agile comme un chat. Sans crier gare, Jason pivota vers l'homme à la matraque et tira. Cris et jurons s'élevèrent parmi les ivrognes.

L'impact fut si violent que le brigand fut projeté en arrière avant de s'écrouler sur le plancher crasseux. Jason bondit pour échapper aux poings meurtriers de son complice, mais le chef lui barra la route, couteau en main.

En tentant de le saisir par le poignet, Jason sentit la lame fendre la manche de sa veste, sans toutefois toucher son bras. Esquivant un nouveau coup, il fut heurté par le poing de l'autre brigand. Il trébucha, cherchant désespérément à retrouver l'équilibre. Un nouveau coup de poing faillit lui arracher la tête des épaules.

— Il est à moi, gronda le chef en brandissant son couteau.

Jason mit un genou à terre, maudissant sa propre stupidité, le corps superbe de Rachel, les manigances de son grand-père et celui qui avait payé ces hommes. Au moment où son adversaire allait frapper, un coup de feu retentit. Le chef de la bande poussa un cri strident et lâcha son couteau pour se tenir le bras, ensanglanté.

Son complice recula, cherchant à fuir. Un homme tenant une épée s'avança vers lui, suivi d'un autre, plus grand, dont le pistolet fumait encore. Le borgne chargea le plus petit, espérant profiter de sa supériorité. Il se trompait.

Drummond enfonça son épée dans la gorge de son adversaire. Pendant ce temps, Rachel pointa un pistolet sur le cœur du chef de la bande, qui se balançait d'avant en arrière en se tenant le bras. Jason serra les dents, n'en croyant pas ses yeux.

— Espèce d'imbécile, de butor écervelé ! cria Rachel à son fiancé.

Elle était si furieuse et affolée à la fois qu'elle avait du mal à tenir le pistolet sans trembler.

— Si vous avez envie de vous suicider, veuillez attendre que nous soyons mari...

— Silence ! souffla Jason. Vous étiez sur le point de révéler quelque chose que notre entourage n'a nul besoin de savoir.

Il balaya la salle du regard et découvrit des mines curieuses et dures.

— Joli coup, comtesse, lui murmura-t-il.

— Pas vraiment. Je visais le cœur, avoua-t-elle.

— C'est une chance qu'il soit encore en vie. S'il se montre raisonnable, il nous dira qui l'a payé.

Elle jeta un regard plein de mépris à sa victime, puis se tourna de nouveau vers le comte.

— J'ai appris à ne pas compter sur les hommes pour être raisonnables. Ils se comportent à peine comme des adultes, en général.

— Je vous en prie, gardez vos querelles d'amoureux pour plus tard, intervint Drummond. Les gardes ne s'aventurent jamais dans ce quartier et les clients commencent à s'énerver.

— Maudits bourgeois ! Ils viennent picoler chez nous et sèment la pagaille ! lança le patron.

Les autres renchérirent en les injuriant férocement. Rachel, qui avait tendu son autre pistolet à Jason, rechargea son arme avec adresse. Puis elle visa le patron, qui leva les mains en signe d'apaisement.

Ignorant la foule, Drummond enjamba les cadavres et saisit le blessé par le revers de sa veste.

— Surveillez-les et sortez en reculant, ordonna-t-il à ses camarades en le poussant vers la sortie.

Ils battirent en retraite. Dehors, ils durent arpenter des coupe-gorge en portant le blessé qui était sur le point de perdre connaissance.

Jason souffrait d'un terrible mal de tête. Le sang pulsait dans ses oreilles. Il avait un œil au beurre noir.

— Comment un tel gringalet peut-il peser si lourd ? marmonna-t-il.

— Il n'a aucune raison de nous faciliter la tâche, répondit Rachel, qui fulminait toujours. Peut-être devrions-nous l'emmener à Bow Street et laisser la police s'en charger. Ils savent soutirer des informations à ces malfrats.

— Je crois que nous disposons de moyens bien plus persuasifs, répliqua Drummond d'un ton lugubre.

Jason approuva d'un grommellement. Dès qu'ils se furent éloignés des quais, Alvin appuya le blessé contre un mur et posa l'extrémité de son épée sur sa gorge.

— Maintenant, tu vas nous dire qui t'a payé pour tuer le comte !

— Eh, faut pas vous énerver comme ça ! protesta le brigand. Je vous le dirais bien, si je le savais. Mais j'en sais rien.

Drummond appuya un peu plus fort contre sa pomme d'Adam. Terrorisé, l'homme déglutit et reprit :

— Il m'a abordé avant-hier soir, à Whitechapel. Il m'a attiré dans une ruelle sombre comme celle-ci. Il faisait nuit noire. Il m'a donné cinq guinées, mais j'ai pas vu son visage.

— Tu étais trop occupé à regarder la pièce de monnaie, je suppose, fit Jason d'un ton résigné.

— De quoi vous souvenez-vous ? insista Rachel sans chercher à dissimuler le fait qu'elle était une femme. Il était jeune ? vieux ? Comment était-il habillé ?

— Eh, vous êtes une femme ? fit le brigand, bouche bée.

— Une femme qui va vous faire exploser les parties d'une balle de pistolet si vous ne répondez pas rapidement, déclara-t-elle avec calme.

Il tressaillit.

— Euh... il était jeune, bien habillé. Plus grand que moi et mince. Sapé comme un milord. C'est tout ce que j'ai vu, je le jure sur la tête de ma mère !

— Tu ne sais sans doute même pas qui est ta mère ! commenta Drummond.

— La description correspond au jeune Mountjoy, déclara Jason.

— Il y en a des milliers comme lui à Londres, remarqua Rachel.

Ils passèrent un quart d'heure à décortiquer le récit du brigand, qui implora leur pitié avant de s'évanouir de douleur. Lorsqu'il fut manifeste qu'il disait la vérité, Drummond prit une décision.

— Je vais le remettre aux autorités, dit-il en regardant Jason. Tu as saigné sur ta cravate et cette veste superbe est fichue, gronda-t-il.

— Mieux valait lacérer la veste que mon bras.

— Dommage qu'il ne vous ait pas donné un bon coup sur la tête, histoire de vous mettre un peu de plomb dedans, grinça Rachel.

— Ramenez cet imbécile à la maison pour soigner ses blessures, lui dit Drummond en faisant signe à un fiacre.

— Je suis capable de m'en occuper moi-même, protesta Jason.

— Vous venez de nous le prouver avec brio, cher comte, railla la jeune fille.

Ils regagnèrent la résidence Cargrave en silence. Jason ressentait le contrecoup de son abus d'alcool, en plus des coups qu'il avait reçus. Il s'adossa au siège, cherchant à ignorer la femme assise à côté de lui.

Peine perdue. Même vêtue de haillons, le visage maculé de boue, sa féminité était éclatante. De toutes les femmes qu'il avait rencontrées, pourquoi cette mégère, cette langue de vipère, lui faisait-elle perdre la raison ? D'autant plus qu'il ne lui ferait jamais l'amour. Peut-être était-ce justement le problème : il la désirait car il savait qu'elle ne serait jamais sienne.

Les fruits défendus n'étaient-ils pas les plus savoureux ? Il la revit chez la couturière, drapée de soie et de dentelle. Une véritable déesse.

Rachel se tenait bien droite sur son siège, tendue, incapable de le quitter des yeux. Il aurait pu mourir. Il avait déjà échappé à plusieurs tentatives d'assassinat. Sa chance ne pouvait durer éternellement. Mieux valait qu'il rentre en Amérique. Elle devrait se réjouir de leur plan. Or elle était envahie d'un terrible sentiment d'abandon.

Tu n'es qu'une imbécile, se dit-elle. Cet homme ne veut pas de toi.

Son acte suicidaire ne faisait que le prouver davantage. La perspective de l'épouser incitait son fiancé à se soûler…

Elle décela son parfum familier, mêlé à celui du sang, de la sueur et de la bière. Ses longues jambes étaient tendues. Sa tête reposait sur le coussin du siège. Au moins, ses yeux bleus moqueurs étaient fermés et non rivés sur elle. Elle pouvait contempler à sa guise sa beauté virile en toute impunité.

Même ivre, échevelé et ensanglanté, il était superbe. À la faible lueur de la rue, elle devinait une barbe naissante sur ses joues. Dans la bagarre, il avait déchiré sa chemise, qui laissait apparaître la toison brune de sa poitrine. Le regard de la jeune fille s'aventura plus bas, mais s'arrêta avant de franchir les limites d'un territoire interdit.

— Seriez-vous en train de faire l'inventaire de mes atouts encore en état… ou de vous réjouir de mes malheurs, comtesse ? demanda-t-il, ravi de la prendre en flagrant délit.

Rachel se sentit rougir. Elle eut un mouvement de recul. Quel butor !

— Continuez à me provoquer, cher comte, et je vous fais la promesse que j'ai faite à cette vermine, dans la ruelle. Vos « atouts » ne seront plus en état.

Elle caressa la crosse de son pistolet.

Jason se pencha en avant et l'observa de son œil intact.

— Vous avez pris un risque aussi stupide que le mien, ce soir. Si les clients de la taverne s'étaient rendu compte que vous êtes une femme, ils vous auraient écartelée.

— Votre gratitude me touche, rétorqua-t-elle. J'ai mis ma vie en danger pour sauver la vôtre. La moitié des brigands de Londres sont à vos trousses. Pourquoi avoir filé tout seul dans un état d'ébriété avancé ?

Rachel regretta aussitôt sa question. Elle ne voulait pas connaître la réponse. Elle ne la devinait que trop bien.

Pour sa part, le comte n'avait pas la moindre idée de ce qui l'avait poussé à agir de la sorte. Il secoua la tête, puis gémit de douleur. Le fiacre s'arrêta brutalement devant la porte des Cargrave. Jason émit un juron et se tint la tête tandis que Rachel l'aidait à descendre.

Une fois à l'intérieur, elle réveilla les domestiques qui s'étaient assoupis dans le vestibule en attendant le retour du comte. En découvrant la future comtesse en haillons, ils ne purent dissimuler leur stupeur. Le visage crotté et les vêtements pleins de sang, elle donna des ordres que nul n'osa discuter.

— Apportez de l'eau chaude, beaucoup d'eau chaude, et une grosse tranche de viande crue, si la cuisinière en a ! ordonna-t-elle au majordome un peu guindé.

Puis elle se tourna vers un valet :

— Allez chez moi réveiller Mme Yeats. Elle sait où je range mes remèdes. Qu'elle m'apporte ma sacoche le plus vite possible.

— Je n'ai pas besoin de soins, comtesse, protesta Jason. Simplement de sommeil. Je pourrais dormir quinze jours d'affilée.

Elle plaça le bras du blessé sur ses épaules et le guida vers l'escalier.

— Vous pourrez dormir autant que vous voudrez dès que vous serez nettoyé, dégrisé et purgé pour chasser le sang de votre œil et de votre oreille.

Voilà qui ne s'annonçait pas très agréable.

— J'ai survécu à des blessures bien plus graves après des rixes, de la Floride aux Açores. Inutile de vous donner tout ce mal.

Rachel l'ignora.

— Où se trouve votre chambre ? demanda-t-elle au sommet des marches.

Il baissa les yeux vers elle. Leurs visages étaient si proches qu'il sentait son parfum. Avec un regard entendu, il murmura à son oreille, pour que la femme de chambre qui les précédait ne capte rien de ses propos :

— Vous espérez abuser de moi en profitant du fait que je suis faible et incapable de me défendre ?

— Vous empestez le sang, la bière bon marché et les ordures des quais. Si je devais abuser de vous, comme vous dites, je demanderais d'abord à un valet de vous frictionner au savon désinfectant.

Rachel le poussa dans la chambre dont la domestique venait d'ouvrir la porte. Un immense lit de style Louis XVI trônait dans la pièce, par ailleurs meublée de fauteuils et d'un divan en cuir bordeaux. Thomson, le valet du comte, se leva vivement et se frotta les yeux. Éberlué, il vit son maître soutenu par un jeune homme… C'est alors qu'il reconnut Mlle Rachel Fairchild, la fille aînée du vicomte de Harleigh.

Il se précipita pour prendre l'autre bras de son maître, incapable de prononcer un mot, tandis que la femme de chambre rabattait les couvertures du lit.

— Couchez-le et déshabillez-le, ordonna Rachel. Je vais aller me rafraîchir et je reviendrai.

Elle s'écarta du blessé qui perdit l'équilibre.

Thomson le déposa sur le matelas alors que la jeune fille quittait la pièce.

La femme de chambre s'affaira à allumer des chandelles, avant de s'enfuir. Lorsque le valet déshabilla son maître, celui-ci ne put réprimer quelques jurons de douleur.

— Vous pourriez au moins vous racheter en me servant un cognac, Thomson, grommela-t-il.

— Ne devriez-vous pas enfiler une chemise de nuit, monsieur le comte ? Votre fiancée va revenir et...

— Nous en avons déjà parlé plusieurs fois, Thomson. Je ne supporte pas ces maudites chemises de nuit. Mlle Fairchild va soigner ma tête, pas le reste de mon corps !

C'était justement ce qui le chagrinait.

— Très bien, monsieur le comte.

Jason avala avec plaisir un cognac, puis tendit son verre afin que le valet le resserve.

— Je dois prendre des forces pour endurer les tortures que va m'infliger mon ange gardien, fit-il d'une voix avinée quand le valet l'aida à se glisser sous le drap.

Rachel réapparut en compagnie de la cuisinière et d'un valet. Elle s'était débarbouillée et portait une robe ordinaire que lui avait certainement prêtée quelque domestique. Elle était bien trop courte et pendait lamentablement sur son corps.

— Posez l'eau chaude sur la table de chevet, avec les linges, dit-elle au valet.

— Que dois-je faire de la viande, madame ? s'enquit la cuisinière en examinant l'œil au beurre noir de Jason.

Rachel prit l'assiette qu'elle tenait et congédia tous les domestiques. Thomson hésita et faillit protester contre cette situation inconvenante. Face à l'expression du comte, il se ravisa. Après tout, ils étaient fiancés.

Dès qu'ils furent seuls, Rachel trempa un linge propre et l'essora. Elle s'assit au bord du lit. Seigneur ! Il était nu sous les draps ! Ne possédait-il donc pas de chemise de nuit ? Elle devinait son corps élancé et musclé – ce corps qu'elle avait contemplé, au bord de la rivière. Elle détourna les yeux et aperçut le verre de cognac sur la table de chevet.

Elle renifla une odeur d'alcool.

— Vous avez encore bu !

Jason ouvrit les paupières.

— Ce n'était qu'un petit remontant, répondit-il d'une voix traînante.

— Vous avez suffisamment de remontants dans le corps pour toute une armée !

— J'ai toujours mal à la tête.

— Attendez quelques heures, ce sera encore pire, répliqua-t-elle d'un ton enjoué.

Elle entreprit de nettoyer ses blessures.

Pour ne pas penser à ce qu'elle était en train de faire, il parla de sa robe.

— On ne peut pas dire que vous soyez à votre avantage, dans cette tenue. Et si vous l'enleviez ?

— Il me semble que vous avez créé assez de scandale pour ce soir, rétorqua-t-elle en posant un linge sur son visage.

— Aïe ! Vous avez la douceur d'un boucher !

Il l'étudia de son œil intact pendant qu'elle travaillait, penchée sur lui pour mieux atteindre son oreille ensanglantée.

— Si je puis me permettre, c'est vous qui avez eu une attitude scandaleuse en vous promenant sur les quais déguisée en homme.

— Je ne pouvais pas y aller en robe de bal !

Jason réfléchit un instant.

— Je suppose que non, admit-il. Mais vous avez choqué les domestiques de mon grand-père en restant seule avec moi dans ma chambre.

Tout au fond de lui, il savait qu'il se montrait pervers, mais ne pouvait s'en empêcher.

— J'aurais mieux fait de vous laisser ramper vers la porte d'entrée et rentrer chez moi.

— J'aurais réussi à gravir les marches tout seul !

— Pas du tout. J'ai pratiquement dû vous porter jusqu'ici.

— C'est Thomson qui m'a porté… non ?

La chambre commençait à tourner.

La robe qu'avait revêtue Rachel appartenait à une femme plus corpulente. Le décolleté bâillait chaque fois qu'elle se penchait vers lui, offrant une vue plongeante sur sa poitrine, à peine dissimulée sous un fin tissu de lin. Jason avait une excellente mémoire quand il s'agissait du corps de Rachel Fairchild. Lorsqu'il admirait ces seins en forme de poire, il avait moins mal à la tête.

Presque sans s'en rendre compte, il tendit la main et les toucha. Rachel se figea. La sensation était si inattendue qu'elle en eut le souffle coupé. Les doigts de Jason semblaient lui brûler la peau à travers le fin tissu. Ses mamelons durcirent.

Qu'il aille au diable ! Même ivre, il parvenait à embraser ses sens. Tout son corps semblait frémir de sa simple présence. Il serait si facile de se glisser sous les couvertures avec lui, de s'allonger contre son corps nu et chaud…

À peine ses mains l'avaient-elles effleurée qu'elles retombèrent. Rachel baissa les yeux. Un ronflement brisa le silence. Jason s'était endormi ! Elle prit la tranche de viande crue et la plaqua sans ménagement sur son œil au beurre noir. Puis elle se leva et le foudroya du regard.

Elle quitta la pièce en fulminant. Thomson n'avait qu'à s'occuper de ce maudit Yankee !

14

Fox Barlow était désemparé. Assis face à la grande fenêtre de sa chambre à Cargrave Hall, il regardait les montagnes, au loin, à la frontière galloise. Il commençait à aimer ce paysage déchiqueté, ainsi que ce château un peu sombre et impressionnant qui abritait les Beaumont depuis des siècles. Et il aimait encore davantage le marquis de Cargrave.

Grand-père.

Son intuition d'enfant lui disait qu'il dissimulait un cœur tendre sous une apparence un peu brusque. Sa femme lui manquait. Depuis sa mort, il se sentait très seul. Il avait perdu tous ses enfants et petits-enfants. Il ne lui restait plus que Jason. Étrangement, les deux hommes ne parvenaient pas à exprimer leurs sentiments l'un pour l'autre. Mais Fox savait que le vieil homme aimait beaucoup son héritier, et qu'il voulait le voir heureux auprès de Rachel. Il avait même montré à Fox un portrait de la marquise défunte, accroché dans la galerie, en lui disant combien Rachel lui rappelait sa chère Mathilda. L'enfant avait remarqué ses yeux embués de larmes, même s'il cherchait à les dissimuler.

Mais Jason voulait qu'ils retournent en Amérique. Cela avait un rapport avec son mariage avec Mlle Fairchild. Comment un homme pouvait-il ne pas vouloir d'une femme aussi belle et intelligente ? Or, d'après la conversation qu'il avait surprise entre grand-père et le père de Rachel, Jason ne voulait pas d'elle. Ils semblaient redouter que Jason ne l'enlève pour l'emmener en Amérique ! Hélas, cela faisait un certain temps que Fox ne souhaitait pas y retourner.

Comment pouvait-il faire de la peine à grand-père en s'en allant ? La veille dans l'après-midi, M. Drummond, qui était invité par le marquis, l'avait croisé à l'écurie. Fox se rappela leur conversation dans les moindres détails et chercha à mettre de l'ordre dans ses pensées.

Il avait réussi à faire franchir à Petit Chef la plus haute haie du parc et était fou de joie. Son professeur d'équitation l'avait félicité pour sa maîtrise. Il était donc entré dans l'écurie afin de bouchonner son cheval. Au bout de quelques instants, il avait entendu des voix.

Un monsieur qu'il ne connaissait pas, mince et élégant mais un peu fluet, l'avait abordé. De toute évidence, il n'appréciait guère l'odeur des chevaux. Il avait sorti son mouchoir pour s'en couvrir le nez. Posant sa brosse, Fox lui avait demandé poliment :

— Que puis-je faire pour vous, monsieur ?

L'inconnu esquissa un sourire hésitant.

— Vous êtes sans doute le jeune Fox Barlow ?

— Absolument, répondit l'enfant, tout aussi hésitant.

— Je suis un excellent ami du comte. Alvin Drummond, à votre service.

Il adressa un signe de tête à l'enfant qui s'inclina. Puis, s'assurant qu'ils étaient bien seuls, il s'approcha.

— J'ai un message pour vous de la part de Jason, à transmettre en privé. Pourrions-nous faire quelques pas ensemble ?

— Je suppose que oui, si cela ne dure pas trop longtemps, répliqua l'enfant, qui souhaitait terminer son travail mais dont la curiosité était piquée au vif.

Ils se dirigèrent vers le verger. Lorsque Drummond fut certain de ne pas s'exposer aux oreilles indiscrètes, il déclara :

— Vous savez que votre frère adoptif est fiancé. Le mariage aura lieu à Londres dans quinze jours.

— Oui, avec Mlle Fairchild. Je serai le témoin de Jason, ajouta-t-il fièrement.

— J'ai cru le comprendre, fit Drummond en hochant la tête.

Il hésita encore. Fox le fixait de ses grands yeux sombres. Il s'éclaircit la gorge.

— Toutefois, après la cérémonie… enfin, le lendemain, Jason viendra vous chercher à la résidence londonienne des Cargrave. Vous devrez attendre son signal, vers minuit…

— Minuit ? répéta le garçon, troublé.

— Euh… oui. Quand tout le monde sera couché.

— Est-ce pour que grand-père ignore que Jason retourne en Amérique ?

Drummond écarquilla les yeux de surprise.

— Tiens, tiens… Mais que savez-vous de ces questions, mon jeune ami ?

Fox donna un coup de pied dans une pierre.

— Je ne voulais pas les espionner, mais grand-père et le vicomte en parlaient, l'autre jour.

— Je vois, fit Drummond, pensif. En vérité, Jason ne veut pas épouser Mlle Fairchild et…

— Mais elle est si belle ! Et si gentille ! Pourquoi ne voudrait-il pas l'épouser ? s'indigna Fox.

Drummond ne savait que dire, ce qui ne lui arrivait sans doute pas souvent.

— Ce n'est pas elle en particulier qu'il refuse d'épouser. Le comte ne veut simplement pas se marier du tout, avec personne, pas même avec une femme très belle. D'ailleurs, cette jeune fille ne veut pas de lui non plus.

— Est-ce parce que grand-père et le vicomte ont décidé à leur place ?

Drummond rajusta son foulard et marmonna :

— Vous êtes décidément très avisé pour votre âge, jeune homme…

— Jason me le dit souvent, répondit Fox avec un sourire.

— Je commence à comprendre pourquoi. Cependant, il est très important que vous n'en disiez rien au marquis, afin que Jason et vous puissiez partir.

Fox hocha la tête sans conviction.

— Mais pourquoi Jason va-t-il épouser Mlle Fairchild juste pour une nuit ?

Cette question parut étonner Drummond, qui rougit.

— J'ai ma petite idée là-dessus, mais peu importe. Le plus important est de prendre Cargrave et Harleigh par surprise. Une fois mariés, ils iront à Falconridge pour… Enfin, après la première nuit, il sera plus facile pour Jason d'échapper à la surveillance des gardes et de venir vous chercher.

— Parce que le mariage sera consommé, dit Fox.

Drummond faillit s'étouffer.

— De toute évidence, on ne raconte pas aux petits Américains que les bébés naissent dans les choux.

— Dans la famille de mon père, oui. Mais les Shawnees disent la vérité. C'est très naturel, vous savez.

Drummond reprit ses esprits.

— Si vous voulez vous échapper, il ne faudra pas trahir notre secret. Jason se présentera sous votre fenêtre à minuit et imitera le cri d'une chouette. Vous devrez vous habiller au plus vite et sortir en grimpant par-dessus le mur du parc. Vous y arriverez ?

— Je le suppose, répondit l'enfant d'un ton morne.

— Je vous sens réticent, jeune homme. Vous ne voulez donc pas retourner en Amérique, dans votre famille ?

— Un jour, oui. Mais pas tout de suite... Je ne voudrais pas faire de peine à grand-père.

Drummond s'esclaffa.

— J'avoue que c'est la première fois que quelqu'un a peur de blesser le vieil homme. En général, ce sont plutôt les autres qui redoutent qu'il ne leur fasse du mal.

— Il s'est montré très gentil avec moi, répliqua Fox avec vigueur, un peu fâché d'apprendre que les gens avaient une mauvaise opinion du marquis.

Drummond se mit à faire les cent pas sous un pommier en se frottant le menton.

— Cette histoire commence à tourner au vinaigre, déclara-t-il, furieux.

Fox sentait bien que la colère de Drummond n'était pas dirigée contre lui. Aussi le laissa-t-il continuer.

Avec un soupir, le dandy tenta une nouvelle approche.

— Vous savez que quelqu'un a essayé de tuer le comte durant votre séjour à Falconridge, n'est-ce pas ? Eh bien, il y a eu d'autres attentats, à Londres et à la campagne.

— Qui pourrait vouloir tuer Jason ?

— C'est précisément ce que le marquis me demande de déterminer. Nous croyons que ces tueurs sont à la solde de Frederick Forrestal, mais nous n'avons pas réussi à le prouver. En attendant…

Fox croisa son regard vert et devina ce qu'il attendait de lui.

— Je ne dirai rien à grand-père, promit-il à contrecœur. Et je retournerai en Amérique avec Jason, jusqu'à ce qu'il puisse revenir en Angleterre pour devenir… le mari de la comtesse de Falconridge.

— Euh… vous avez sans doute raison, même si le comte et la comtesse ne s'en doutent pas, répondit Drummond avec un rire mystérieux.

Aujourd'hui, après une nuit de réflexion, Fox était toujours tiraillé. Il ne pouvait trahir Jason, mais pouvait-il trahir le marquis ?

Et ce Forrestal qui voulait tuer Jason. Voilà qui donnait une autre dimension à son dilemme. Tant que l'assassin ne serait pas arrêté, mieux valait retourner en Amérique. Nul n'avait songé à demander à l'enfant ce qu'il souhaitait faire. Il n'en était pas certain lui-même. Si seulement il pouvait parler à Jason avant le mariage…

Il fut interrompu dans sa rêverie par Lafarge, son maître d'armes.

— Monsieur Fox, auriez-vous oublié votre entraînement de cet après-midi au fleuret ?

L'invitation à la soirée de Roger Dalbert arriva tôt le lendemain matin. Fox se trouvait à la bibliothèque en compagnie de Cargrave, lorsque le marquis la lui lut.

— C'est très aimable, de la part de Roger et de sa femme, de perpétuer ainsi la tradition d'organiser une chasse à courre en l'honneur des fiançailles.

— Une chasse à courre ? répéta l'enfant, qui ne comprenait pas comment des dizaines de chasseurs accompagnés d'une meute pouvaient traquer un malheureux renard.

D'autant plus que le renard était son animal totem !

— Absolument, mon garçon. Depuis des générations, les Dalbert et les Beaumont, bien que cousins éloignés, célèbrent mariages et naissances en organisant une chasse à courre. L'événement permet à tout le monde de se réunir pour passer une bonne journée. La dernière chasse remonte aux fiançailles de Roger avec Mlle Simmons. Naturellement, il y a eu quelques froncements de sourcils, car la fiancée était une roturière, mais...

Il haussa les épaules face à ces préjugés liés aux classes sociales que l'enfant ne pouvait comprendre. Jason non plus, d'ailleurs, car il avait grandi en Amérique. Mais ce n'était pas plus mal. Cela apporterait un peu de sang neuf dans cette vieille famille.

— Aurai-je le droit de vous accompagner ? s'enquit l'enfant.

Le marquis réfléchit quelques instants en scrutant son visage enthousiaste. Il n'ignorait pas combien son frère adoptif lui manquait. Et la maison de campagne des Dalbert ne se trouvait qu'à quelques heures de Cargrave Hall. Il lui suffirait de charger ses gardes de surveiller étroitement Jason. Les professeurs de Fox seraient également présents. Jason n'aurait aucune chance d'enlever l'enfant.

— Oui, je crois que je vais t'emmener avec moi. Cela te fera du bien, mon garçon, de découvrir cette belle tradition anglaise. Bradley m'a dit que tu faisais d'énormes progrès et que tu devenais un cavalier émérite.

— Oui, grand-père. Avec Petit Chef, je suis désormais capable de franchir toutes les haies du parc. Je suis sûr que cette chasse va beaucoup me plaire.

Le vieil homme ignorait que l'enthousiasme de l'enfant n'avait rien à voir avec la chasse. Il se réjouissait à l'idée de pouvoir s'entretenir avec son frère adoptif avant que le plan d'enlèvement ne soit mis en pratique.

Frederick Forrestal était hors de lui. Dans ses appartements de Grosvenor Square, il buvait, seul, en ce milieu de matinée, tout en réfléchissant au problème qui le taraudait. Ces derniers temps, il jouait vraiment de malchance. Il balaya du regard la pièce richement meublée puis avala une gorgée de porto. Jamais il ne renoncerait aux privilèges qui lui revenaient de par sa naissance, mais il devrait agir vite pour éviter le désastre.

Comme s'il n'avait pas assez d'ennuis, son père, le duc d'Etherington, venait de déshériter son fils unique en faveur d'un neveu. Certes, Frederick serait duc et hériterait du patrimoine qui lui revenait de droit. Mais la majeure partie de la fortune reviendrait au neveu du duc. Frederick se retrouverait sur la paille tandis que son cousin roulerait sur l'or.

De deux ans son cadet, Marshall était son souffre-douleur depuis leur plus tendre enfance. À Eton, Frederick avait fait de la vie de son cousin un enfer. Il se délectait de voir ses camarades pendre le malheureux par la fenêtre du troisième étage en menaçant de le laisser choir alors qu'il implorait leur pitié. Ils s'étaient bien moqués de lui.

Mais Marshall allait prendre sa revanche.

C'était intolérable. Frederick se jura de régler son compte à cet imbécile en temps voulu. Pour l'heure, il avait des problèmes plus immédiats. Toute la haute société était désormais informée de la décision de son père. Hélas, les commerçants avaient également eu vent de la nouvelle et commençaient à ne plus lui faire crédit, voire à réclamer leur dû. Frederick devait plus de mille livres au seul bottier. Seul un miracle pouvait lui éviter la disgrâce.

Ou une épouse fortunée.

Il esquissa un sourire cruel. Ses yeux embrumés se posèrent sur un coffret dont il souleva le couvercle. Il en sortit un sachet en soie contenant de l'opium. Une petite dose l'aiderait à se calmer. Il réfléchit à un moyen d'enlever Rachel Fairchild. Une fois qu'il lui aurait pris sa virginité, elle serait obligée de l'épouser. Il s'occuperait de la déflorer en route pour Gretna Green.

Certes, un scandale ne manquerait pas d'éclater, et ce maudit Yankee serait furieux. Ce serait une vengeance encore plus agréable que de le tuer. Quant à cette mégère, elle serait à genoux devant lui. Il ne voyait pas de plus douce vengeance contre le comte. Et cet idiot de Harleigh serait heureux de l'avoir pour gendre.

Sa décision prise, Forrestal rangea l'opium dans son coffret. Il se détendrait plus tard. Pour l'heure, il était impatient de mettre son plan en action sans tarder. D'une main il tira le cordon et de l'autre prit son verre de porto pour porter un toast à son propre génie.

— À mon épouse fortunée et à un comte furieux !

— Cesse de bouder, tu auras le visage ridé, gronda Harriet.

Rachel observait Jason, au milieu de la foule des invités. Il venait d'arriver à la fête.

Il se tenait avec Roger et Garnet Dalbert, leurs hôtes, ignorant totalement sa fiancée, tandis que Garnet lui présentait son fils, né d'un premier mariage. Elyn Simmons était fluet et noueux, et il avait les yeux perçants de sa mère. Son visage était grêlé de marques de variole. Pourtant, il était plutôt séduisant. Curieuse de savoir ce qu'ils se racontaient, Harriet entraîna sa sœur par le bras en direction du petit groupe. La voix puissante de Roger leur parvint :

— Alors, mon vieux, tu as bien meilleure mine ! Tu t'es remis de ton empoisonnement, on dirait !

— Oui, grâce à toi et surtout à ta femme, qui a réagi avec sang-froid, répondit Jason en souriant à Garnet.

Puis il se tourna vers le fils de cette dernière.

— Je crois savoir que vous travaillez également au chantier naval ?

— Absolument. Mère gère le chantier à merveille, mais j'apprends les ficelles du métier, expliqua Simmons avec un sourire chaleureux. Il me semble que vous étiez également dans la navigation, avant de venir en Angleterre ?

Harriet entraîna Rachel pour échapper à une discussion ennuyeuse sur les bateaux.

— Le comte ne semble guère empressé de saluer sa fiancée. Tu devrais susciter sa jalousie. Le jeune Simmons est célibataire, je crois ?

— Comment peux-tu envisager un tel comportement ? lui murmura Rachel, furieuse. Je n'ai aucune intention de me donner en spectacle pour distraire cet arrogant !

— Tu as toujours été si sage… commenta Harriet.

— À tes yeux, je ne fais jamais ce qu'il faut. Soit je suis trop garçon manqué, soit je suis trop sage. On ne peut pas tout avoir, dans la vie.

— Ces traits de caractère ne plaisent guère aux gentlemen.

— À la bonne heure. Jason Beaumont n'est pas un gentleman. Il l'affirme lui-même.

Rachel n'avait pas révélé à sa sœur qu'elle et Drummond avaient sauvé Jason lors de sa soirée de beuverie, la semaine précédente. Elle souffrait encore de l'humiliation que lui avait infligée le comte en s'endormant, les mains sur ses seins, et cherchait à se persuader que ce n'était que de la colère.

Harriet allait lui répondre quand le jeune Barlow descendit vivement les marches pour se précipiter vers son frère. Jason s'excusa auprès de ses interlocuteurs et se pencha pour l'embrasser. Tous deux étaient si beaux qu'ils semblaient être frères de sang. La façon dont Rachel les observait n'échappa pas à Harriet, qui déclara d'un air entendu :

— Le comte sait s'y prendre avec les enfants, n'est-ce pas ?

— C'est bien l'unique qualité que je lui trouve, concéda Rachel d'un ton acerbe.

Dommage, songea-t-elle. Il ne verra sans doute jamais l'enfant que je lui donnerai peut-être, si, par chance, je me retrouve enceinte…

Cette pensée la prit par surprise. Soudain, elle se sentit défaillir. À quoi bon évoquer cette nuit de noces ? Elle n'était pas certaine d'arriver à le séduire. Et s'il se refusait à elle ? S'il lui riait au nez ? Comment supporterait-elle un tel affront ?

Harriet lui adressa à nouveau la parole, mais Rachel était incapable de saisir le sens de ses propos.

Fox aperçut la jeune fille et se précipita vers elle. Jason le suivit.

— Mademoiselle Fairchild ! Je suis ravi de vous revoir ! déclara Fox.

Rachel le salua en souriant. Roger, Garnet et son fils se joignirent à eux en devisant gaiement. Roger semblait impatient de participer à la chasse du lendemain. Au milieu des conversations, Rachel sentait le regard bleu de Jason rivé sur elle. Il était totalement rétabli de sa mésaventure dans la taverne. Se rappelait-il leur dernière entrevue ? Elle se prit à espérer que, l'alcool aidant, il ait tout oublié.

Tandis qu'il s'inclinait vers elle sans cesser de la regarder dans les yeux, elle ne put s'empêcher de lui lancer une pique :

— Vous paraissez en meilleure forme que lors de notre dernière rencontre. Votre œil est guéri. Je doute que le coup violent que vous avez reçu sur la tête ait provoqué d'importants dégâts.

— C'est bien naturel. Vous êtes à même de guérir toutes les blessures, répliqua-t-il d'une voix traînante en l'entraînant à l'écart pour lui parler en privé.

Elle ne put l'empêcher de la prendre par le bras sans éveiller les soupçons.

— Si vous étiez resté tranquillement chez vous à vous enivrer, vous n'auriez pas eu besoin de mes soins.

— Je vous suis d'autant plus redevable de votre élan de charité chrétienne, répondit-il sèchement.

Rachel dégagea son bras et se tint à distance raisonnable de son fiancé. Elle ne cherchait en rien à sauvegarder les apparences, mais tenait avant tout à se protéger.

— En fait, je ne suis pas très charitable, alors n'en abusez pas. La prochaine fois, vous vous retrouverez peut-être entre les mains d'un assassin et nul ne viendra vous porter secours.

— Je m'en souviendrai, fit-il le plus sérieusement du monde.

Alors que la jeune fille s'apprêtait à tourner les talons pour aller rejoindre les autres, il changea soudain de sujet :

— Irez-vous à la chasse, comtesse ?

— Il serait impoli de refuser.

— Parmi tous ces gens distingués, vous ne pourrez vous abandonner au plaisir de chevaucher, murmura-t-il d'une voix rauque chargée de sous-entendus.

Il esquissa un sourire charmeur qui souligna sa fossette.

— Après avoir chevauché presque nu, de retour de la rivière, vous n'ignorez rien de ce que l'on ressent à chevaucher, rétorqua-t-elle froidement.

— Ce jour-là, ce n'est pas au corps du cheval que je songeais, comtesse, susurra-t-il en la déshabillant des yeux.

Elle rougit violemment.

— Si vous faites allusion à mon corps, vous allez au-devant d'une cruelle déception, cher comte. Lorsque je chevauche une monture entêtée, c'est toujours moi qui ai le dernier mot.

Il éclata de rire.

— Ce n'est pas parce qu'une femme monte à califourchon qu'elle a le dernier mot !

— Moi si, dit-elle d'un air de défi.

Ses jambes menaçaient de se dérober.

Il soutint son regard.

— Le moment venu, je doute que cette idée vous effleure. Vous n'arriverez même plus à réfléchir...

Rachel réprima un frisson d'impatience. Il avait beau se vanter, il n'avait pas tort. Déjà, elle parvenait à peine à réfléchir.

— Je suis impatient de partir à la chasse, comtesse, déclara-t-il, le regard torride.

Pourquoi jouait-il ce jeu dangereux avec une femme à qui il allait bientôt donner son nom ? se dit-il. Il devrait l'éviter, au lieu de la provoquer de la sorte. Mais dès qu'il l'avait aperçue dans la salle, radieuse comme une rose d'été, il avait été incapable de se maîtriser. Des souvenirs de cette soirée à la taverne, lorsqu'elle était venue le sauver en compagnie de Drum, lui revinrent à l'esprit. Elle avait soigné ses blessures, penchée vers lui, vêtue d'une robe trop grande pour elle...

La robe en mousseline qu'elle portait ce soir épousait au contraire ses formes. Ses yeux avides glissèrent de ses lèvres roses à son cou, puis la naissance de ses seins, soulignés par son profond décolleté. Il se revit posant les mains sur ses seins. Il avait senti ses mamelons durcir à son contact. Puis il s'était assoupi... Il soupira. Était-ce l'explication de sa froideur ? Il lui sourit, se demandant s'il avait vu juste.

Elle arqua les sourcils d'un air hautain.

— Méfiez-vous, cher comte, que la proie ne se transforme en chasseur.

Sur ces mots, elle passa devant lui et retourna près de sa sœur.

Fox les avait observés de loin, troublé par ce mélange de sourires forcés et de froncements de sourcils. Ils ne se comportaient pas comme des fiancés. Hélas, il ne connaissait que les coutumes des Shawnees dans ce domaine. Les choses se passaient peut-être autrement en Angleterre ? Il se promit de poser la question à Jason, plus tard dans la soirée. Il attendrait que tout le monde soit endormi, puis quitterait sa chambre pour rejoindre son frère adoptif.

15

Si Fox s'interrogeait au sujet de Rachel et Jason, Harriet était particulièrement contrariée. Cela faisait quinze jours que sa sœur aînée était d'une humeur massacrante, quand elle ne sombrait pas dans la mélancolie. Elle avait d'abord attribué ces tourments au fait que Jason soit reparti à Falconridge avant la fin de la saison. En y réfléchissant bien, elle s'était dit que c'était absurde. Sa sœur détestait les mondanités. Ils avaient dû se disputer. C'était en tout cas ce que suggérait leur attitude.

À son grand désespoir, Harriet ne parvenait pas à recueillir les confidences de sa sœur. Celle-ci se contentait d'affirmer que le comte ne supportait guère l'alcool et qu'il avait une cervelle de moineau. C'était de mauvais augure, à moins de deux semaines du mariage.

Toutefois, lady Harriet Chalmers était une entremetteuse née. Et elle était désespérément romantique. Au cours du souper ce soir-là, alors que Rachel et le comte ne cessaient d'échanger des piques, elle échafauda un plan. Il était manifeste que le comte était fou amoureux de Rachel, et cet amour était réciproque, même si son aînée ne semblait pas en avoir conscience.

Ces ceux-là formaient un couple idéal. Après le dessert, Harriet s'excusa et se faufila à l'étage pour chercher une feuille de papier et de l'encre. Les invités regagnèrent leurs chambres afin de se coucher tôt. Le lendemain, la partie de chasse commençait à l'aube...

Rachel regardait par la fenêtre, admirant le parc au clair de lune. Elle respira l'air frais, incapable de dormir après ces joutes verbales avec Jason. Jamais elle n'avait rencontré personnage aussi irritant. Il pouvait la dévorer des yeux, comme s'il attendait la nuit de noces avec impatience – ce qui rendait ses projets de séduction totalement inutiles –, puis il se cachait ensuite derrière une indifférence froide et la taquinait comme une enfant méritant une bonne leçon.

C'était plutôt lui qui avait besoin de leçons de savoir-vivre !

Elle baissa les yeux vers la lettre qu'elle avait froissée, puis lissée, puis froissée encore, et la jeta au feu. Naturellement, il n'y avait pas de feu dans la cheminée. La boulette de papier demeura donc intacte, à la narguer, comme le ferait son auteur si elle allait le rejoindre dans la roseraie. Ce qu'elle n'avait aucune intention de faire.

À moins que...

— Flûte ! marmonna-t-elle en se dirigeant vers la porte d'un pas décidé.

La pendule sonna. Il restait une demi-heure avant son rendez-vous. Elle aurait le temps de savourer la fraîcheur du soir et de rassembler son courage avant de se lancer dans la bataille contre Jason Beaumont. Elle longea le couloir, défiant quiconque de s'étonner de sa présence à cette heure tardive. Mais elle ne vit personne, pas même une femme de chambre. Elle descendit l'escalier dans l'intention de sortir par la porte-fenêtre de la salle à manger. Les rideaux de velours étaient partiellement tirés.

La maison était richement meublée, mais l'ensemble n'était pas du meilleur goût. Les fauteuils ornés de dorures ressemblaient à des monstres prêts à bondir sur les imprudents. Garnet avait choisi des tableaux représentant des scènes mythologiques ou des scènes de chasse très sanglantes. Dans la pénombre, Rachel ne distinguait pas les couleurs criardes présentes dans toutes les pièces, ni les statues et autres bibelots.

La jeune fille se glissa sur la terrasse, foulant les dalles irrégulières. Elle scruta les alentours. Le parc était plus modeste que l'intérieur de la maison. Les murs de briques couverts de lierre s'effritaient à de nombreux endroits. Les rosiers étaient négligés et envahis de ronces. La lune éclairait des ornières, dans l'allée. La voiture de Rachel avait failli perdre une roue en arrivant devant l'entrée.

Mme Dalbert était manifestement plus intéressée par la gestion de son entreprise que par l'entretien de sa propriété. Roger, dont les ancêtres vivaient sur ces terres depuis des siècles, ne paraissait pas se rendre compte que ses domestiques et métayers négligeaient ses champs. Rachel trouvait qu'il aurait dû s'en soucier, mais cela ne la regardait en rien. Le couple semblait très uni.

Au contraire de Jason et elle. Certes, après la guerre, il pourrait reprendre ses activités maritimes. Quant à elle, elle gérerait leurs deux domaines… s'ils étaient vraiment mariés. Pourquoi se prenait-elle à rêver ? Il allait partir et elle se retrouverait seule pour le reste de ses jours, comme elle l'avait toujours souhaité.

Pourquoi cette perspective la rendait-elle aussi triste ?

Rachel descendit les marches de pierre. Ce butor était bien capable d'être en retard, après lui avoir demandé de venir.

Intrigué, Jason observait Rachel avancer parmi les rosiers. Il était caché dans l'ombre de la maison. De temps à autre, elle se penchait pour arracher une mauvaise herbe ou sentir le parfum d'une fleur. Une vraie paysanne, songea-t-il avec un sourire. Elle ondulait les hanches en marchant. Jamais il n'aurait dû venir.

Il s'était presque résolu à demeurer dans sa chambre et ignorer son message, mais il avait changé d'avis. Cette chipie était bien capable de venir frapper à sa porte en pleine nuit.

Elle s'accroupit au pied d'un rosier pour arracher une mauvaise herbe récalcitrante à l'aide d'un bâton. Elle n'avait rien d'une jeune fille fragile. Il se dit qu'elle serait parfaitement à même de gérer leurs deux domaines pendant qu'il vaquerait à ses occupations maritimes et veillerait sur les investissements du marquis. Puis il s'en voulut de rêver ainsi. Au bout d'une semaine passée ensemble, ils en viendraient à s'entre-tuer... quand ils ne seraient pas au lit.

Au lit, ils s'entendraient à merveille, il en avait la certitude. Elle n'avait qu'une idée très vague du plaisir qu'un homme et une femme pouvaient échanger. Sans se vanter, il se savait capable de l'initier à ces plaisirs, ce qui occuperait leurs nuits. Mais qu'en serait-il de leurs journées ?

Et le marquis machiavélique qui n'avait qu'une idée en tête : perpétuer le nom des Beaumont et le titre des Cargrave ? Non. Pas question de tomber dans ce piège, malgré les charmes et la beauté de

Rachel. Pourquoi diable lui avait-elle écrit ce message la priant de la rejoindre ? Depuis leur arrivée chez les Dalbert, ils n'avaient cessé de se chamailler.

Leur plan d'évasion était au point. Que lui voulait-elle ? Une idylle au clair de lune, peut-être ? S'il se laissait aller à la séduire, tout serait fichu. Aurait-il la volonté de lui résister ?

— Il n'existe qu'un moyen de le savoir, maugréa-t-il avant de se diriger enfin vers la roseraie.

Harriet se tordit nerveusement les mains et soupira. Incapable de fermer l'œil, elle brûlait de savoir ce qu'il était advenu du rendez-vous entre Rachel et Jason dans la roseraie. Avaient-ils succombé à la passion au clair de lune, sur un lit de roses ? Elle ignorait si cette idée était romantique, ou simplement inconfortable. Ce serait imprudent, mais ils seraient au moins fixés sur leurs sentiments l'un pour l'autre. Elle voulait connaître les résultats de sa petite machination.

Elle ouvrit la porte de sa chambre et scruta le couloir. Aucun domestique en vue. La lumière tamisée lui permettait de se diriger vers la chambre de sa sœur. Se glissant à l'intérieur, elle referma la porte et appela Rachel à voix basse :

— C'est moi... Harriet... Tu dors ?

Pas de réponse. Elle s'approcha du lit sur la pointe des pieds. Quand elle passait des heures à cheval à sillonner la campagne, Rachel pouvait s'endormir comme une masse. Harriet tira le lourd rideau du baldaquin et plissa les yeux. Le lit était vide.

— Je vais devoir patienter, dit-elle pour elle-même.

Elle préféra s'allonger sur le lit, où elle serait plus à l'aise que dans le fauteuil, près de la fenêtre.

Elle ne mit guère de temps à s'assoupir.

Quelques instants plus tard, la porte s'ouvrit. Deux silhouettes masculines entrèrent dans la chambre. Le plus grand portait une couverture en laine. Son compagnon, plus fluet, tenait une matraque.

— Tu veux que je l'assomme d'abord ? demanda-t-il à son complice.

— Attends, je vais poser cette couverture sur elle. Après, on verra, répondit le plus grand en s'approchant du lit.

Il observa la femme endormie. Il n'avait eu aucun mal à persuader le valet ivre de lui indiquer la chambre de Rachel Fairchild. Il ne leur restait plus qu'à la livrer, en bonne santé, à l'homme bien habillé qui les attendait à l'orée du bois.

D'une main experte, il enroula la jeune fille dans la couverture crasseuse avant qu'elle n'ait le temps de crier. Elle se débattit et toussota, mais il la prit sur son épaule.

— Vas-y, frappe un bon coup, dit-il à l'autre homme. Mais ne l'abîme pas trop.

Son complice obéit en riant. Harriet cessa de se débattre.

Au bout du couloir, depuis la chambre de Jason étrangement vide, Fox observait la pièce dans laquelle les deux hommes en guenilles venaient de s'introduire. Leur présence était incongrue. Ils ne faisaient certainement pas partie des invités et il était certain qu'ils n'étaient pas domestiques, non plus. Des paysans, peut-être. Mais que faisaient-ils dans la maison en pleine nuit ?

Ils ressemblaient aux brigands qu'il avait aperçus lorsqu'il traversait les quartiers malfamés de la capitale avec son grand-père, en voiture. D'instinct, Fox trouva ces deux intrus antipathiques. Il regagna vivement la chambre de son frère et chercha des yeux le coffret où celui-ci rangeait ses pistolets. Il en saisit un, qui était chargé et armé, et ressortit de la pièce pour se tapir derrière un guéridon.

Au bout de quelques minutes, les deux hommes réapparurent. Le plus grand portait sur l'épaule ce qui ressemblait à un tapis roulé. S'agissait-il de cambrioleurs ? Intrigué, Fox les suivit à distance vers l'escalier de service.

Ils traversèrent les cuisines puis franchirent une porte, comme s'ils connaissaient déjà les lieux. Ils longèrent un chemin de gravier menant à une grange un peu délabrée, avant de s'éloigner vers les bois. Là-bas, un autre homme surgit de l'ombre.

Il était encore plus grand que celui qui portait le tapis et était habillé avec élégance. C'est alors que le tapis se mit à remuer. Les yeux écarquillés, Fox vit le cambrioleur poser son fardeau dans l'herbe. Il le déroula pour laisser apparaître une silhouette féminine, qui commença à crier. C'était la baronne, la sœur de Mlle Fairchild ! L'enfant reconnaissait ses cheveux blonds et sa voix stridente. De toute évidence, ces malfaiteurs l'avaient enlevée. L'homme à la matraque la frappa avant qu'elle ne se remette à crier.

Fox s'approcha en restant caché dans les buissons, comme ses oncles shawnees le lui avaient appris. Il se réjouissait d'avoir pris le pistolet de Jason. Il n'avait pas le temps d'aller chercher de l'aide. Il allait devoir sauver la jeune femme tout seul. Il perçut les propos des deux ravisseurs et de l'homme riche.

— Imbéciles ! Ce n'est pas Rachel Fairchild ! C'est sa sœur !

— Elle se trouvait dans la chambre de la fille Fairchild, elle dormait dans son lit ! protesta le plus grand.

— Il n'y avait personne d'autre dans la chambre, renchérit son complice.

— Vous vous êtes trompés de chambre ! La fille m'a reconnu. Quelqu'un l'a peut-être entendue crier. Débarrassez-vous d'elle en vitesse !

— On ne fera rien avant d'avoir été payés, patron, fit le petit d'un air méchant.

L'homme riche émit un grognement de mépris et jeta une bourse remplie de pièces au plus grand.

— Tuez-la et jetez son cadavre dans les bois !

Sur ces mots, il tourna les talons et se dirigea vers un cheval qui broutait à quelques mètres de là. Il monta en selle et s'évanouit dans la nuit, laissant les deux brigands avec leur proie.

Fox rassembla son courage et s'approcha, tenant le pistolet dans sa petite main moite.

Rachel entendit des pas étouffés. En se retournant, elle découvrit Jason juste derrière elle.

— Pourquoi arrivez-vous toujours en silence ? demanda-t-elle.

Il avait les cheveux en désordre et ses yeux bleus luisaient dans la nuit. Il avait enfilé une chemise qu'il portait ouverte sur sa poitrine. Comme toujours, elle ne put s'empêcher d'admirer son torse.

— Vous m'attendiez. Je n'ai pu vous surprendre à ce point.

Il sentait les effluves de son parfum fleuri, mêlé à celui de sa peau, le plus doux parfum qu'il connaisse. Il brûlait d'envie de la caresser. Malgré lui, il s'approcha encore. Ses seins effleuraient presque son torse. Il suffirait que l'un d'eux prenne une profonde inspiration…

Rachel parvint à arracher son regard de ce torse musclé et recula d'un pas. Son cœur battait à tout rompre. Elle se sentait étourdie, troublée par sa présence. Son corps l'implorait de se jeter dans ses bras et de l'embrasser à perdre haleine. Mais son esprit résistait. Sans s'en rendre compte, elle se pencha vers lui.

Il n'en fallut pas davantage à Jason. Il la saisit par les cheveux et la plaqua contre lui.

— Je suis heureux que vous ne les ayez pas tressés, murmura-t-il avant de s'emparer de ses lèvres.

Elles avaient une saveur à la fois sucrée et salée, à l'image de sa personnalité. Elle les entrouvrit, et Jason oublia tout.

C'était de la folie, songea-t-elle, mais une douce folie qu'elle ne pouvait se refuser. Elle savait que ce baiser était le remède idéal aux doutes qui subsistaient en elle sur sa capacité à le séduire, le soir de leurs noces. Mais s'il la faisait sienne ce soir ?

Cette pensée lui traversa l'esprit alors qu'il déposait des baisers fébriles sur ses paupières, ses joues, son cou, avant de revenir à sa bouche. Rachel lutta pour faire entendre raison à son corps. Elle ne devait pas se donner à lui tout de suite !

Il faut que les domestiques trouvent des taches de sang sur les draps, au lendemain des noces, songea-t-elle. Ainsi, ils pourront témoigner du fait que le mariage a été consommé…

Mais une sourde crainte lui serra le cœur. Si elle se refusait à lui ce soir, il serait peut-être contrarié au point de ne plus la désirer. Comment nier le plaisir intense que lui procuraient ses caresses ? Et si c'était sa seule chance d'être à lui ?

Elle tressaillit lorsqu'il posa les mains sur ses seins, comme il l'avait fait l'autre soir, dans son lit, avant de s'endormir. Heureusement, il ne semblait pas s'en souvenir. Sa propre déception lui laissait un sentiment d'humiliation. Elle ne devait pas lui permettre de la toucher avant le mariage. Ravalant un cri d'angoisse, elle détourna la tête et se dégagea de son étreinte.

Pantelants, étourdis, ils se dévisagèrent. Jason avait les poings crispés, la mâchoire serrée de frustration. Rachel n'osait baisser les yeux, de peur de deviner son membre gonflé sous sa ceinture. Elle eut envie de tourner les talons et de prendre ses jambes à son cou. Mais elle n'avait jamais cédé à la lâcheté et n'avait pas l'intention de changer, même pour un comte yankee.

Fox surveillait les deux brigands.

— Et si on prenait un peu de bon temps avec elle avant de la tuer ? suggéra le plus petit.

— Non. N'oublie pas ce qu'a dit le patron. Elle a peut-être alerté quelqu'un. On n'a pas une minute à perdre.

Sur ces mots, le plus grand sortit un couteau.

Fox vit scintiller la lame acérée tandis que le tueur s'agenouillait près de la baronne évanouie. Il surgit alors de sa cachette en brandissant son arme :

— Lâchez ce couteau et éloignez-vous de cette dame ! ordonna-t-il d'un ton qui se voulait assuré.

— Qu'est-ce que c'est que ça ? railla le petit homme en s'avançant vers Fox.

— Il est haut comme trois pommes, fit le grand en lâchant la baronne. Tu ferais mieux de regagner ton écurie tant que tu tiens encore debout, mon gars.

— C'est vous qui allez partir… sans faire de mal à la dame.

— Attends, gamin, tu es bien téméraire, répondit l'homme au couteau en faisant signe à son complice de l'attraper.

Sachant qu'il n'avait qu'une possibilité de tir, le garçon se dit que le couteau représentait le danger le plus immédiat. Au moment où il allait tirer, Harriet se mit à bouger et gémit. Tous les regards se tournèrent vers elle alors qu'elle se redressait à quatre pattes.

Rachel respira profondément, cherchant à se ressaisir. Il fallait qu'elle trouve quelque chose à dire à Jason.

— Ce n'est pas une façon très honorable de vous racheter de votre comportement lors du souper. Je pensais que vous m'aviez écrit ce message avec des motivations autres que la séduction.

— Moi, je vous ai écrit un message ? répéta-t-il, incrédule. Mais c'est vous qui m'avez demandé de venir, comtesse !

— Moi ? Vous avez reçu un message, vous aussi ?

— Un message de vous. J'ai reconnu votre écriture.

Il l'observa, les yeux plissés. À quel petit jeu se livrait-elle ?

Rachel ignorait si elle devait en rire, en pleurer… ou mourir de honte.

— Harriet, ma sœur, est experte dans l'art d'imiter les écritures. Elle le faisait souvent quand nous étions petites, à l'école. Elle est capable d'imiter n'importe quelle écriture.

— Mais pourquoi… ?

Il s'interrompit, de peur d'entendre la réponse.

— Elle est persuadée que nous formons un très beau couple et n'a pas apprécié notre comportement de ce soir, expliqua tout de même Rachel.

Il esquissa un vague sourire.

— Je passe donc du statut de canaille à fuir comme la peste à celui de prince charmant.

Avant que Rachel puisse lui répondre, un coup de feu retentit au loin.

— D'où venait la détonation ? demanda-t-elle.

— Derrière les dépendances, à l'orée du bois, je crois. Restez ici, ordonna-t-il.

Il partit en courant en direction d'éclats de voix. L'une d'elles était féminine.

— Vous êtes fou ? Quelqu'un essaie de vous tuer et vous vous précipitez dans la nuit tout seul ?

Jason s'arrêta pour lui permettre de le rattraper et de lui prendre le bras. Il se dégagea en disant :

— Allez chercher de l'aide dans la maison. Quelqu'un a des ennuis. Je n'ai pas le temps de discuter.

Il s'éloigna rapidement. Elle lui emboîta le pas, maudissant l'entêtement des hommes, et sortit de sa poche son pistolet.

— Je ne sors jamais le soir sans être armée. Vous devriez en faire autant, compte tenu des circonstances.

— Donnez-moi cette arme !

— Il est à moi, et je sais m'en servir. Vous le sauriez si vous n'aviez pas été aussi ivre, l'autre soir à la taverne, quand je vous ai sauvé la vie.

Elle le dépassa en courant.

Jurant dans sa barbe, il la suivit.

— Je n'étais pas ivre à ce point, assura-t-il en parvenant à sa hauteur.

Ils perçurent un bruit de bagarre. Rachel reconnut la voix de sa sœur, ainsi que celle du garçon.

— Harriet et Fox !

Jason fut le premier à arriver sur les lieux, Rachel sur les talons. Ils assistèrent à un spectacle des plus comique. Un homme était couché à terre tandis qu'un autre, plus petit, se débattait comme un beau diable contre deux adversaires. Harriet était accrochée à ses épaules alors que Fox agrippait son poignet en frappant son genou de la crosse du pistolet de Jason.

Au moment où l'homme parvint à repousser l'enfant, Harriet lui mordit l'oreille. Il se mit à hurler de douleur et chercha à la frapper. Rachel leva son pistolet, incapable de tirer tant que sa sœur serait dans sa ligne de mire. Jason saisit le malfrat par la chemise et lui brisa le nez d'un coup de poing.

L'intrus s'écroula comme une masse. Harriet s'écarta. Rachel baissa son arme pour se précipiter vers elle, mais elle aperçut un éclair du coin de l'œil. Le malfrat qui gisait à terre venait de rouler sur lui-même et brandissait un couteau dans le dos de Jason, agenouillé près de Fox.

— Jason, attention ! cria-t-elle tout en visant.

Elle fit feu. Le bruit d'une seconde détonation retentit. L'assaillant s'écroula, touché par deux balles en même temps.

Rachel et Jason se retournèrent. Lafarge tenait un pistolet fumant. Deux valets du marquis de Cargrave surgirent des buissons. Lafarge leva une main. Les deux hommes s'arrêtèrent, aussi obéissants que Pâris et Adonis.

Jason adressa à Rachel un sourire plein de gratitude.

— Ma chérie, je serai bientôt le seul homme d'Angleterre à avoir pour garde du corps sa propre épouse, fit-il d'un ton taquin.

— Cher comte, vous serez sans doute le seul homme d'Angleterre dont la femme est obligée de jouer les gardes du corps, rétorqua-t-elle avec une assurance qui ne reflétait en rien son état d'esprit.

Jason vint s'accroupir près de sa fiancée, qui tentait de réconforter sa sœur en larmes. Fox voulut s'approcher, mais Lafarge le retint. L'enfant lui tendit le pistolet de son frère.

— Un Hawken, n'est-ce pas ? Une très belle arme américaine. Elle appartient au comte, je suppose ?

— Oui, monsieur, répondit l'enfant.

— Hum, reprit le petit homme trapu. Pourquoi l'abîmer en l'utilisant comme une matraque sur le genou d'un vaurien ?

— Eh bien, monsieur, j'avais déjà tiré sur l'autre bandit…

— Ah oui ! s'exclama Lafarge. Cet homme qui était sur le point de poignarder le comte, alors qu'on le croyait mort.

— Je suppose que mon tir n'était pas aussi précis que je le pensais, avoua l'enfant, penaud. Je l'avais visé à la poitrine.

— Il semblerait que vous l'ayez touché à la hanche, jeune homme.

Le maître d'armes poussa un soupir.

— Il faudra passer moins de temps au fleuret et travailler un peu le tir.

Assise dans l'herbe, la robe relevée, Harriet sanglotait.

— Ce n'est rien. Calme-moi, dit Rachel en posant une main sur ses épaules. Tu as été très courageuse.

— Oh non ! J'ai eu la peur de ma vie ! Et je l'ai mordu ! Je vais sans doute attraper la peste. Il était si sale !

Se rendant enfin compte que ses jambes étaient exposées au regard de tous, elle les couvrit vivement, sans cesser de sangloter.

— Quelqu'un va-t-il me dire ce qui se passe, ici ? demanda le marquis en arrivant sur les lieux.

Très vite, d'autres invités affluèrent à leur tour.

— J'attendais Rachel dans sa chambre, gémit Harriet, quand ces deux hommes m'ont enlevée. Mais ce n'est pas à moi qu'ils en voulaient ! Ils voulaient Rachel.

Jason et sa fiancée échangèrent un regard étonné.

— La baronne a raison, intervint Fox. Les deux malfrats l'ont amenée à un monsieur grand et mince qui s'est mis en colère en disant que ce n'était pas Rachel Fairchild. Ensuite, il leur a ordonné de tuer lady Harriet parce qu'elle l'avait reconnu.

— Seigneur ! fit Rachel en étreignant sa sœur. De qui s'agissait-il ?

— C'était Frederick Forrestal. Je suis prête à le jurer.

16

— Il semblerait que notre proie ait décidé de fuir la haute société. Nul ne sait où il se trouve. Je crois que le jeune Mountjoy est tombé de haut quand je l'ai informé de la gravité des faits reprochés à son héros, déclara Drummond en se servant un verre de l'excellent porto de Roger Dalbert.

Après la tentative d'enlèvement, Jason avait envoyé un messager à Londres pour faire venir au plus vite son ami chez les Dalbert. Enfin, ils avaient un témoin oculaire des méfaits de Forrestal. S'il en était réduit à enlever Rachel pour la forcer à l'épouser, il pouvait également avoir engagé des tueurs pour se débarrasser de son rival.

— Et le duc ? s'enquit Jason. Sait-il où est passé son fils ?

— Non. Etherington a été très clair sur un point : son fils vient de perdre son titre, en plus de la fortune de sa famille.

Étonné, Jason arqua les sourcils.

— Tu as quitté Londres juste avant que les rumeurs ne commencent à circuler à ce propos, expliqua son ami. Le vieil homme a débloqué tous ses biens et investissements au profit de son neveu Marshall. Il en a assez des dettes et des duels de son fils. Que ce soit un débauché, il s'en moque, mais il ne supporte pas que ce soit un perdant. Il laisse à son fils un nom, quelques terres, mais pas de quoi les entretenir.

— Il ne lui reste donc qu'à trouver une épouse fortunée…

— Il est vraiment stupide de jeter son dévolu sur Rachel. En tant que futur duc, même désargenté, il aurait pu trouver un roturier ambitieux prêt à offrir une belle dot à sa fille pour en faire une duchesse. Mais désormais, notre ami Freddy n'a même plus de titre.

Drummond se réjouissait visiblement de son malheur.

— S'il est inculpé pour un crime majeur, il risque de perdre son droit à toute succession ? fit Jason qui connaissait déjà la réponse à cette question.

— Avec la bénédiction de son père. Hélas, je n'ai pas la moindre idée de l'endroit où il se terre.

— Tôt ou tard, il se fera prendre. Entre-temps, je peux dormir tranquille. Nul ne me tirera dessus ou ne cherchera à m'empoisonner avant que je ne quitte le pays.

— Je n'en suis pas si sûr, prévint Drummond. Le danger…

— Quel danger ? intervint Roger en surgissant dans la pièce.

Il alla se servir un verre pendant que Drummond lui exposait la situation.

— Jason pense que Forrestal ne va plus chercher à le tuer, mais je ne suis pas d'accord avec lui. Il a tout perdu – Rachel, son titre de duc – par la faute de Jason. Il va vouloir se venger.

— C'est vrai, il n'a plus rien à perdre, acquiesça Roger. Nous ferions bien de veiller à ce que Forrestal soit jugé, et vite. Il ne faudrait pas qu'il se présente à l'église, l'arme au poing.

— Ah non ! Nous ne voudrions pas qu'un événement fâcheux vienne gâcher le bonheur conjugal de votre cousin, fit Drummond d'un ton taquin en observant son ami du coin de l'œil.

Rachel avait entendu la conversation, car la porte de la bibliothèque était restée ouverte. Elle ne manifesta pas tout de suite sa présence, pour voir comment Jason allait réagir à cette réflexion.

— La cérémonie a lieu dans à peine une semaine, répondit-il. Je doute que mon bonheur conjugal, comme tu dis, soit en péril.

Sa voix chargée d'ironie en disait long sur son état d'esprit. La perspective de ce mariage lui était pénible.

— On dit que Forrestal est un excellent tireur, lança-t-elle froidement en entrant dans la pièce. S'il daigne agir lui-même, cette fois, au lieu d'engager des incompétents, je suis certaine qu'il pourrait vous éliminer avant que cette semaine ne soit écoulée.

Étonné, Jason fit volte-face et alla lui faire un baisemain tandis que les deux autres hommes s'inclinaient poliment. Après la tentative d'enlèvement de l'avant-veille, la chasse à courre avait été annulée et tous les invités étaient rentrés chez eux.

— Je vous croyais partie à Londres chercher votre trousseau, comtesse.

Ses lèvres chaudes la firent frissonner de plaisir. Devinait-il l'effet que produisait sur elle ce contact furtif ? Elle espérait que non.

— Harriet tient à m'accompagner. Elle semble ne pas me faire confiance pour cet ultime essayage et préfère me surveiller. Mais avant de partir pour Londres, elle doit attendre Melvin, qui arrive demain matin et viendra avec nous.

La jeune fille ôta sa main de la sienne et en vint à des questions plus pratiques.

— Alors, que peut-on faire à propos de Forrestal ?

Son ton direct fit sourire Alvin.

— La police est en train de fouiller tous les endroits qu'il fréquente. Les ports sont sous surveillance de Gravesend à Brighton. S'il a embarqué sur un bateau, nous le saurons dans quelques jours. En attendant, je dois partir. Je dois superviser l'enquête. N'ayez crainte, nous finirons par le capturer.

— J'ai toute confiance en vous, Drum, affirma-t-elle.

Il hocha la tête d'un air grave.

Jason les observait avec intérêt. Il avait pourtant eu la certitude que son ami misogyne et sa fiancée à la langue bien pendue se détesteraient dès le premier regard. Or c'était le contraire. Pour une raison qui lui échappait totalement, ils semblaient s'apprécier.

De toute évidence, ils avaient beaucoup parlé de lui avant de venir le sauver, à la taverne. Cette complicité n'était pas de bon augure s'il tenait à échapper à ce mariage. Et si Drum se mettait en tête d'imiter Harriet et de jouer les entremetteurs ? Mal à l'aise, il suivit la jeune femme et son ami vers la voiture de celui-ci.

Tandis qu'ils saluaient Drummond de la main, Elyn, le fils de Garnet, apparut sous le soleil éclatant de cette matinée. Il se protégea les yeux d'une main pour regarder la voiture s'éloigner. Puis il s'inclina devant Rachel d'un air séducteur.

— Mademoiselle Fairchild, vous éclipsez le soleil…

— Voilà un beau compliment de la part d'un jeune homme qui travaille dans des hangars sombres et humides, commenta Jason.

Décelant une pointe de jalousie dans cette remarque, Rachel ne put résister à la tentation de le provoquer.

— Merci, monsieur, dit-elle à Elyn avec un sourire. C'est un compliment fort galant.

Puis elle se tourna vers le comte.

— Vous ignorez tout des compliments, galants ou pas.

— Je ne suis qu'un vulgaire Yankee, comtesse. Je ne connais rien aux belles paroles, rétorqua Jason avec un sourire canaille avant de s'adresser au beau-fils de Roger. Je suppose que vous devez retourner travailler bientôt ?

Il se moquait éperdument des activités du jeune homme, mais n'appréciait pas du tout la façon dont il regardait Rachel.

— Ma mère me reproche sans cesse de trop travailler. Elle tient à ce que je me repose à la campagne. J'aime beaucoup cet endroit... fit-il en couvant Rachel du regard.

Jason songea que les hommes de la haute société étaient assez stupides pour ne pas apprécier la beauté hors norme de Rachel à sa juste valeur, mais Simmons, lui, n'avait rien d'un imbécile. En fait, le jeune roturier semblait transi d'amour pour elle. Et le comte n'aimait pas cela. Demanderait-elle un jour l'annulation de leur mariage pour pouvoir épouser un homme tel que lui ? Sûrement pas, se dit-il. Le fils de Garnet était un pur citadin, et elle n'aimait que la campagne.

— Est-ce bien M. Drummond qui vient de partir ? s'enquit Simmons.

— Il est sur la piste de Forrestal, expliqua Jason.

— J'espère qu'il le capturera, ce gredin... Un type étrange, votre ami Drummond. Il a les manières d'un noble, mais il semble s'intéresser de près aux conséquences de l'embargo. Sa famille serait-elle dans le commerce ?

Jason ne put s'empêcher de s'esclaffer en imaginant Drum en homme d'affaires.

— Pas vraiment. Pour Drummond, le travail se limite à nettoyer le sang de la lame de son fleuret après un duel.

La mère d'Elyn apparut sur le seuil, affichant un large sourire. Elle portait une robe d'un orange vif ornée de rubans lavande. Elle tapota affectueusement le bras de son fils.

— Je suis contente que tu passes ces quelques jours avec nous à la campagne, Elyn. Mais tu sais combien nos affaires à Gravesend sont importantes…

Jason sourit, car il venait de prendre son rival en flagrant délit de mensonge. De toute évidence, sa mère ne jugeait pas du tout qu'il avait besoin de repos.

— L'air de la campagne me fait un bien fou, maman.

Simmons posa les yeux sur Rachel.

— Certes, mais tu as du travail à l'entrepôt, répondit sa mère.

Rachel crut déceler une lueur d'irritation sur le visage de Garnet. Mais elle disparut très vite. Elyn étant son fils unique, elle devait tenir à lui comme à la prunelle de ses yeux. C'était un fort beau jeune homme. Mais Rachel ne pouvait s'empêcher de comparer son corps pâle et malingre aux muscles bronzés de Jason. Elle s'en voulut aussitôt de ces pensées et reporta son attention sur Elyn.

— J'espère que vous n'êtes pas trop déçu que la partie de chasse ait été annulée, monsieur Simmons ?

Il éclata de rire.

— Au contraire, je l'avoue. Je suis un piètre cavalier. Je finis toujours par mordre la poussière et j'arrive en général après la bataille.

— Dommage que nous n'ayons pu être témoins des talents de cavalière de ma fiancée, intervint Jason. On raconte à Harleigh qu'elle achève le renard avant que tous les autres n'arrivent sur les lieux.

Elyn parut étonnée par cette révélation, qui amusa beaucoup Garnet.

Rachel se sentit rougir sous le regard moqueur de Jason.

— Je ne prends aucun plaisir, assura-t-elle. Mais vous devriez vous réjouir de mes talents de cavalière, cher comte.

— Oh, je m'en réjouis, comtesse, je m'en réjouis... répliqua-t-il d'un air coquin.

Seule Rachel parut saisir le sous-entendu. Aurait-elle le courage de mener à bien son plan lors de la nuit de noces ?

Après le repas, Rachel reçut un message de son régisseur. Deux places étaient réservées sur un bateau quittant Bristol le vendredi suivant. Il fallait absolument qu'elle transmette l'information à Jason, mais quelque chose l'en empêchait. Elle tenait la feuille de papier dans une main, fixant la preuve concrète que le comte allait bientôt sortir de sa vie pour toujours...

Elle se dit qu'une chevauchée dans la campagne lui permettrait de remettre de l'ordre dans ses idées. Elle plia la lettre qu'elle glissa dans son décolleté, puis monta vivement dans sa chambre pour enfiler des vêtements plus confortables. En présence de Roger et Garnet, elle aurait dû revêtir une tenue adéquate et monter en amazone. Mais elle comptait se promener seule. S'assurant que nul ne la voyait, elle se faufila vers les écuries.

Cela faisait des semaines qu'elle ne trouvait plus le sommeil. Ce... Yankee hantait ses nuits. S'il était arrogant et avait coutume d'obtenir tout ce qu'il voulait, nombreux étaient ceux qui disaient la même chose à son propos, y compris au sein de sa famille !

Raison de plus pour ne pas passer sa vie avec lui. Ils ne cesseraient de se chamailler.

Elle sella une jument blanche.

Elle quitta l'écurie et monta en selle avant de s'éloigner au trot. Pourquoi ce gredin comptait-il autant ? Pourquoi était-elle attirée par un homme qui ne lui convenait pas ? C'était injuste.

Tu dis cela parce que tes sentiments ne sont pas partagés...

Cette pensée la piqua au vif. Mais elle savait qu'ils ne pouvaient essayer de vivre une vie de couple ordinaire. Ce serait un désastre. Pour fonder une famille, il fallait être deux. Or Jason et elle n'étaient capables que de se battre ou de s'enflammer de désir.

Il ne lui restait qu'à exploiter ce désir pour consommer le mariage. Et s'il naissait un enfant... Rachel n'osait l'espérer. Au moins, elle ne serait plus obligée de se marier, ce qui était déjà bien.

Elle partit au galop, laissant le vent frais lui caresser le visage.

Et sécher ses larmes...

Jason fit arrêter Araby derrière un buisson et observa Rachel de loin. Elle semblait voler dans le vent, tant elle était gracieuse. Jamais il n'avait vu une aussi habile cavalière. Naturellement, elle était habillée en homme. Il sourit. Comment avait-elle réussi à s'éclipser de la maison sans se faire remarquer ? Elle se moquait éperdument de choquer les domestiques.

Il voyait ses cuisses fuselées contre les flancs de la jument. Que ressentirait-il si elle chevauchait son corps ? Le vent se leva, faisant voleter des feuilles mortes sur la chemise de la jeune femme. Jason avait caressé ses seins, il avait senti ses mamelons durcir. C'était une femme passionnée qui refoulait sa véritable nature. Pourquoi ?

Ses pensées dérivaient vers des contrées dangereuses. Au moment où il allait repartir, un ruban fut arraché des cheveux de Rachel. La longue tresse se défit, les cheveux soyeux s'envolèrent. Il eut envie d'enfouir les doigts dans cette toison brune et de l'embrasser à perdre haleine.

C'était de la folie ! Il fit volter son étalon comme s'il avait une meute à ses trousses et regagna les écuries. Au contraire des autres domestiques de son cousin, les palefreniers étaient compétents. Sans doute parce que Roger avait la passion des chevaux. Jason avait besoin de se dépenser physiquement. Il renvoya les palefreniers et se mit à bouchonner lui-même Araby. Il était prêt à tout pour oublier Rachel.

La jeune fille fit marcher sa jument pour la rafraîchir un peu, puis la fit entrer dans l'écurie, espérant que les domestiques étaient en train de dîner.

En ouvrant la porte latérale, elle fut accueillie par des hennissements. Elle entendit une voix masculine qui chantonnait. Sans doute un garçon d'écurie, songea-t-elle. Puis la voix entonna un chant marin très grivois. Rien de plus naturel, pour un ancien corsaire américain…

Il avait une tessiture de baryton. Rachel devait admettre qu'il chantait à merveille. Devant la stalle d'Araby, elle s'immobilisa, incapable d'arracher son regard de Jason. Il était torse nu et frictionnait vigoureusement son cheval.

Soudain, elle manqua d'air. Une douce chaleur se propagea dans son corps, jusqu'à son ventre qui s'enflamma de désir.

Jason ignorait tout de sa présence. La sueur perlait sur sa peau dorée. Les gouttes coulaient dans son dos, scintillantes comme des diamants, pour glisser dans la ceinture de son pantalon. À chacun de ses mouvements, ses muscles saillaient.

Rachel se mordit les lèvres, haletante. Le souvenir de cet après-midi, près de la rivière, lui revint en mémoire. Il était nu. Le revoir partiellement dévêtu produisait sur elle un effet encore plus dévastateur. À chacune de leurs rencontres, son désir pour lui s'intensifiait.

Était-ce vraiment de l'amour ? Ou simplement du désir ? Il fallait qu'elle s'éloigne au plus vite.

Soudain, Jason sentit des picotements sur la nuque. Aussitôt il devina que quelqu'un l'observait. Il revit le visage cruel de Forrestal, se souvint des avertissements de Drummond sur le danger que représentait encore le duc déchu. Sans réfléchir, il fit volte-face et se servit de son chiffon comme d'une arme. Il le fit claquer sur la tête de l'intrus. Puis il bondit en avant et se jeta sur sa proie. Tous deux roulèrent à terre.

Les chevaux s'agitèrent. Les deux silhouettes risquaient à tout moment d'être piétinées par leurs sabots.

Rachel sentit l'odeur puissante de cheval sur le chiffon qui heurta son visage avec une rare violence. Très vite, elle eut le souffle coupé et se retrouva à terre, allongée sous le corps de Jason. Dès qu'elle put respirer, elle se mit à lancer une bordée d'insultes.

Jason comprit vite son erreur.

— Rachel ? souffla-t-il bêtement, en ôtant la paille et la poussière de ses yeux.

Il fixa son visage rouge de colère.

Il voulut se lever, mais reçut un coup de poing dans le ventre qui manqua de peu son entrejambe. Il réussit à rouler sur le côté et haussa les mains pour éviter une nouvelle attaque, tout en grommelant de vagues excuses.

— Espèce d'imbécile ! J'ai l'impression d'avoir mangé une couverture de cheval. Qu'est-ce qui vous a pris ? Vous auriez pu m'assommer ! hurla Rachel en se mettant à quatre pattes, le fusillant du regard à travers ses mèches rebelles.

Jason se leva.

— J'ai comme une impression de déjà-vu, comtesse, dit-il en tendant la main pour l'aider à se relever à son tour. Le jour de notre première rencontre... vous étiez dans la même posture.

— C'est vous, espèce de bouffon grotesque, qui m'avez mise dans cette position !

Elle repoussa sa main et se releva toute seule.

— Au moins, la paille est plus facile à nettoyer que la boue, déclara-t-il avec un sourire taquin.

— Oui, j'ai de la chance. Mais pourquoi diable m'avez-vous agressée de la sorte ?

— Pourquoi diable êtes-vous arrivée sur la pointe des pieds, sans faire de bruit ? Depuis que Forrestal cherche à me tuer, je redouble de prudence.

— Je ne suis pas arrivée sur la pointe des pieds ! mentit-elle.

— Oh si ! J'ai bien senti que quelqu'un m'observait avec des intentions malveillantes.

— Dommage que votre instinct ne fonctionne que lorsque vous êtes sobre. Sinon, vous auriez remarqué ces brigands qui vous encerclaient dans la taverne, ce fameux soir !

— Vous marquez un point, comtesse. Mais pourquoi m'espionniez-vous, à l'instant ?

Il prit sa chemise et se frictionna la poitrine. Si seulement il pouvait arrêter ! Rachel n'arrivait plus à se concentrer. Quelle question venait-il de lui poser ? Des perles de sueur scintillaient dans sa toison brune. Il les essuya, puis entreprit d'enfiler sa chemise. L'esprit en ébullition, la jeune fille balbutia :

— J'ai reçu un message de Bristol.

Aussitôt, elle retint son souffle. Ils n'étaient pas seuls. Jason s'en rendit compte à son tour et posa un doigt sur ses lèvres. Un garçon d'écurie s'approchait d'eux.

Il semblait curieux de voir un comte et la fille d'un vicomte en train de se rouler dans la paille, au point de faire peur aux chevaux. Ces nobles étaient décidément des gens bizarres.

— Tout va bien, monsieur le comte ?

— Très bien, merci, répondit Jason en flattant l'encolure d'Araby. Veuillez vous occuper de la monture de cette dame.

— Bien, monsieur.

Il s'inclina et s'éloigna.

— Quelles sont les nouvelles de Bristol ? murmura Jason dès que le domestique eut disparu.

— Votre bateau lève l'ancre le vendredi suivant le mariage.

Il prit la lettre et la parcourut, troublé par la main de Rachel qui effleurait ses seins pour ôter quelques brins de paille de sa chemise.

— Ah, le *Mirabelle*. Il est moins rapide qu'un clipper, mais c'est un bon navire. Je serai heureux de fouler un pont à nouveau.

— La mer vous manque ?

— Oui, parfois, avoua-t-il, pensif. C'est une vie pleine d'aventure.

— Je ne suis jamais montée à bord d'un grand bateau. Que ressent-on à traverser l'océan ?

Les yeux bleus de Jason se firent nostalgiques et lointains.

— Face à l'horizon infini, on ressent une merveilleuse impression de liberté. L'air marin est vivifiant, le vent vous fouette le visage. Quant aux ports… ce sont de vrais paradis. Tout est si sensuel, si attirant…

— Où êtes-vous allé ? s'enquit Rachel, qui n'avait guère réfléchi au passé de son fiancé jusqu'à ce jour.

— Il faudrait plutôt me demander où je ne suis pas allé. Les Antilles, l'Amérique du Sud, les tropiques luxuriants où l'air embaume comme nulle part ailleurs. Le ciel est si bleu qu'il en est aveuglant, et les arbres regorgent de fruits exquis.

— Vous avez visité bien des contrées…

— J'ai franchi le cap Horn et traversé le Pacifique vers les îles Sandwich, puis j'ai continué vers la Chine. Le commerce avec l'Orient est florissant. Sans cette maudite guerre, j'y serais retourné.

— Quand j'étais petite, j'ai lu les aventures de Marco Polo. Est-il vrai que les Chinois ont la peau jaune et les yeux bridés ?

Jason se mit à rire.

— Leur peau est plus ou moins foncée, comme la nôtre. Plus ils passent de temps au soleil, plus ils ont le teint doré. Il est inexact de dire qu'ils ont la peau jaune. Beaucoup ont le teint aussi clair que les Anglais. Quant à leurs yeux, ils trouvent que les nôtres sont de forme bizarre.

Rachel opina.

— C'est assez logique. Chaque peuple possède ses critères de beauté. Êtes-vous déjà allé en Afrique ?

— Non, mais j'en ai très envie. On y trouve des peuplades à la peau d'ébène, et d'autres dont les adultes sont à peine plus grands que des enfants. Peut-être aurai-je un jour la possibilité de les voir de mes propres yeux.

— Je n'avais pas conscience de tout ce que vous avez dû sacrifier, pour endosser ce titre de comte…

Le ton grave de sa voix le toucha. Il sentait qu'elle le comprenait.

— Être marin n'est pas si différent qu'être comte. Dans les deux cas, il faut faire passer le bien-être de ceux dont on est responsable avant son propre confort. Ce n'est pas facile, car j'ai navigué avec de vraies têtes brûlées.

Il sourit au souvenir de ses mésaventures.

— Un jour, j'ai dû négocier avec un chef de guerre chinois, car deux de mes hommes s'étaient fait emprisonner à la suite d'une rixe dans une… maison close.

Rachel sourit à son tour, soudain attristée.

— Notre univers doit vous sembler bien superficiel, avec nos bals, nos mondanités, nos ragots. Les Anglais ne songent qu'à leurs privilèges.

— Étant donné la situation actuelle, j'imagine que les ministres ont d'autres soucis, dit-il, ému par l'intelligence de la jeune femme et par sa sensibilité. Merci, Rachel.

— De quoi ? s'étonna-t-elle.

— D'avoir compris que je n'avais pas envie d'être comte. Même si j'avais pu m'entendre avec mon grand-père, une partie de moi-même serait toujours restée simple et américaine.

— Rien n'est simple chez vous, Jason Beaumont, murmura Rachel.

Assise face à sa sœur dans la calèche, Harriet observait Rachel en faisant tournoyer distraitement son ombrelle. Il faisait un temps superbe. En plein air, Harriet protégeait toujours son teint de porcelaine. Rachel, elle, laissait le soleil caresser son visage tandis qu'elles regagnaient la capitale. Le baron avait préféré voyager à cheval et ouvrait la marche.

— Tu t'es montrée parfaite avec le jeune Simmons, Rachel. Je n'aurais pas mieux agi moi-même… Enfin, je me serais peut-être attardée davantage au moment des adieux. Tu lui plais beaucoup, tu sais. Tu sembles avoir beaucoup de succès auprès des hommes qui sortent un peu de l'ordinaire.

— Les hommes peu fréquentables, tu veux dire, répliqua son aînée. Papa aurait une crise cardiaque s'il savait que j'ai témoigné un semblant d'intérêt pour un roturier. Même s'il est charmant et intelligent. De plus, je n'ai aucune envie d'utiliser le fils de Garnet.

— Tu es vraiment stupide. Surtout quand on pense que tu ne cesses de critiquer l'arrogance de ton fiancé. Il n'y a rien de tel pour faire redescendre un homme sur terre, que de le rendre jaloux en s'intéressant à un autre.

— Je ne suis en rien l'élue du cœur du comte. Il ne me considère même pas comme une vraie dame. D'ailleurs, je n'ai jamais prétendu en être une.

Harriet exprima sa perplexité en toussotant.

— Balivernes ! J'ai bien remarqué l'air furibond du comte lorsque le jeune Simmons t'a pris la main pour t'aider à monter dans la calèche.

— Jason a toujours l'air furibond… à moins qu'il ne laisse éclater sa rage.

— Et tu es folle de lui, ne le nie pas !

Rachel soupira.

— Tu as la certitude que Jason me désire et que cette attirance physique engendrera de tendres sentiments. Mais je sais que tu te trompes. Il n'a qu'une envie : reprendre sa vie de marin. Rien d'autre ne saurait le rendre heureux. Et moi, je n'ai pas la vocation d'une épouse docile. Je ne veux pas qu'il reste ici quand le mariage sera consommé. S'il est consommé.

— Ce n'est pas de Jason que tu doutes, c'est de toi, décréta Harriet. Tous les hommes…

— Jason Beaumont ne ressemble à aucun autre, coupa Rachel, impatiente.

— C'est vrai. C'est pourquoi vous formez un aussi beau couple. Je dois admettre que le marquis a vu juste. Désormais, j'approuve sa décision.

Rachel écarquilla les yeux.

— Cargrave s'imagine un mariage d'amour entre son petit-fils et moi ?

— Ne prends pas cet air étonné. Ce n'est pas beau de froncer les sourcils. Effectivement, le marquis a dit à notre père qu'une femme comme toi avait besoin d'une main ferme, et qu'un gredin indomptable tel que Jason recherchait une femme de caractère susceptible de le rendre plus doux.

— Comment as-tu eu vent de ces propos scandaleux ?

— Comment crois-tu que je sois au courant des manigances de notre père ? répondit Harriet avec un sourire espiègle. En écoutant aux portes, bien sûr ! L'autre jour, j'ai écouté ce qui se passait dans le bureau du cousin Roger. Ils croyaient être seuls tous les deux. De toute façon, j'avais déjà fait ma petite enquête sur la marquise.

— Mathilda ? Fox m'a dit que le marquis lui avait montré le portrait de sa femme, à Cargrave Hall.

— Ils étaient très amoureux l'un de l'autre, d'après la duchesse de Chichester.

— Elle est en âge de s'en souvenir, commenta sèchement Rachel. Mais, même si c'est vrai, Jason et moi ne sommes pas Cargrave et lady Mathilda.

— Nous devrons sans doute attendre la nuit de noces pour le savoir, n'est-ce pas ? fit Harriet d'un air entendu. Je suis sûre que cette nuisette en soie crème ourlée de dentelle bronze fera l'affaire…

17

Tandis que le trio regagnait Londres, Jason se préparait à retourner à Falconridge. Dans moins d'une semaine, il serait marié. Il était plus que jamais tourmenté par Rachel Fairchild. Ils ne cessaient de jouer au chat et à la souris, de se provoquer, de se charmer, découvrant qu'il existait entre eux une attirance physique indéniable. Mais y avait-il autre chose ?

Cette question le hantait jour et nuit, surtout depuis leur entrevue de la veille aux écuries. Rachel rêvait-elle aussi de cette liberté qu'il recherchait tant ? Elle affirmait ne pas vouloir se marier pour être libre de gérer son domaine à sa guise. Mais avait-elle déjà songé à une autre vie que celle de vieille fille à la tête de Harleigh ? Ne souhaitait-elle pas partager son existence avec un homme ?

La perspective de finir sa vie auprès de Rachel ne l'épouvantait plus autant que le premier jour. En fait, l'idée lui semblait parfois attirante. Comment réagirait la jeune fille à son départ ?

Il fut interrompu par un coup frappé à la porte de sa chambre. Roger avait promis de passer lui dire au revoir, avant de partir à la chasse avec quelque voisin.

— Entre, cousin ! lança-t-il.

À sa surprise, il vit apparaître Fox, qui referma aussitôt la porte derrière lui.

— J'allais te demander de faire une promenade avec moi plus tard, quand mon valet aura terminé les bagages, déclara Jason en souriant à son frère, qui semblait morose.

— Cela ne servirait à rien, puisque mes gardes du corps seraient obligés de nous accompagner. Il faut que je te parle en privé.

— Il est vrai que, avec toute cette agitation, nous n'avons guère eu le temps de bavarder, tous les deux...

Jason s'installa dans un fauteuil et invita l'enfant à s'asseoir en face de lui.

— Grand-père me fait surveiller de très près, dit Fox.

— Je sais, admit Jason, mal à l'aise.

— Je suppose que M. Drummond t'a tout raconté ?

— Il y a une chose qu'il n'a pas pu m'expliquer...

Sa voix s'éteignit. Il n'appréciait pas la tournure que prenait la conversation.

— Continue, Fox, fit-il avec un soupir.

— Mlle Fairchild... Rachel... est si belle... Elle est intelligente, gentille, et elle monte très bien à cheval. Elle sait même tirer aussi bien que Lafarge et sait un tas de choses sur la médecine.

— C'est une femme exemplaire, railla Jason, songeant que les choses n'allaient pas être faciles.

— Alors pourquoi ne veux-tu pas rester marié avec elle ?

Comment lui répondre, alors qu'il l'ignorait lui-même ?

— Fox, nous... enfin, Rachel et moi n'avons pas eu le choix. Le marquis et le vicomte nous ont obligés à nous fiancer, car ils voulaient joindre leurs domaines voisins. Ils exercent sur moi un chantage, mais nous ne sommes pas faits l'un pour l'autre.

— Si tu ne veux pas l'épouser, c'est parce qu'on t'y oblige ?

— Tu sais, le choix d'un époux ou d'une épouse est quelque chose de très personnel. Il faut que les deux personnes soient d'accord. Et ne pas songer à des intérêts financiers. Pense aux coutumes des Shawnees.

— Je sais. Mais grand-père a appliqué la tradition shawnee sans s'en rendre compte, répliqua Fox en soupirant d'impatience face à l'aveuglement de son aîné.

— Que veux-tu dire ?

— Rachel lui rappelle la marquise, et tu lui ressembles. Il m'a dit qu'ils avaient été très heureux ensemble.

— Je doute que Rachel ait quoi que ce soit en commun avec notre douce grand-mère. Et je n'apprécie guère d'être assimilé à mon grand-père.

— Tu vois ! Tu es exactement comme lui !

Jason se pencha en avant.

— Quoi qu'il en soit, Rachel et moi ne voulons pas nous marier. Toutefois, si tu préfères rester chez grand-père, je ne te demanderai pas de partir.

Jason espérait que, si l'enfant restait, le marquis ne se désintéresserait pas de lui. Mais il craignait le pire.

Fox se dit que les adultes étaient parfois impossibles. Dès que Forrestal serait sous les verrous, la vie de Jason ne serait plus menacée. Selon la logique de Fox, ils n'auraient plus aucune raison de quitter l'Angleterre. À part Jason qui persistait à affirmer qu'il ne voulait pas se marier avec Rachel. Et celle-ci qui en disait autant.

— Si tu t'enfuis après le mariage, Rachel sera tout de même ta femme ?

Jason commençait à comprendre ce que Drummond avait ressenti lors de sa conversation avec l'enfant.

— Je ne m'enfuis pas...

— Ah non ? Alors de quoi s'agit-il, selon toi ? rétorqua Fox en toute innocence.

Jason se passa une main dans les cheveux.

— J'ai des responsabilités, en Amérique.

— Mais tu comptais rester ici en tant que comte, avant cette histoire de mariage. Et tu vas te marier de toute façon. Alors autant rester ici.

— La vérité sort de la bouche des enfants, grommela Jason, agacé. Me marier est pour moi le seul moyen de résister aux manigances de grand-père. Mais si tu veux rester avec lui, je ne m'y opposerai pas.

Fox semblait de plus en plus troublé. Il ne pouvait trahir Jason.

— Je partirai avec toi. Mais crois-tu que grand-père m'en voudra ? demanda-t-il d'une voix craintive.

— Non. Je crois qu'il comprendra.

— Je ne veux pas lui faire de peine. Il a été si bon pour moi.

— Tu es un garçon très honorable, Fox, fit Jason avec tendresse. Tu pourrais lui écrire une lettre en l'invitant à te rendre visite en Amérique. Ou bien tu viendras le voir, comme je le faisais étant plus jeune.

— Cela le consolera peut-être, admit l'enfant. Mama Beaumont comprend ma présence ici, mais ma famille shawnee verra peut-être les choses autrement. J'expliquerai tout cela à grand-père, dans ma lettre. Et je lui promettrai de revenir un jour.

— La question est donc réglée. Et si nous allions faire un tour à cheval ? J'aimerais bien voir si tu as fait autant de progrès que l'affirme Bradley !

Tandis qu'ils galopaient à travers champs, quelques minutes plus tard, Jason ruminait leur conversation. Avait-il raison de priver Fox de tous les avantages dont il bénéficiait en Angleterre ? L'enfant n'avait rien dit des projets d'adoption du marquis. Peut-être n'était-il pas au courant ? S'il en parlait à Fox, ce dernier changerait-il d'avis ?

Cette histoire était décidément de plus en plus inextricable. Quoi qu'il fasse, Jason se sentait pris au piège, frustré et coupable. Si le vieil homme éprouvait une réelle tendresse pour Fox, il était possible qu'il ait choisi Rachel pour des raisons autres que l'argent et les terres. Ce vieux fou croyait-il vraiment qu'ils étaient faits l'un pour l'autre ?

Une petite voix intérieure lui rappela que son grand-père avait de nombreux défauts, mais il savait ce qu'il faisait. Les arguments de Fox en faveur de Rachel le taraudaient. Et elle serait son épouse, au moins au regard de la loi.

Que pensait-il vraiment de ce mariage qui ne serait pas consommé ? Pouvait-il abandonner la jeune femme ?

— Je crois que je vais m'évanouir.

— C'est normal, pour une mariée, assura Harriet en disposant la traîne.

— Non, c'est à cause du poids de ma robe, rétorqua Rachel. Ces perles doivent peser une tonne. Seigneur, j'ai l'impression d'être enchaînée !

Elle voulut lever les épaules, mais grimaça de douleur.

— Si tu veux mon avis, la robe n'a rien à voir avec ton état d'angoisse. Il s'agit plutôt de ton futur mari.

— Je ne ressens aucune angoisse !

Harriet se mit à rire en ajustant un bouton de rose sur la couronne de la mariée.

— J'entends la musique, déclara-t-elle. Viens. Le moment est venu pour toi de devenir la comtesse de Falconridge.

Elle prit la main de Rachel, qui était glacée.

— Tu es une mariée superbe, murmura-t-elle fièrement.

Elle ne mentait pas. Certes, elle n'aurait pas choisi cette couleur mais, au moins, Rachel n'était pas vêtue de noir ! Parfois, elle trouvait que le sens de l'humour de son aînée franchissait les limites.

Leur sœur Sally, la cadette du trio, attendait en compagnie de leur père. En découvrant sa fille, le vicomte ne put dissimuler sa joie. À moins que ce ne fût du soulagement ? Il la rejoignit et s'inclina, puis lui offrit son bras pour la mener vers l'autel, comme s'il redoutait qu'elle ne s'échappe au dernier moment.

— Tu es superbe, ma fille, déclara-t-il. Qu'en pensez-vous, les autres ?

Sally était frêle et blonde comme sa benjamine. Elle opina.

— Nous sommes fières de toi, avoua-t-elle avec un soupçon de jalousie.

L'orgue se mit à jouer. La mariée et son père remontèrent la nef. En apercevant Jason, Rachel agrippa le bras de son père. Jamais elle n'avait vu plus bel homme que son futur mari. Son costume à la coupe impeccable mettait en valeur sa silhouette musclée et ses longues jambes, rehaussant son teint doré et ses cheveux noirs. Son gilet en brocart bleu était assorti à la couleur de ses yeux – des yeux qui semblaient brûler de désir… ou de colère.

Rachel garda la tête haute. Elle se tourna vers Drummond et Fox, qui lui sourirent avec chaleur. Elle esquissa à son tour un sourire sans conviction. Il ne fallait surtout pas que Jason sache combien cette mascarade la bouleversait.

Mais il était si beau qu'elle avait envie de caresser sa joue, son menton volontaire, d'enfouir les doigts dans ses cheveux. Il se tenait bien droit, les poings crispés, froid et distant. Où était passé l'homme taquin et rieur qui avait l'audace de l'embrasser et de la caresser ? Le Yankee rebelle qui méprisait autant qu'elle l'hypocrisie qui régnait dans la haute société ?

Que faisait-elle dans cette église ? C'était une erreur effroyable ! Mais elle avança tout de même vers l'homme qu'elle aimait, et dont elle allait bientôt porter le nom. Peut-être même aurait-elle un enfant de lui. Elle avait toutefois l'impression d'être en marche vers l'échafaud…

Jason, quant à lui, était incapable d'arracher son regard de cette beauté vêtue de soie et de dentelle. Sa robe rose seyait à merveille à sa peau bronzée et ses cheveux châtains, relevés en chignon et ornés de roses. Son décolleté était ourlé de perles qui soulignaient ses seins. Une longue traîne en dentelle partait de ses épaules.

Elle était tout simplement la plus belle femme du monde. Et il brûlait de désir pour elle. Hélas, son honneur lui dictait de ne pas la toucher.

Les grands yeux noisette de la jeune fille exprimaient sa tristesse. Mais elle gardait la tête haute. Pour cette créature libre qui aimait chevaucher dans la campagne et travailler dans les champs, ce mariage devait être le pire des destins. Heureusement, elle retrouverait très vite la vie qu'elle souhaitait, et serait débarrassée de ce mari dont elle ne voulait pas.

Il aurait aimé qu'elle soutienne son regard en le rejoignant, mais elle n'en fit rien. Elle gardait les paupières baissées. Quand Harleigh confia sa fille au marié, elle avança telle une somnambule. Jason la prit par la main, s'étonnant de la trouver glacée. Elle semblait pétrifiée.

Lorsqu'ils s'agenouillèrent, il eut soudain envie de la protéger. Enfin, elle croisa son regard. Sa comtesse si téméraire paraissait terrifiée par tout ce protocole.

Ils prononcèrent leurs vœux, jouèrent le jeu à merveille. Il lui passa l'alliance au doigt, qui était dans la famille Beaumont depuis des générations. Même la marquise de Cargrave l'avait portée.

Quand ils furent enfin déclarés mari et femme, Jason l'aida à se relever. Ses sœurs arrangèrent la traîne. Le jeune couple se retrouva entouré d'invités qui leur présentaient leurs vœux de bonheur. Ils quittèrent l'église pour sortir sous un soleil radieux.

Tout mariage de deux membres de la noblesse attirait les foules. D'autant qu'il s'agissait en l'occurrence du scandaleux comte yankee. Un bataillon de domestiques repoussa les curieux tandis que le comte descendait les marches de l'église en compagnie de son épouse. La plus belle voiture des Cargrave attendait les jeunes mariés pour les conduire chez le marquis, pour les festivités.

Jason aida Rachel à monter. Harriet s'occupa de la traîne et s'emporta contre un laquais qui avait osé laisser un centimètre de dentelle toucher le sol. Lorsque les époux furent installés côte à côte, le cocher fit démarrer l'attelage.

Enfin seuls, ils prirent conscience l'un de l'autre. Chaque fois qu'ils s'étaient trouvés seuls quelque part, ils avaient failli céder à l'appel de leurs sens. Ils ne pouvaient s'empêcher d'y songer, en cet instant. Ils ne prononcèrent pas un mot. Jason était enivré par le parfum de rose et la beauté de Rachel. Il dit n'importe quoi, histoire de meubler le silence.

— La bague vous va bien ? Quand j'ai demandé à votre sœur de me prêter l'une de vos bagues pour permettre au bijoutier de l'ajuster, elle m'a répondu que vous n'en aviez jamais porté.

— Elle me va parfaitement, répliqua-t-elle en l'admirant.

— Vous n'avez jamais aimé les bijoux ? C'est rare, chez une femme.

— Elle pèse très lourd. Naturellement, je la rendrai au marquis après… votre départ.

Ne souhaitant pas s'attarder sur cette perspective, elle ajouta :

— Il m'est arrivé de porter certains bijoux de famille, pour certaines occasions.

— Des émeraudes et des œils-de-tigre, par exemple ? Je me souviens qu'ils vous vont à ravir.

Il ne se rappelait que trop bien cette soirée où il avait découvert les machinations de son grand-père. Il remarqua que la jeune femme détournait la tête, comme si elle voulait, elle aussi, chasser de sa mémoire cette soirée.

Jason préféra parler d'autre chose.

— J'imagine que mon grand-père a choisi l'église St. George pour flatter son orgueil.

Rachel se tourna enfin vers lui, l'air hautain.

— Je ne doute pas que George Beaumont soit persuadé que le saint patron de l'Angleterre lui a volé son prénom, mais sachez que c'est mon père qui a choisi cette église. Des générations de Fairchild s'y sont mariés.

— Il semblait très heureux, à l'issue de la cérémonie.

— Sans doute était-il soulagé de me voir enfin mariée. Il devait craindre que je ne change d'avis au dernier moment.

— En vous voyant avancer vers l'autel, j'ai eu un moment d'angoisse, moi aussi.

— Une fuite aurait réglé vos problèmes. Vous ne sembliez pas plus enchanté que moi, avec vos poings crispés, comme si j'étais votre adversaire, gronda-t-elle.

Jason émit un rire forcé.

— C'est une comparaison intéressante. Nous ne cessons de nous chamailler depuis le jour de notre rencontre.

Si elle savait combien il allait être difficile pour lui de passer les deux nuits suivantes dans une chambre voisine de la sienne, sans pouvoir y entrer...

— Ce sont plus que des chamailleries, corrigea-t-il. Cela ressemble plutôt à un combat dans la boue... et dans l'eau.

Le cœur de Rachel s'emballa. La gorge nouée, elle s'humecta les lèvres. Puis sa nature espiègle reprit le dessus :

— À votre place, je ne parlerais pas d'eau, après vos mésaventures avec Pâris et Adonis.

— Et avec vous. Mais vous étiez bien plus aimable. Vous avez les crocs moins acérés.

Il regardait fixement ses lèvres.

Il va m'embrasser ! songea Rachel, incapable de se détourner.

Jason se pencha vers elle. Ses lèvres étaient attirées pas les siennes comme un aimant. Il prit une boucle entre ses doigts.

Soudain la voiture s'arrêta, rompant le charme de cet instant. Ils furent projetés sur le dossier du siège.

— Désolé, madame. Désolé, monsieur, balbutia le cocher en rougissant de honte. Cette charrette de bière a failli nous heurter.

Jason et Rachel se ressaisirent. La jeune femme lissa des plis imaginaires sur sa robe. Que diable s'était-il passé entre eux ?

Le véhicule redémarra au moment où celui du marquis et du vicomte arrivait à leur hauteur. Les deux hommes échangèrent un regard complice. Ils n'avaient rien manqué de l'échange entre les jeunes mariés. Cargrave se frottait les mains.

— Je parie qu'ils auront un enfant dans l'année, affirma-t-il.

Harleigh sourit.

— Je ne vous contredirai pas sur ce point, cher ami.

Fox, qui voyageait en leur compagnie, les écouta sans rien dire. Il se sentait coupable de ce qui allait se dérouler le surlendemain...

Un parfum de rose envahit les narines de Jason. Il regarda la jeune femme humecter de nouveau ses lèvres. Pas un homme au monde n'aurait pu résister à l'envie de l'embrasser ! Il se promit d'être plus prudent, à l'avenir.

— Si vous avez le projet de vous débarrasser de moi, comtesse, nous devrions redoubler de méfiance.

Rachel tripotait nerveusement sa longue traîne pliée à ses pieds. Elle se redressa et croisa le regard de Jason. Qu'il aille au diable ! Elle avait parfaitement saisi l'allusion.

— C'est vous qui avez recommencé ce petit jeu, cher comte. Pas moi !

Elle se félicita d'avoir parlé d'un ton assuré. Il haussa les épaules.

— Nous avons le don de faire des étincelles chaque fois que nous nous croisons, comtesse, dit-il en guettant sa réaction.

Rachel se força à sourire.

— Pas du tout ! C'est vous qui vous enflammez. Mais je crois savoir que vous connaissez les vertus de l'eau froide pour… éteindre vos étincelles.

Il secoua la tête.

— Nous y voilà, une fois encore. L'eau me sera fatale.

Soudain, il se mit à soulever les plis de dentelle pour regarder dessous.

Elle lui assena une tape sur la main.

— Que faites-vous donc, chenapan ?

Il l'observa d'un air faussement soupçonneux.

— Où avez-vous caché ces maudits chiens ?

Ils échangèrent un sourire. Ils appréciaient ces joutes verbales, mais c'était la première fois qu'ils acceptaient de le montrer. Jason était persuadé que c'était une erreur, mais il ne pouvait s'en empêcher. Rachel se dit que c'était de bon augure pour leur nuit de noces.

Mieux valait ne pas se révéler trop vite.

— Dois-je vous rappeler que votre grand-père et votre beau-père nous surveillent ? Peut-être devrions-nous en venir aux mains, suggéra-t-elle, espiègle. Cela leur servirait de leçon, à ces vieux grincheux !

Jason éclata de rire.

Dans l'esprit de Drummond, les festivités s'éternisaient à n'en plus finir. Il était impatient de se remettre sur la piste de Forrestal. En voyant arriver un messager de Bow Street, il fut soulagé de prendre congé des invités. Certains s'interrogèrent sur cette mystérieuse mission, tandis que d'autres relevèrent le hochement de tête approbateur du marquis. Il se passait quelque chose, mais les invités revinrent vite aux rumeurs qui circulaient déjà sur les jeunes mariés.

Quel couple magnifique ! Qui aurait pu imaginer que cette sauvageonne deviendrait une aussi superbe comtesse ? L'audacieux Yankee était certainement à l'origine de cette métamorphose. Il semblait l'avoir apprivoisée. Plusieurs messieurs déclarèrent même qu'ils paieraient cher pour connaître le secret du comte.

— Mesdames et messieurs, portons un toast ! annonça le marquis en se levant, faisant taire le brouhaha des conversations. À mon petit-fils, qui a fait le bon choix, et à la délicieuse comtesse de Falconridge !

— Félicitations ! lancèrent les invités en chœur.

Jason et Rachel hochèrent la tête, comme le voulait la tradition. Puis le comte fut prié de porter un toast à son tour. Il se leva et prit son épouse par la main afin de la faire lever également.

— À vous, comtesse ! dit-il d'un ton solennel. Et cette fois, j'espère que vous boirez votre champagne, au lieu de l'utiliser comme vous l'avez fait le soir de nos fiançailles.

Il enroula le bras autour de celui de Rachel et but une gorgée de champagne. La jeune femme hésita un instant. Chacun retenait son souffle. Quand elle but enfin, les invités applaudirent à tout rompre en riant.

— Vous êtes désormais ma comtesse, lui murmura-t-il.

Non. Elle ne serait sa comtesse que si la nuit se déroulait comme elle l'avait prévu. Mais le visage de Rachel ne trahissait rien de ses intentions.

18

La résidence londonienne du marquis grouillait de domestiques et d'invités. Les jeunes mariés en profitèrent pour passer cet après-midi interminable chacun de leur côté. Rachel s'enferma en compagnie de ses sœurs, qui tenaient à ce qu'elle fasse une sieste avant le bal prévu dans la soirée. Cédant à leurs suppliques, elle ôta avec plaisir son encombrante robe et tout ce qu'elle symbolisait. Hélas, elle ne parvint pas à se détendre suffisamment pour dormir.

Jason se réfugia quant à lui dans la bibliothèque, où il prit connaissance d'un message que Drummond avait laissé à son intention pour lui expliquer les raisons de son départ. Un navire qui levait l'ancre pour l'Italie le lendemain matin comptait parmi ses passagers un jeune noble de grande taille et aux cheveux blonds. Avec un peu de chance, il parviendrait à arrêter Forrestal avant qu'il ne disparaisse. Drummond faisait également allusion à de mystérieuses nouvelles pistes sur lesquelles il travaillait, sans préciser de quoi il s'agissait.

En début de soirée, le jeune couple dut retourner jouer le jeu face aux invités. Ce serait au moins la dernière fois qu'ils seraient contraints de se livrer à cette mascarade. Il leur faudrait sourire, faire mine d'être heureux. Ils devraient se regarder dans les yeux, se tenir par la main. Pire encore, ils devraient ouvrir le bal.

Jason n'était pas certain de surmonter cette épreuve sans perdre tous ses moyens. Il n'avait pas oublié le soir de leurs fiançailles, lorsqu'ils avaient valsé ensemble. C'était la première fois qu'il dansait avec une femme aussi grande. Ils avaient tournoyé sur la piste en totale harmonie, au point qu'il avait envisagé de rester à ses côtés pour toujours.

Au cours de l'été, il n'avait plus osé l'enlacer en présence d'un public, de crainte de sombrer dans la folie. Même s'il se refusait à l'admettre, c'était cette appréhension qui l'avait poussé à se terrer à Falconridge au lieu de séjourner à Londres et d'assister à tous les événements mondains.

Cette fois, il allait devoir danser avec Rachel. Dieu merci, pour la dernière fois. Il tenta de s'en convaincre en allant rejoindre la mariée pour descendre à son bras le somptueux escalier.

Rachel avait revêtu sa robe, mais sa traîne était relevée afin qu'elle puisse la porter sur son bras en dansant. En attendant son mari, elle dut se retenir de faire les cent pas. Elle se contenta de regarder par la fenêtre, vers le jardin en contrebas. L'automne commençait à teinter de roux les feuilles des arbres. En entendant les exclamations de sa sœur, elle fit volte-face et découvrit Jason. Le comte emplissait la pièce de sa présence. Les saphirs de ses boutons de manchette scintillaient de mille feux. Il s'inclina et lui tendit la main.

— Comtesse, déclara-t-il avec emphase. Nos invités nous attendent.

— Vous voulez parler des invités de mon père et de votre grand-père, rétorqua-t-elle en posant les doigts sur le dos de sa main, qui lui parut chaude.

— C'est vrai, mais Fox se trouve lui aussi au pied des marches. Il est impatient de voir son ange descendre parmi les simples mortels.

Lorsqu'il évoquait son frère, son sourire semblait plus sincère.

— Je serai honorée de danser avec lui.

— Il sera tellement impressionné qu'il en oubliera certainement les pas que lui ont enseignés ses professeurs.

Sa voix fut couverte par les applaudissements de la foule. Le majordome annonçait les jeunes mariés.

Les yeux rivés sur le visage radieux de Fox, Rachel descendit lentement les marches en souriant. Tandis que Jason l'entraînait vers la salle de bal, elle salua quelques connaissances. Des centaines de chandelles scintillaient et l'orchestre jouait doucement.

Le marquis affichait un air satisfait. Il fit signe au chef d'orchestre, puis adressa un signe de la tête aux jeunes mariés. Les invités gagnèrent le bord de la piste alors que le couple se préparait à ouvrir le bal. L'orchestre entonna une valse.

Comme au soir de leurs fiançailles, Jason enlaça la jeune femme et la fit tournoyer sur le parquet ciré.

— Ce vieux singe a choisi délibérément une valse, grommela Jason. Il m'a dit qu'il nous trouvait parfaitement assortis sur une piste de danse.

— Dommage qu'il n'en soit pas de même en dehors de la piste, répliqua Rachel d'un ton faussement enjoué, le cœur battant à tout rompre.

Il la tenait fermement par la taille, un peu plus près que ne le voulait l'usage, même pour de jeunes mariés.

— J'ai en mémoire bien des occasions où nous étions en harmonie en dehors d'une piste de danse, comtesse…

Elle sentait son souffle tiède sur son oreille.

— Par chance, nous n'avions pas de témoins. Vous imaginez le scandale… répondit-elle, hors d'haleine.

— Je me moque du scandale comme d'une guigne, comtesse, et vous aussi.

Où diable voulait-il en venir ? La rejoindrait-il pour leur nuit de noces ?

— À l'époque, je n'étais pas encore votre comtesse, déclara-t-elle pour tâter le terrain. Nous n'avions aucune intention de nous marier.

— Nous étions d'accord pour respecter un plan que vous aviez élaboré, protesta Jason. Vous serez ma comtesse jusqu'à ce que mon grand-père soit obligé de céder et de me déshériter. Ensuite, vous aurez Harleigh, et peut-être même Falconridge, sans que personne ne puisse vous les prendre, comme vous l'avez toujours souhaité.

Comme elle l'avait toujours souhaité. Ces paroles déchiraient le cœur de la jeune femme. C'était pourtant lui qui avait eu l'idée ridicule d'un mariage non consommé. C'était lui qui voulait retourner en Amérique. Non, il ne viendrait pas la rejoindre, ce soir… Ce serait à elle de se rendre dans sa chambre.

— Tu dois absolument porter cette chemise de nuit en soie crème ourlée de bronze. Garde le satin doré pour demain, à Falconridge, conseilla Harriet en l'aidant à ôter sa robe de mariage.

Dans la chambre voisine de celle du comte, Rachel avait déposé sa traîne sur le lit. Une femme de chambre la plia avec soin, tout en écoutant la conversation des deux sœurs. Elle n'ignorait rien des ragots qui circulaient sur le jeune couple. Elle savait que le marquis, ce vieux grigou, avait comploté pour marier de force son petit-fils à la fille scandaleuse de Harleigh. Cette jeune femme ne savait décidément pas se tenir. Monter à cheval à califourchon ! Une personne bien étrange, mais le comte ne l'était pas moins. La baronne allait sans doute expliquer à son aînée à quoi elle devait s'attendre, au soir de ses noces. La domestique esquissa un sourire.

— Ne sois pas si nerveuse. Ce ne sera pas…

— Merci, madame Adair, coupa Rachel tandis que Harriet lui expliquait ce qu'elle savait déjà.

— Oh, j'avais oublié sa présence, avoua Harriet lorsque la femme de chambre se fut retirée. Alors, comme je te le disais…

Rachel sourit.

— Harriet, tu es peut-être une séductrice dans l'âme, capable de mener tous les hommes par le bout du nez, mais moi, je suis une fille de la campagne. Je sais pertinemment ce que font les hommes et les femmes pour procréer.

Choquée, Harriet releva vivement la tête.

— Franchement, Rachel ! Tu es un peu trop directe.

Toutefois, elle ne put s'empêcher de ricaner.

— Cela dit, tu as raison. Si seulement j'avais été aussi bien préparée pour ma propre nuit de noces…

— Tu aurais pu l'être, si tu avais pris la peine de bavarder avec moi.

Harriet se mordilla les lèvres d'un air pensif.

— Évidemment, étant un… Américain, le comte se montrera sans doute bien plus audacieux que mon Melvin. J'en ai même la certitude. Je pense que tu t'en sortiras à merveille.

— Ta confiance me flatte, répondit Rachel, mais je ne suis pas si certaine qu'il fera preuve d'audace. Je te rappelle qu'il n'a pas l'intention de consommer ce mariage.

— Comment ? Tu te tourmentes encore à ce sujet ? Mais cet homme est fou de désir pour toi !

— Avec lui, c'est la douche écossaise perpétuelle. Parfois, j'ai l'impression qu'il a envie de jeter notre plan aux orties ; parfois, il semble impatient de repartir en Amérique... de s'éloigner de moi.

Rachel saisit la chemise de nuit en dentelle et l'enfila.

— Quand il te verra, il oubliera tout le reste, assura Harriet.

— Pour qu'il me voie, il faudra que j'aille dans sa chambre, marmonna Rachel.

Harriet se mit à rire et prit sa brosse sur la coiffeuse.

— Assieds-toi ! ordonna-t-elle.

— Tu te souviens, nous nous brossions toujours les cheveux quand nous étions petites, soupira Rachel en se laissant faire.

— Oui, mais en général c'était toi qui t'occupais de Sally et moi. À la mort de maman, tu nous as soutenues. J'aimerais tant faire quelque chose pour toi en retour.

— Tu m'as beaucoup aidée, assura Rachel. Plus que tu ne l'imagines. Tu m'acceptes, en dépit de mes excentricités... À présent, je préfère que tu me laisses seule. Je dois réfléchir à un moyen d'attirer le comte dans mes filets.

— Tu n'as qu'à apparaître sur le seuil de sa chambre, répondit Harriet avec un rire moqueur. Il va se jeter sur toi comme un loup affamé et... Seigneur, mais qu'est-ce que je raconte !

Rachel se leva, prit la brosse et étreignit sa sœur.

— J'avoue que cela arrangerait mes affaires, mais je doute que cela se produise.

— Je ne veux que ton bonheur, Rachel.

— Je sais, répliqua-t-elle en la poussant vers la porte.

Rachel avait besoin d'un peu de temps pour se préparer en vue de l'épreuve qui l'attendait. Elle rangea sa brosse dans un coffret en acajou puis alla souffler toutes les chandelles, n'en conservant qu'une seule allumée, sur sa table de chevet. Elle admira la bague qu'elle portait désormais au doigt, se disant avec tristesse que cette situation n'était qu'une sombre mascarade.

— Je suis sa femme, murmura-t-elle pour elle-même. J'ai le droit de porter cette bague... Et j'ai le droit d'être à lui.

Ignorant le froid du parquet, elle fit les cent pas, pieds nus, puisant en elle le courage de mener à bien son projet. Cherchait-elle simplement à s'assurer qu'elle n'aurait pas à affronter un autre mariage, à l'avenir ? Ou agissait-elle par amour ? De toute façon, elle se sentait mal à l'aise. En le séduisant par intérêt, elle ne valait pas mieux que le marquis et ses manigances. Toutefois, la seconde solution était la plus douloureuse car, dans ce cas, elle était amoureuse d'un homme qui cherchait à se débarrasser d'elle au plus vite. Elle risquait de passer le reste de sa vie à regretter ce qui aurait pu se passer.

Pourquoi Jason ne l'aimait-il pas en retour ? À cet instant, elle eut la réponse à la question qu'elle se posait.

Puis elle entendit une porte s'ouvrir et se refermer.

Jason distinguait un rai de lumière sous la porte de la chambre voisine. Elle ne dormait pas... À moins qu'elle ne préfère dormir avec une chandelle. Elle était si proche... Il lui suffisait d'ouvrir la porte et d'entrer. Elle était sa femme. Il avait légalement le droit de la faire sienne. Mais pas le droit moral...

— J'ai donné ma parole, maugréa-t-il.

Dans ses pires cauchemars, il n'aurait jamais imaginé qu'il serait aussi difficile d'éviter ce qu'il avait pourtant passé sa vie à fuir. Furibond, il alla se servir un verre de cognac.

Il avait demandé au valet de lui monter une bouteille dans sa chambre. Après avoir vu Rachel à l'église, il avait compris qu'il aurait besoin de noyer sa frustration dans l'alcool, le soir venu. Il avala le premier verre d'une traite et se resservit.

Quelqu'un frappa doucement à la porte.

— Êtes-vous prêt à vous dévêtir, monsieur le comte ? fit la voix de son valet.

Jason eut d'abord envie de le congédier sans ménagement, mais il parvint à maîtriser sa mauvaise humeur. Inutile de perdre son sang-froid en présence du personnel. Il ouvrit la porte si brutalement que le domestique faillit tomber à la renverse.

— Je n'ai pas besoin de vous ce soir, Gentry. Merci.

— Mais, monsieur le comte, vous voudrez sans doute que je repasse ce superbe costume. Il serait dommage de le froisser, insista le petit homme noueux. Si vous me le permettez, je vais vous préparer à votre devoir conjugal. Ce ne sera pas long.

Le vieil homme voulut lui prendre son verre, mais Jason l'en empêcha. Puis il fusilla Gentry du regard.

— Sachez que je m'habille et me déshabille seul depuis ma plus tendre enfance, même à bord d'un bateau en pleine tempête.

— Monsieur, vous n'étiez pas comte à l'époque, insista Gentry sans se laisser impressionner.

— Comte ou pas, il n'y a qu'une seule façon de se déshabiller, il me semble !

— Mais... mais...

— Je tiens à m'occuper de moi-même, c'est clair ?

Il énonça chaque mot d'un ton glacial qui finit par convaincre le valet, en dépit de son indignation. Gentry balbutia quelques excuses et se retira sans demander son reste.

— Incroyable ! commenta Jason en vidant son verre.

Le lendemain, il devrait s'excuser d'avoir froissé le pauvre homme. Il n'avait aucun droit de défouler sa colère sur les domestiques.

Son regard se porta vers la chambre de Rachel. Avait-elle entendu son éclat ? Se doutait-elle qu'elle était à l'origine de sa nervosité ? Sans doute pas, conclut-il en jetant rageusement sa chemise à terre. Il eut envie de se servir un troisième cognac, mais se ravisa. Demain, ils partiraient pour Falconridge. Mieux valait éviter qu'une migraine vienne s'ajouter à sa frustration.

Il s'assit pour ôter ses bottes. Une fois pieds nus, il alla éteindre les chandelles. Puis il se jeta sur son lit et fixa désespérément le baldaquin. La lune dessinait un trait de lumière qui vint effleurer son visage. Jason ne s'en rendit pas compte. Qu'il ait les yeux ouverts ou fermés, il ne voyait que Rachel, avançant vers lui à l'église, puis ensuite à son bras, et sur la piste de danse...

Au bout d'un long moment, il entendit frapper à la porte qui communiquait avec la chambre de la comtesse. Surpris, il se leva d'un bond, un peu étourdi.

Il alla ouvrir. Rachel se tenait dans la lumière d'une unique chandelle. Elle portait la chemise de nuit qu'il l'avait vue essayer, chez la modiste, et tenait un broc des deux mains. Jason en demeura sans voix.

Rachel se força à plonger dans son regard bleu et débita un texte qu'elle avait longuement répété.

— Mme Adair a oublié de remplir mon broc.

En réalité, la jeune femme en avait vidé le contenu dans un pot de fleurs, près de la fenêtre.

— J'ai soif, mais je ne voudrais pas la réveiller en sonnant à cette heure tardive. Tous les domestiques se sont montrés si empressés… Pourrais-je avoir un peu de votre… eau ?

Seigneur, songea Jason, l'eau me porte vraiment malheur, ces derniers temps.

Elle avait la gorge si sèche que son mensonge était presque convaincant. Jason ne répondit pas. Elle lui tendit le broc, qu'il prit, mais il demeura immobile. Il était torse nu, pieds nus. Elle espérait le trouver couché, presque endormi. Or il semblait parfaitement éveillé.

— Je… J'ai tellement soif que je n'arrive pas à dormir, bredouilla-t-elle. Je suis désolée de vous déranger.

Humiliée, elle fit volte-face. Mais avant qu'elle ne puisse battre en retraite et refermer la porte, il posa le broc sur une table et saisit la jeune femme par le poignet. Puis il l'attira dans ses bras.

— Vous me dérangez depuis le jour de notre rencontre, comtesse, souffla-t-il avant de s'emparer de ses lèvres.

Elle sentit le goût du cognac. Sa langue chaude et avide plongea dans sa bouche. Elle s'agrippa à ses épaules, ivre de plaisir. Elle lui rendit son baiser avec la ferveur de son innocence, s'inspirant des premiers baisers qu'ils avaient échangés.

Sans doute s'y prenait-elle bien, car il la plaqua contre son corps. Elle sentait son cœur battre à tout rompre sous ses muscles saillants. Son sexe gonflé vibrait contre son ventre. Il enfouit les doigts dans ses cheveux. Elle bascula la tête en arrière pour offrir son cou aux baisers brûlants de son mari.

Sans s'en rendre compte, Rachel leva une jambe pour frotter l'intérieur de sa cuisse contre celle de Jason. Surpris par son audace, il étouffa un gémissement. Ses lèvres fébriles glissèrent vers le décolleté de la jeune femme. Il enfouit le visage entre ses seins. Le souffle court, elle leva plus haut sa jambe.

Il mourait d'envie de l'allonger sur le sol, mais une petite voix intérieure lui intimait de la porter dans le lit. Il la souleva donc dans ses bras, laissant la porte ouverte, de sorte que la faible lumière de la chandelle les baigne d'une lueur dorée.

Sur le lit, ses cheveux s'éparpillèrent sur l'oreiller blanc, encadrant son visage. La soie de sa chemise de nuit moulait ses formes. Ses mamelons roses et dressés apparaissaient sous la fine dentelle. Il se pencha en lui caressant doucement le bras, puis l'épaule...

Il s'immobilisa juste avant de toucher un sein. Puis il déglutit et déclara, la gorge nouée :

— Si nous n'arrêtons pas tout de suite, je ne pourrai plus me retenir, Rachel...

— Cela fait très longtemps que nous en avons envie tous les deux, je crois.

Elle lui tendit les bras. Il n'en fallut pas davantage pour convaincre Jason. Il n'aurait aucun regret... Du moins pas tant que son esprit serait embrumé par l'alcool et le désir. Il oublia tout, l'héritage des Cargrave, les manigances du vieil homme. Seule comptait la passion de cette nuit.

Il s'allongea sur elle et enfouit le visage dans ses cheveux. Prenant sa tête entre ses mains, il se mit à lui embrasser le front, les paupières, les tempes, lui titilla les oreilles du bout de la langue jusqu'à la faire frissonner de plaisir. Il déposa un chapelet de petits baisers sur ses pommettes, les commissures de ses lèvres.

Rachel eut l'impression d'être assaillie par une nuée de papillons qui ne parvenaient pas à apaiser sa faim. Elle s'empara de ses lèvres en se cambrant vers lui.

Les muscles saillants, il l'embrassa à perdre haleine. Rachel explora les courbes de son torse nu, comme elle en avait envie depuis le premier jour. Ses doigts s'attardèrent sur ses biceps, puis sur ses épaules et son dos.

Ce corps viril l'émerveillait. La toison brune de son torse caressait la peau soyeuse de son décolleté. Les seins tendus de Rachel appelaient les caresses. Jason libéra un sein rond et laiteux qu'il titilla jusqu'à ce que la jeune femme pousse un cri de plaisir et de surprise à la fois.

La langue de Jason se mit à tracer des cercles brûlants, puis ses lèvres se refermèrent sur un mamelon. Les doigts crispés dans les cheveux de son mari, elle l'implora de continuer et gémit de protestation lorsqu'il s'interrompit pour se pencher vers l'autre sein. Rachel rejeta la tête en arrière pour mieux s'offrir à lui. Jamais elle n'aurait imaginé un tel plaisir.

Jason savourait sa saveur. Il avait l'impression d'être un homme affamé invité à un festin de roi. Rachel avait une peau soyeuse et ferme. Fébrile, il déboutonna la chemise de nuit et dessina un sillon du bout de la langue jusqu'à son nombril. Il plongea la langue dans le cratère, la faisant trembler de désir.

Il posa une paume sur son ventre. Rachel avait le souffle court. Elle sentait une douce chaleur envahir ses entrailles. Malgré l'entrave de la chemise de nuit, elle écarta les cuisses et mêla ses jambes à celles de Jason.

Il se redressa et l'observa longuement, admirant les courbes de ses seins, sa taille fine et ses hanches rondes, qui ondulaient de désir. Son propre corps réclamait le sien. Il s'écarta un instant pour se dévêtir entièrement.

Elle ne voulait pas qu'il s'éloigne, qu'il la prive de sa chaleur, mais elle le regarda s'affairer sur ses boutons. Qu'importe si une dame de son rang ne devait pas assister à ce spectacle. Lorsqu'il se redressa, enfin nu, elle put le contempler à loisir.

Loin de se dérober à son regard, il la laissa admirer l'intensité vibrante de son désir. Elle s'assit sur le lit. Elle était fascinée par la ligne brune qui descendait le long de son ventre, de son nombril vers son membre gonflé.

Elle eut envie de laisser ses mains suivre le même parcours que ses yeux. Elle tendit les doigts vers son torse. Quand elle effleura son mamelon, Jason retint son souffle. Elle recommença de l'autre main, puis descendit sur son ventre. Au moment d'atteindre son objectif, elle hésita.

— Caresse-moi, Rachel, murmura-t-il d'une voix rauque.

19

La jeune femme obéit à son ordre… ou plutôt à sa supplique. Il avait la voix nouée par le désir, et elle était fière de lui inspirer une passion aussi dévorante. Mais le désir était une arme à double tranchant. À peine avait-elle saisi son membre qu'elle eut l'impression que sa chaleur lui brûlait la paume. Elle faillit écarter la main.

Jason prit une profonde inspiration. Tremblant de tout son corps, il bascula les hanches en avant, comme pour lui montrer le mouvement dont il mourait d'envie. La main douce de la jeune femme glissa le long de la verge, avant de remonter lentement. Audacieuse, elle posa l'autre main sur ses bourses. La respiration de Jason s'emballa.

Émerveillée par sa découverte, elle se réjouit d'avoir laissé brûler une chandelle. Elle pouvait ainsi admirer le corps de Jason qui se mouvait avec grâce. Il plaça les mains sur les siennes pour les guider, mais il la saisit soudain par les poignets.

— Arrête… sinon, je vais perdre tout contrôle, souffla-t-il.

Rachel se demanda si elle avait commis un impair. Avant qu'elle ne puisse lui poser la question, il s'agenouilla au bord du lit. Ses mains errèrent sur le corps de la jeune femme. Il embrassa chaque parcelle de sa peau. Il finit de lui ôter sa chemise de nuit qui tomba à ses pieds.

Il agrippa ses fesses et l'attira vers lui. Une fois encore, elle sentit contre son ventre l'intensité de son désir. C'était une sensation si excitante qu'elle eut envie qu'il l'embrasse encore et encore. Elle n'ignorait pas que le jeu de leurs langues mêlées annonçait ce qui allait se produire ensuite.

Jason prit le temps de se ressaisir. Il avait accumulé des mois de frustration.

— Allonge-toi sur le dos, murmura-t-il.

Au clair de lune, son corps était argenté et doré à la fois. Les courbes de ses hanches formaient des ombres mystérieuses qu'il ne demandait qu'à explorer.

Du bout des doigts, il dessina des cercles brûlants sur ses seins, jusqu'à ce que ses mamelons durcissent, appelant ses lèvres. Il les titilla avec délice. Elle enfouit les doigts dans ses cheveux pour l'encourager à continuer, puis ne put réprimer une plainte rauque tandis qu'il descendait vers son nombril. Sa langue et ses lèvres la ravissaient. Très vite, il s'aventura plus bas encore, entre ses cuisses, pour explorer les replis humides de sa féminité.

— Ton nectar est délicieux, chuchota-t-il. J'aimerais en goûter davantage.

Jamais, dans ses rêves les plus fous, elle n'aurait imaginé une chose pareille. Dès que les lèvres de Jason effleurèrent ses pétales de rose, elle se cambra. Du bout de la langue, il se mit à caresser le cœur de son plaisir avec une douceur infinie. Elle ne trouvait pas de mots pour décrire cette sensation unique. Plus il intensifiait ses mouvements de va-et-vient, plus elle montait vers l'extase.

Elle crispa les doigts sur les draps. Son plaisir était si intense qu'il en était presque douloureux.

Tout à coup, elle fut emportée dans un tourbillon. Oubliant tout, elle cria son prénom.

Il la sentit vibrer, se cambrer, il l'entendit crier, et sut qu'elle était prête à l'accueillir. Il prit position au-dessus d'elle. Elle agita la tête sur l'oreiller, ses cheveux épars. Il la sentait offerte, vibrante du plaisir qu'elle venait de connaître. Ce plaisir était pour lui un plus beau cadeau que sa virginité.

Rachel sentit son membre rigide la pénétrer lentement. Elle l'attira en elle, désireuse de s'emplir de lui. Une douleur fugace la transperça. Tel était donc le mystère des vœux qu'ils avaient échangés, de la fusion de deux êtres. Après ce premier coup de reins, elle l'enlaça. Si seulement ils pouvaient demeurer ainsi à jamais… sans avoir à affronter le lendemain.

Jason, fais-moi un enfant.

Elle sentit son désir renaître de plus belle tandis qu'il allait et venait en elle, attisant les braises enfouies dans ses entrailles. Il lui murmura des mots tendres et lui demanda d'enrouler les jambes autour de sa taille. Elle s'exécuta volontiers et se plaqua contre lui, devinant qu'il allait apaiser la faim qui montait en elle.

Jason sentit le plaisir de la jeune femme enfler au rythme de ses mouvements qui se firent plus longs, plus intenses, à mesure qu'elle sombrait dans une nouvelle spirale. Ils ne formaient plus qu'un seul corps. Au moment de partager l'extase, il répéta son prénom encore et encore à son oreille.

Jamais il n'avait connu un plaisir aussi violent, pas même après des mois passés en mer. En frémissant, il répandit sa semence en elle.

Incapable de retenir un cri, il se mit à trembler de tous ses membres. Elle le rejoignit au sommet du plaisir. Pour la deuxième fois, elle fut emportée par cette vague sensuelle.

Puis, doucement, ils redescendirent vers la torpeur que seuls connaissent les amants repus. Ils demeurèrent enlacés, moites et pantelants, au cœur de la nuit. Elle sentait son poids sur son corps, mais ne voulait pas le relâcher. Elle garda les bras et les jambes enroulés autour de lui. Elle lui caressa le dos tandis qu'il l'embrassait dans le cou.

Rachel maintint sa tête contre elle, avant de s'assoupir, sans penser au lendemain.

Jason nageait lui aussi dans une torpeur bienfaisante. Loin de songer aux conséquences de ce qu'ils venaient de partager, il s'endormit à son tour. Était-ce son prénom qu'elle avait murmuré avant de sombrer dans le sommeil ?

Rachel se réveilla dans la fraîcheur du matin, seule dans le grand lit de Jason, couverte d'un drap. Elle se dressa sur son séant, un peu étourdie, un picotement inhabituel entre les jambes, les muscles endoloris. Elle remarqua alors les traces de sang sur le drap blanc. Leur union était bel et bien consommée. Ni le marquis ni le vicomte ne pourraient jamais annuler le mariage. Seul Jason Beaumont pouvait désormais demander le divorce.

Rachel avait obtenu gain de cause, alors pourquoi se sentait-elle aussi triste ? Elle s'était montrée tout aussi manipulatrice que les deux vieillards. Son mari s'en était-il rendu compte ? Ce devait être la raison qui l'avait poussé à s'enfuir après l'avoir déflorée.

— Jason, mon amour, je t'en prie, ne me déteste pas… murmura-t-elle d'une voix brisée, en enfilant son peignoir de soie.

Avant même qu'elle ait noué la ceinture, sa femme de chambre la salua avec entrain puis s'approcha de la porte ouverte.

— Gretchen, faites-moi couler un bain, ordonna-t-elle d'une voix qui se voulait assurée.

La domestique balaya la pièce du regard, l'air méfiant, comme si elle s'attendait à voir surgir le comte.

— Bien, madame, fit-elle avec une révérence. Souhaitez-vous que je fasse changer les draps ? ajouta-t-elle en rougissant.

N'était-ce pas justement ce que recherchait Rachel ? Avant midi, toute la maisonnée saurait que le mariage avait été consommé. Elle hocha la tête.

Soudain, la porte donnant sur le couloir s'ouvrit. Jason apparut, affublé de vieux vêtements qu'il appelait sa tenue de campagne. Rachel se sentit défaillir.

La domestique s'empressa de les laisser seuls.

— Bonjour, comtesse.

Son expression était indéchiffrable. Durant la nuit, il l'avait appelée par son prénom.

— Tu étais parti à mon réveil, énonça-t-elle péniblement.

Ce n'était pas ce qu'elle avait voulu dire. Pourquoi lui faisait-elle des reproches, comme si elle regrettait qu'il ne soit pas resté auprès d'elle ? C'était le cas, elle ne pouvait le nier.

Il était trop tard pour revenir en arrière. S'il avait des regrets, il devait endosser sa part de responsabilité… Enfin, ce n'était pas tout à fait exact. Jusqu'à ce qu'elle vienne frapper à sa porte, Jason était satisfait de leur arrangement. Si elle l'avait séduit, c'était par intérêt, et elle allait en payer le prix.

— J'avais besoin de réfléchir, répondit-il d'un ton neutre.

Jason remarqua son expression tendue, sa façon d'éviter son regard, son air coupable. Il ne s'agissait pas de la gêne d'une jeune mariée au matin de sa nuit de noces. Tout en cherchant à mettre de l'ordre dans ses idées, il s'approcha d'elle. Son seul parfum le rendait fou ! Désormais, sa propre odeur flottait sur elle.

— Tu peux partir en Amérique, Jason, dit-elle doucement, incapable d'arracher les yeux du lit défait.

— Si tu es si impatiente de te débarrasser de moi, pourquoi es-tu venue dans ma chambre hier soir ?

Aussitôt, il comprit. Elle s'était servie de lui – même s'il n'avait opposé aucune résistance, bien au contraire.

À son réveil, Rachel était blottie contre lui, toujours endormie. Elle semblait si innocente, si belle, dans la lumière de l'aube, qu'il avait failli succomber à l'envie de la faire sienne une fois de plus. Aucune femme n'avait jamais eu une telle emprise sur lui. Il avait eu si peur qu'il avait fui. Il avait longuement sillonné la ville, sans trouver d'autre solution que de revenir auprès de Rachel, sa femme.

Avant qu'il puisse prendre la parole, Gentry et deux valets apportèrent des seaux d'eau chaude.

La femme de chambre se présenta à son tour pour annoncer que le bain de la comtesse l'attendait dans la pièce voisine.

— Nous reparlerons plus tard, balbutia Rachel avant de se hâter vers sa chambre, désireuse de détendre ses muscles endoloris dans l'eau chaude et parfumée.

Elle en profita pour passer en revue les événements de la veille. Tout s'était déroulé comme prévu. Elle possédait désormais la preuve que son mariage était valide. Harriet était bien stupide de croire Jason amoureux d'elle. Il ne voulait pas vivre auprès d'elle, et avait saisi la première occasion pour s'enfuir et la laisser seule dans son lit.

À présent, il allait lui en vouloir. Et à juste titre. En le séduisant, elle avait bafoué leur accord tacite. S'il voulait épouser une Américaine un jour, il pourrait certainement obtenir le divorce. En l'imaginant dans les bras d'une autre femme, en train de murmurer un prénom qui n'était pas le sien, Rachel sentit son cœur se serrer. Elle se massa les tempes pour apaiser la migraine qui pointait. Après ce qu'elle avait vécu cette nuit, elle ne pouvait concevoir qu'une autre femme vive la même expérience. Oserait-il lui faire un tel affront ?

Mais Jason était un marin. Sans doute avait-il une femme dans chaque port, de Baltimore à Bali. Ses prouesses au lit attestaient d'une longue expérience en la matière. Bien des fois, elle avait entendu les confidences de femmes de la haute société qui se disaient frustrées dans ce domaine. L'ignorance était parfois une bénédiction. Rachel avait eu la révélation de sa sexualité. Comment vivre sans Jason, désormais ?

— Je vais devoir m'y habituer, murmura-t-elle pour elle-même en savonnant une jambe à l'aide d'une éponge.

Ce simple contact la troubla. Elle avait encore envie de Jason. Il leur restait plusieurs jours ensemble avant son départ. Peut-être parviendrait-elle à le séduire une nouvelle fois sur la route de Bristol ? S'il se sentait proche de la délivrance, il accepterait peut-être de lui offrir une ou deux étreintes.

Ou trois...

Jason fit rapidement sa toilette et descendit déjeuner. Mais il n'avait pas pensé croiser le marquis de si bonne heure, qui dévorait déjà à belles dents. Le comte s'en voulut de ne pas avoir prévu que son grand-père serait curieux de savoir comment s'était déroulée la nuit de noces.

Cette idée l'agaça au plus haut point. Ce qui s'était passé entre sa femme et lui ne le regardait pas. Furieux, il se servit sans un mot.

— Je vois que tu as bon appétit, déclara le marquis d'un air entendu en s'essuyant la bouche de sa serviette. C'est naturel, après une nuit agitée.

Jason le foudroya du regard.

— J'ai longuement chevauché ce matin, répondit-il froidement.

— Et hier soir aussi, répliqua le marquis, taquin.

— Ce que j'ai fait ne vous concerne en rien, de toute façon.

— Peut-être pas, mais cela concerne ta comtesse.

Même l'humeur morose de son petit-fils ne parvenait pas à tempérer la satisfaction du vieil homme.

— Dans ce cas, réglons tout de suite le problème, reprit Jason en se servant un café.

Cargrave agita sa serviette avec désinvolture.

— Ne joue pas les frustrés. Je sais parfaitement ce qui s'est passé entre vous deux.

— Comme tout le personnel et la moitié de Londres ! s'emporta le comte en posant brutalement sa tasse.

Soudain, il n'eut plus faim du tout. Il voulut s'en aller, mais le marquis se leva d'un bond. Son expression avait changé.

— Attends un peu, mon garçon. Je ne voulais pas railler ta nuit de noces, ni dénigrer ta femme, pour qui j'ai beaucoup d'estime. Tu devrais le savoir.

Jason observa le vieil homme autoritaire, étonné par la vulnérabilité qu'il lisait sur son visage. Se faisait-il des idées ?

— Il est naturel que vous la teniez en haute estime, puisque c'est vous qui l'avez choisie.

— Et tu la trouves si repoussante que tu as dû fermer les yeux au moment d'accomplir ton devoir conjugal ? rétorqua Cargrave, irrité.

— Mon devoir ! Mon devoir ! Eh oui, monsieur le marquis. Comme tous les domestiques ont dû vous le dire, j'ai accompli mon devoir. À présent, je vais aller chercher la comtesse et me retirer à Falconridge pour continuer à l'accomplir !

Le marquis regarda son petit-fils s'éloigner d'un pas décidé, puis se rassit, la mine pensive. Peu à peu, il esquissa un sourire. Il se rappela combien il était possessif envers Mathilda, juste après leur mariage. Et ces sentiments avaient perduré toute leur vie. Le fait que Jason exprime cette tendance était bon signe pour leur avenir.

Chantonnant distraitement, il mordit dans son petit pain.

En voiture, il fallait presque une journée pour se rendre à Falconridge. En temps normal, Rachel voyageait à cheval. Mais elle ne protesta pas lorsque le marquis lui fit savoir qu'il avait fait préparer sa plus belle voiture pour les jeunes mariés.

Elle devrait passer des heures avec Jason, en toute intimité. Allait-il rester fâché ou trouver une façon plus agréable de passer le temps ? Décidément, elle était incorrigible !

Troublée par ces pensées lubriques, elle finit de s'habiller pendant que Harriet inspectait son trousseau. Enfin, sa sœur chassa toutes les domestiques de la chambre. Rachel redoutait cette confrontation.

— J'ai eu vent des commérages des femmes de chambre, commença-t-elle avec un sourire espiègle. Alors, dis-moi, les Américains sont-ils fidèles à leur réputation ?

— Puisque tu as entendu les domestiques, tu sais que j'ai réussi à séduire mon mari. C'était mon objectif, fit Rachel d'un ton sec pour décourager sa sœur, à qui il en fallait davantage.

— Les domestiques savent seulement que le mariage a été consommé… dans son lit. Tu es allée le voir. Ce n'est pas lui qui est venu vers toi. Donc, tu es amoureuse…

— Pas du tout ! protesta Rachel. Franchement, Harriet, il y a des jours où je te…

— Tu vois ! Tu es amoureuse, ne le nie pas ! jubila sa cadette. Ne me dis pas que tu as dû le ligoter pour parvenir à tes fins !

Rachel imagina Jason attaché aux colonnes de son lit. Elle ne put s'empêcher de sourire.

— Au contraire ! Dès qu'il a ouvert la porte… ce fut exactement comme tu l'avais prévu. Il est très… viril.

— Tu vois ! Je te l'avais bien dit ! Cet homme est fou de toi.

— Alors pourquoi a-t-il quitté son propre lit à l'aube, pour aller faire un tour à cheval et errer dans la ville comme une âme en peine ? rétorqua Rachel, de nouveau fâchée.

— Mais il est revenu, non ?

— Uniquement pour jeter un coup d'œil à la preuve que le mariage avait été consommé. Ensuite, il est reparti. Il a compris ce que j'avais fait, et cela ne lui plaît pas. Nous allons enlever Fox et partir pour Bristol demain.

— Eh bien, il te reste ce laps de temps pour agir, conclut Harriet.

Troublé, Jason ne savait que dire à Rachel. Peut-être pourraient-ils s'expliquer en arrivant à Falconridge, dans la soirée ? Il avait besoin de fuir la résidence des Cargrave, à Londres. La satisfaction qu'affichait son grand-père lui rappelait qu'il avait cédé à son chantage.

Pourquoi Rachel avait-elle frappé à sa porte, la veille ? Il se rappela qu'une annulation était plus facile à obtenir qu'un divorce, selon la loi anglaise. Était-ce la raison de son attitude ? Elle avait paru aussi désireuse que lui de consommer leur union... Il avait besoin de réfléchir, et ces heures passées avec une femme aussi intelligente ne lui permettraient pas ce luxe. Il se rendit aux écuries et ordonna à un palefrenier de seller Araby.

Alors qu'il regagnait la maison, Fox le rejoignit dans l'allée qui traversait le jardin.

— Bonjour, Jason !

De toute évidence, l'enfant était préoccupé. Jason s'assura que nul ne les écoutait et s'enquit :

— Grand-père n'a pas décidé de retourner à la campagne avant lundi, j'espère ?

— Non. Le vicomte et lui vont dîner à leur club demain soir, répondit l'enfant en se dandinant.

— Tant mieux. Sois prêt à partir à minuit.

Fox semblait atterré.

— Alors tu es toujours décidé à... abandonner Rachel ?

Jason étouffa un juron.

— Pourquoi changerais-je d'avis ?

Il regretta aussitôt ces paroles, mais il était trop tard.

— Je me disais que... après cette nuit... enfin, tout le monde est au courant.

— Tu peux évoquer ce sujet quand il s'agit de marins ou de filles de ferme, mais je t'interdis de prononcer un mot sur la comtesse de Falconridge, c'est compris ?

Fox écarquilla les yeux face à l'expression féroce de son frère. Non, il ne comprenait pas, mais il se garda de l'avouer.

— Très bien.

Les adultes étaient décidément difficiles à cerner.

Ils mettraient trois jours à atteindre Bristol. Il pouvait se passer bien des choses. Fox sentit renaître l'espoir.

Rachel descendit, accompagnée de sa sœur, distribuant ses ordres aux domestiques. Ils devaient charger les nombreuses malles dans une voiture qui suivrait celle des mariés. Jason ne put s'empêcher d'admirer la façon dont la robe de velours émeraude flattait sa silhouette et rehaussait ses yeux noisette. Une veste en satin noir soulignait sa taille fine. Elle se mouvait avec une telle grâce qu'aucun homme ne pouvait demeurer insensible à ses charmes.

— Comtesse, fit-il en lui prenant la main, au pied de l'escalier.

La jeune femme remarqua aussitôt qu'il portait une tenue de cavalier. Il n'allait tout de même pas la laisser voyager seule toute la journée ! Il avait troqué ses vieux vêtements contre un élégant costume fauve et des bottes en cuir étincelantes. Son pantalon en daim moulait ses cuisses comme une seconde peau. Rachel rougit, mais le bord de sa capeline la protégeait des regards. Détournant la tête, elle fit ses adieux aux nombreux invités.

Fox semblait préoccupé. Le marquis, son père et Harriet étaient radieux, de même que Melvin. Roger et Garnet les félicitèrent. Un peu en retrait, Elyn posait sur la mariée un regard sombre. Quand vint son tour de la saluer, il lui baisa la main d'un air pompeux qui irrita Jason.

— Je me rends dans ma maison de campagne dans quelques jours, annonça Roger. Mais Garnet et Elyn ont du pain sur la planche au chantier naval.

Il donna une tape dans le dos à son cousin.

— Nous nous reverrons dans une semaine ou deux, quand vous aurez eu tout le temps de... enfin, dans quelques semaines.

— Avec plaisir, cousin, fit Jason avant de se tourner vers Elyn. Dommage que vous ne puissiez vous joindre à nous.

— En effet, répondit le fils de Garnet d'un ton mielleux. J'ai des affaires à régler. Mais je vous reverrai avec joie à Noël.

Sur ces mots, il regarda Rachel, qui devinait la satisfaction de sa sœur. Furieux, Jason la prit par la main et l'aida à monter en voiture. Elle s'assit et attendit qu'il la rejoigne.

— Araby a tendance à s'énerver lorsqu'il suit une voiture. Je vais le monter jusqu'à Falconridge, déclara-t-il.

Il fit signe au cocher de fermer la portière. Étonnée et gênée par cette brusque attitude, Rachel s'adossa à son siège. Jason monta en selle et trotta près de la fenêtre, comme pour tenir compagnie à sa femme. Seule Rachel savait que telle n'était pas son intention.

Qu'importe. Une fois à Falconridge, ils régleraient leurs comptes.

20

En chevauchant près de la voiture fermée, Jason ne pouvait s'empêcher de penser à la femme qui se trouvait à l'intérieur. Grâce à son charme irrésistible, ils étaient bel et bien mariés. Toute annulation était désormais exclue. De toute façon, il n'avait jamais souhaité une annulation… Quel imbécile ! Il ne voulait pas de ce mariage, un point c'est tout.

À moins que…

Cette pensée le fit frémir au point de troubler Araby. Il calma sa monture en se demandant quelle serait sa vie s'il restait en Angleterre, auprès de sa femme. Serait-ce à ce point terrible ? Autrefois, il aurait pris ses jambes à son cou, mais, en y réfléchissant bien, il n'était plus aussi catégorique. Les plaisirs conjugaux s'étaient révélés aussi merveilleux qu'il le pensait. Sa femme n'avait rien d'un glaçon !

Rachel avait-elle, elle aussi, changé d'avis ? Peut-être souhaitait-elle simplement s'assurer que son père ne puisse obtenir une annulation du mariage.

Une autre idée surgit à son esprit. Et s'ils avaient conçu un enfant ? Il n'avait pas songé à prendre la moindre précaution.

Il se promit de clarifier la situation dès leur arrivée à Falconridge…

Le voyage ne se déroula pas sans encombre. En début d'après-midi, le ciel se couvrit, annonçant la pluie. Ce fut un véritable déluge, qui transforma la route en un bourbier indescriptible. La voiture resta coincée dans une ornière. Le cocher brisa une roue en tentant de la dégager. Le temps que Jason aille chercher un charron au village, il commençait à faire nuit.

Quand ils reprirent la route, il pleuvait encore. Jason était trempé, sous sa cape maculée de boue. Raison de plus pour ne pas rejoindre Rachel dans la voiture. De plus, en mer, il avait toujours partagé les souffrances de ses hommes. Ce n'était pas un titre de noblesse qui allait l'inciter à changer d'attitude.

Lorsqu'ils atteignirent enfin les grilles de la propriété, il était presque minuit. Comble de malchance, ils trouvèrent la charrette d'un métayer retournée au milieu de la route. Son chargement de navets avait été réduit en bouillie par les sabots des chevaux et les roues de la voiture.

La pluie s'était apaisée, faisant place à une bruine glaciale. Jason mit pied à terre et veilla à ce que la route soit dégagée par ses domestiques. Rachel rabattit sa capuche et descendit de la voiture pour inspecter les lieux. Chaussée de souliers délicats assortis à sa robe, elle faillit perdre l'équilibre, mais se rattrapa de justesse au harnais d'un cheval. Les chevaux étaient nerveux. La jeune femme décida de les calmer de son mieux, car le cocher aidait les autres à dégager la route.

Tout en caressant les deux chevaux gris, elle observa Jason. Il devait avoir la même allure à bord de ses navires, quand il dirigeait son équipage.

— Il possède une autorité naturelle, murmura-t-elle pour elle-même.

En la voyant près de l'attelage, Jason se dit qu'elle était décidément une femme courageuse et efficace. La plupart de ses semblables auraient défailli dans la tourmente. Se frayant un chemin parmi les débris, il la rejoignit. Il ne distinguait pas son visage dans la pénombre.

— Comme toujours, tu sembles maîtriser la situation, comtesse.

— Je me disais la même chose à ton propos. Dommage que tu renonces à être l'héritier de Cargrave. Tu aurais fait un marquis formidable.

Avant qu'il ne puisse répondre à ce compliment troublant, un domestique les interrompit :

— Les voitures peuvent passer, monsieur le comte.

— Tant mieux. Laissez deux lanternes aux autres. Quelle nuit ! grommela-t-il avec un frisson d'effroi. S'il continue à pleuvoir, nous n'arriverons pas entiers à Bristol, ajouta-t-il à voix basse.

Rachel se mit à trembler, mais pas de froid. Ainsi, il avait toujours l'intention de partir. Elle n'avait pas réussi à le faire revenir sur sa décision. Il n'y avait rien qu'elle puisse faire pour le retenir. Harriet s'était trompée...

Devant l'entrée de Falconridge, Jason aida la comtesse à descendre de voiture.

— Nous sommes presque aussi crottés que nos malheureux domestiques, commenta-t-il en lui prenant la main.

Malgré le gant de cuir, ce contact la troubla.

— Depuis notre rencontre, nous sommes voués à ramper dans la boue, répondit-elle.

Tout le personnel s'était mis en rang pour accueillir la comtesse. La gouvernante, une femme d'âge mûr au caractère bien trempé, donna l'ordre de préparer deux bains et un repas.

— Une soupe bien chaude et du pain suffiront, madame Mallory. Vous ne croyez pas, cher ami ? fit Rachel en se tournant vers Jason.

Il opina d'un air las.

— Vous ferez monter la soupe dans nos chambres quand nous aurons pris notre bain, dit-elle à la gouvernante.

Allongé dans l'eau chaude, les yeux fermés, Jason se demandait s'il finirait par se réchauffer. Son valet emporta ses vêtements crottés. Il n'avait pas été aussi fourbu depuis qu'il ne naviguait plus. Il devenait délicat, depuis qu'il était comte. Mieux valait reprendre la mer.

Mais, pour cela, il devait quitter Rachel. Pourquoi cette perspective le contrariait-elle à ce point ? Elle était aussi manipulatrice que le marquis. Pas étonnant que son grand-père l'ait choisie ! Il la revit sous la pluie battante, en train de calmer les chevaux, sans se soucier de la boue qui maculait ses vêtements et ses élégants souliers. Puis il la vit nue, allongée sous son propre corps. Cette image fugace suffit à l'embraser de désir.

Il poussa un juron et se leva vivement, éclaboussant les alentours de la baignoire. Puis il se frictionna à l'aide d'une serviette. Il avait expliqué aux valets qu'il tenait à tout faire lui-même, sauf s'il sollicitait leur aide. Les domestiques le mettaient mal à l'aise.

Dans sa chambre, il enfila un peignoir en brocart et des chaussons. Il commençait à avoir faim. Heureusement, Rachel avait demandé de la soupe. Persuadé que les servantes étaient en train de dresser le couvert dans la chambre de la comtesse, il s'y rendit.

Il ne trouva que sa femme, allongée dans son bain, près du feu de cheminée. Elle tenait une éponge savonneuse dans une main. Ses seins apparaissaient parmi les bulles de savon. Les paupières closes, elle affichait une expression de bien-être absolu.

Elle tendit une longue jambe pour la savonner, en partant de la plante du pied. Ses cheveux flottaient autour d'elle. Elle non plus n'avait pas besoin de domestique.

Pour l'heure, il s'intéressait surtout à son corps sculptural. Il en avait follement envie. Il oublia tout de sa fringale et de ses muscles endoloris. Lentement, il s'approcha de la baignoire et lui prit l'éponge.

En sentant la main de son mari se poser sur la sienne, Rachel sursauta et étouffa une exclamation de surprise.

— Laisse-moi faire, dit-il doucement.

Il fit glisser l'éponge le long de sa jambe fuselée, montant jusqu'à la hanche, avant de dessiner des cercles sensuels sur ses seins. Stimulés par ce contact, les mamelons se dressèrent.

Rachel se mit à gémir, les yeux clos. Si elle ne pouvait garder Jason auprès d'elle pour toujours, elle pouvait au moins savourer les instants précieux qu'ils allaient partager avant son départ. Sa voix virile et rauque interrompit ses pensées :

— Je t'en prie, Rachel… j'ai envie de toi.

Elle se redressa, les yeux grands ouverts, pour scruter son visage à la lueur des flammes. Il semblait triste, ses yeux bleus étaient cernés de fatigue… voire plissés de méfiance. Qu'importe ! Sans un mot, elle se leva, laissant l'eau cascader le long de son corps. Il l'enveloppa d'un drap et entreprit de la sécher.

— Cela suffira, souffla-t-il.

Il la prit dans ses bras et la porta vers le lit. Puis il jeta la serviette à terre.

Impatiente, elle le regarda ôter son peignoir avant de la rejoindre sous les couvertures. Soudain, malgré le froid qui régnait dehors, la chambre s'embrasa. Ils se lancèrent dans une exploration mutuelle de leurs corps dénudés. Ils s'embrassèrent à perdre haleine. La langue affamée de Jason s'insinuait entre ses lèvres, avant de se retirer, taquine. Audacieuse, la jeune femme lui mordilla la lèvre inférieure.

Se penchant sur elle, Jason titilla un mamelon rose tandis qu'elle caressait fébrilement ses épaules musclées et son dos. Le contact de ses lèvres sur son sein attisait une fièvre que lui seul pouvait apaiser. Elle se cambra pour lui donner accès à ses hanches, puis ses fesses fermes qu'il pétrit en gémissant. Déjà, elle sentait son membre gonflé palpiter contre son ventre. Elle s'enhardit à le prendre entre ses mains.

Jason se figea. Rachel le tenait prisonnier de ses doigts qui se mirent à aller et venir sur la peau veloutée. Ivre de désir, il l'encouragea d'un coup de reins. Elle intensifia la caresse, puis le guida vers les replis humides de sa féminité. Il hésita un instant, de peur de lui faire mal, mais elle serra les cuisses contre ses hanches pour l'inviter en elle.

Il la pénétra avec force, dans une étreinte passionnée. Bientôt, il roula sur le dos pour se laisser chevaucher. Rachel parut étonnée, mais les mains de son mari la guidèrent. Elle aimait cette nouvelle position qui lui procurait un certain pouvoir sur lui. Très vite, elle ondula les hanches, les faisant crier de plaisir à l'unisson.

Ses boucles cascadaient sur ses épaules nacrées, à la lueur du feu de cheminée. Jason écarta les mèches et prit ses seins dans ses paumes tandis qu'elle plaquait les mains sur son torse. Elle sentit les battements frénétiques de son cœur dans sa poitrine. Elle savait désormais ce qui l'attendait, et l'extase n'arriva que trop vite.

La jeune femme aurait aimé prolonger à jamais cet instant magique, mais elle avait perdu toute maîtrise de son corps. Soudain, elle se cambra en criant son prénom. À son tour, son partenaire fut secoué de spasmes.

La jouissance de Jason fut si puissante qu'il eut l'impression de sortir de lui-même. Il entendait Rachel hurler son nom, et ne put retenir son propre cri.

Ensuite, ils demeurèrent enlacés. Le feu crépitait dans la cheminée, projetant des ombres sur leurs corps nus et moites. Jason releva la tête et se mit à jouer avec une mèche de ses cheveux tombée sur un sein. À mesure que la boucle effleurait son mamelon, il perçut le lent va-et-vient des hanches de la jeune femme, qui tourna la tête de côté, les yeux fermés.

Jason ne se lassait pas de l'admirer. Ses longs cils, ses pommettes saillantes, ses lèvres charnues et entrouvertes, son souffle court… Il aimait ses traits marqués, ses sourcils arqués, ses yeux changeants. De quelle couleur pouvaient-ils être à la lueur des flammes ? Il la fit rouler sur le dos.

— Regarde-moi, Rachel, ordonna-t-il en lui chatouillant le menton à l'aide de la mèche de cheveux. Mordorés, je m'en doutais, murmura-t-il en se penchant pour l'embrasser.

Cette fois, ils prirent le temps de se caresser, de faire renaître la flamme du désir, sans échanger une parole. Rachel effleura du bout du doigt le ventre de son mari, puis captura entre ses lèvres un mamelon. En entendant sa plainte rauque, elle recommença avec l'autre.

Lorsqu'elle saisit à nouveau son membre entre ses mains, Jason se laissa faire. Elle le caressa avec tendresse et curiosité. À son tour, il enfouit les doigts en elle, pour découvrir qu'elle était prête à le recevoir. Doucement, il taquina son bouton de rose, jusqu'à ce qu'elle l'implore de la faire sienne.

Il la coucha alors sur le flanc et la pénétra en lui mordillant la nuque, la main sur sa hanche.

— Tu vas voir, ce sera plus long, ainsi, murmura-t-il à son oreille.

Elle frémit de plaisir et savoura ses mouvements souples et sensuels. Plus rien n'existait que cet homme et son corps ferme dans son dos. Il fallait qu'elle savoure ces instants éphémères, et ceux qu'ils partageraient sur la route de Bristol.

Elle s'était résignée à son départ. Pour l'heure, elle ne voulait qu'une chose. Ensuite... Mieux valait ne pas y penser.

Lentement, ils montèrent vers l'extase. Chaque fois qu'ils frôlaient le sommet, Jason s'interrompait puis reprenait son va-et-vient. Enfin, n'y tenant plus, il s'emballa jusqu'à ce que la jeune femme soit secouée de spasmes. Il enfouit le visage dans ses cheveux et s'abandonna.

Ils restèrent unis un long moment, fuyant la réalité. Jason aurait aimé s'endormir ainsi, puis se réveiller pour lui faire l'amour encore une fois.

Quelqu'un frappa à la porte. La gouvernante voulait savoir s'il fallait servir la soupe chez le comte ou la comtesse. Jason remonta les couvertures et lança :

— Près de la cheminée, dans ma chambre !

Rachel le vit se lever posément et enfiler son peignoir. Il était si beau qu'il suffisait à la jeune femme de le regarder pour sentir son cœur s'emballer. Lorsqu'il baissa la tête pour nouer sa ceinture, une boucle brune balaya son front. Elle observa son profil dans la pénombre, son nez aquilin, sa mâchoire puissante, ses sourcils froncés qui lui donnaient un air redoutable... Après tout, n'avait-il pas été corsaire ?

Elle s'assit, soudain intimidée, maintenant que leur passion s'était apaisée. Il devait la trouver bien audacieuse et lubrique ! Pourtant, elle sentait au plus profond d'elle-même qu'elle lui avait donné autant de plaisir qu'elle en avait reçu. Hélas, il ne voulait pas plus d'une épouse que du titre de comte.

Il contourna le lit et saisit un épais peignoir qu'il lui tendit.

— Notre souper est prêt, déclara-t-il.

Elle fut obligée de se lever et de se glisser dans le peignoir qu'il tenait à bout de bras. Puis elle pivota sur elle-même et croisa son regard.

— J'ignore si vous avez faim, mon seigneur, mais je suis affamée, déclara-t-elle, les entrailles nouées.

— Alors allons manger, dit-il en lui prenant la main avec un sourire.

Ils gagnèrent la chambre de Jason, où le feu crépitait dans la cheminée. Une soupière trônait sur une petite table dressée. Le comte l'aida à prendre place et s'installa en face d'elle. Il remercia la domestique et servit lui-même le potage, tandis que Rachel coupait quelques tranches de pain.

Il dévora avec appétit, ce qui n'étonna guère la jeune femme après les efforts qu'il avait fournis au cours de la journée, sans parler de leurs ébats. En avalant une première gorgée de potage, elle découvrit qu'elle avait faim, elle aussi...

— Rachel, pourquoi es-tu venue me rejoindre dans ma chambre ? demanda-t-il plus tard, en buvant le thé.

Elle s'agita sur son siège, étonnée par cette question directe. Et si elle lui répondait qu'elle l'aimait et voulait être sa femme à part entière ? Qu'elle voulait au moins avoir un enfant de lui ? Ces arguments le feraient peut-être réfléchir, voire changer d'avis. La culpabilité le pousserait à rester avec elle. Mais Jason était un homme libre.

Rassemblant son courage, elle opta pour une vérité partielle, qui lui permettrait de se soulager de ses scrupules, qu'il lui pardonne ou non.

— Ni mon père ni le marquis ne se seraient satisfaits d'un mariage non consommé. Je me serais retrouvée fiancée avec un autre dans l'année.

— Et un divorce est plus difficile à obtenir qu'une annulation, renchérit-il en hochant la tête.

La franchise de Rachel n'avait rien de surprenant. Elle avait toujours été directe, qualité qu'il appréciait.

— Je ne voulais pas me servir de toi, Jason, fit-elle d'une voix brisée. Je suis désolée.

— Sur un autre plan, tu t'es beaucoup servie de moi, répondit-il avec un sourire irrésistible. J'avoue que je n'en suis en rien désolé.

— Mais désormais… si tu voulais un jour épouser une femme de ton choix…

— Aucune femme ne m'attend en Amérique, coupa-t-il, impatient. Toutefois, il se peut que tu succombes au charme d'un autre homme. Y as-tu songé ?

Jason préférait ne pas y penser. Après tout, elle était libre de mener sa vie à sa guise. Sauf si elle attendait un enfant de lui…

Soudain, il eut l'air fâché. Rachel sentit la culpabilité la submerger à nouveau. Elle l'avait pris dans ses filets alors qu'il ne voulait pas d'elle, sauf pour quelques nuits de passion.

— Je ne m'intéresse pas plus aux gentlemen anglais que toi aux Américaines. Je t'ai parlé de mes projets pour Harleigh. Toi, tu rêves d'aller en Afrique. Chacun y trouvera son compte, non ?

Se forçant à sourire, elle but une gorgée de thé. Il était froid.

Elle fixa les flammes, se demandant si elle devait évoquer la possibilité d'une grossesse. À quoi bon ? Ils étaient mariés. Elle portait son nom, même si son grand-père allait sans doute le déshériter. Il suffisait que Drummond le tienne informé des événements. Si un enfant venait au monde, Jason reviendrait assumer ses responsabilités.

— Oui, comtesse. Chacun y trouvera son compte.

21

Que pouvais-je faire de plus ?

Cette question taraudait Jason jusque dans son sommeil. Toute la nuit, il s'agita dans son lit. À l'aube, il chevaucha longuement Araby dans la campagne encore endormie. Il en profita pour contempler une dernière fois ce domaine qu'il allait céder à Roger Dalbert. La journée s'annonçait ensoleillée. Les arbres étaient encore humides de la pluie de la veille. Des gouttelettes scintillaient dans la lumière du petit matin. Étrangement, Jason sentit combien il s'était attaché à ces terres fertiles, à ces collines verdoyantes, aux rivières et aux étangs…

S'il ne parvenait pas à chasser Rachel de son esprit, leur conversation de la veille n'avait rien fait pour apaiser ses tourments. Au contraire, il était plus troublé que jamais. C'était bien avec une arrière-pensée qu'elle était venue le rejoindre dans sa chambre, mais cela n'expliquait pas pourquoi elle s'était donnée à lui avec un tel abandon, au terme de cette journée éreintante. Elle aurait pu refuser ses attentions.

Au contraire, elle avait jailli de sa baignoire telle Vénus, pour laisser libre cours à sa passion. Rachel éprouvait-elle des sentiments pour lui ?

— Il me reste trois jours et trois nuits pour le découvrir, murmura-t-il en flattant l'encolure d'Araby. Surtout les nuits…

Plus résolu que jamais, il repartit au galop, un sourire aux lèvres.

Le comportement de Lafarge inquiétait Fox. L'enfant avait l'impression qu'il se doutait de quelque chose. Il semblait toujours avoir une longueur d'avance sur son élève. Ce soir-là, par exemple, il avait insisté pour jouer une autre partie de cartes, après avoir battu Fox à plates coutures, affirmant qu'il fallait toujours accorder à son adversaire la possibilité de prendre sa revanche. Ils misaient peu, ce qui n'était pas un problème car le marquis se montrait très généreux avec Fox.

Grand-père. L'enfant déglutit péniblement. Cela faisait plusieurs jours qu'il rédigeait une lettre d'adieu destinée au marquis. Si seulement Rachel et Jason décidaient de vivre ensemble ! Hélas, ils n'avaient pas annulé leur projet d'évasion. Il ne restait au garçon qu'à déposer une lettre dans sa chambre et à se faufiler dehors dès qu'il entendrait le signal de Jason. Or Lafarge ne paraissait pas décidé à monter se coucher…

Il bâilla ostensiblement. Depuis une heure, il s'efforçait d'avoir l'air fatigué, même s'il n'était que neuf heures.

— Vous me semblez las, jeune homme, déclara enfin le maître d'armes.

De peur d'éveiller ses soupçons, Fox secoua la tête.

— Pas du tout, prétendit-il. J'ai pris ma revanche. Merci, monsieur.

Lafarge observa son élève, ses yeux pétillants. Que mijotait-il donc ? Il songea à sa propre enfance, en France.

— Demain, nous travaillerons le fleuret, annonça-t-il. Vous ressemblez toujours à une bergère munie de son bâton.

Fox bâilla et esquissa un sourire.

— C'est faux ! protesta-t-il.

Dès que Lafarge se fut retiré dans sa chambre, Fox s'installa à son bureau et rédigea une nouvelle lettre destinée à son bienfaiteur, certain que Lafarge l'avait laissé remporter cette dernière partie de cartes.

La nuit était sombre, mais sèche. Le retour de Jason et Rachel à Londres serait bien plus rapide que leur trajet de la veille. Ils n'osèrent toutefois pas partir avant la nuit tombée, de crainte d'éveiller les soupçons. En début de soirée, Jason fit servir un repas dans sa chambre. Puis il dit au personnel de disposer jusqu'au lendemain. Chacun se réjouit de cette occasion de se reposer. Le comte et sa jeune épouse étaient décidément très bienveillants. Et ils semblaient si amoureux !

Ils dînèrent rapidement, n'échangeant que quelques paroles pour régler les derniers détails de leur voyage. Dix minutes plus tard, lorsqu'il vit Rachel apparaître sur le seuil de sa chambre, vêtue de son déguisement, Jason se mit à rire.

— Tu es une superbe gitane, comtesse !

— Depuis le départ, tu me considères comme une sauvageonne, de toute façon.

Après son départ, songea-t-elle amèrement, il me restera au moins ces bons souvenirs…

— Une superbe sauvageonne, murmura-t-il en détaillant ses vêtements colorés.

— J'ai acheté cette robe à une domestique de Harleigh, la semaine dernière, expliqua-t-elle avant de lui montrer ses boucles d'oreilles en or. Ces bijoux, je les ai trouvés à la foire, l'été dernier.

— Ton plan est infaillible. Le navire est à quai. Tout va bien se passer.

— Oh, on ne sait jamais ce qui peut arriver. Nous risquons d'être arrêtés par les gardes en tentant d'enlever Fox, sans parler des risques que nous allons prendre pour piller les écuries de ton grand-père.

— Le vol de chevaux est une tradition, chez nous.

— Alors Fox et toi serez à l'aise sur les meilleures montures du marquis.

Leur bavardage les empêchait de penser à leurs scrupules face à cette entreprise. Rachel était déterminée à agir comme elle l'avait prévu. En réalité, elle n'avait pas le choix. C'était elle qui avait eu cette idée, et elle allait devoir payer le prix de sa folie et de son orgueil : toute une vie sans Jason Beaumont.

Son compagnon, quant à lui, préférait attendre qu'ils soient en route pour décider de la suite des événements. Ils avaient trois jours devant eux. L'enfant serait certainement fatigué et passerait son temps à dormir. Jason aurait tout loisir de mettre à l'épreuve la détermination de Rachel avant de prendre la mer… s'il prenait la mer. Mais que voulait vraiment sa comtesse ? Dieu que les femmes étaient compliquées !

Une fois arrivés à la résidence londonienne des Cargrave, il se faufila vers les écuries du marquis. Rachel monta la garde pendant que Jason bouchonnait leurs chevaux épuisés, profitant de l'absence du palefrenier, qui dormait. Le comte choisit ensuite six montures qu'il mena dans la rue.

Un peu nerveux, il scruta les alentours. Il avait déjà préparé une histoire, au cas où quelqu'un voudrait connaître leur identité. Un garde zélé pouvait s'étonner de la qualité des chevaux. Une bourse pleine de pièces d'or lui permettrait d'acheter son silence. Au cas où ils croiseraient des brigands, ils étaient bien armés. Le comte avait en outre dissimulé un couteau dans sa botte.

Rachel frissonna dans la fraîcheur du soir.

— Tu es certain que Fox est réveillé ?

— Il n'y a qu'un moyen de le savoir, répondit Jason.

Il imita d'abord le cri d'un oiseau qu'elle ne connaissait pas, puis hulula comme une chouette.

— Les Shawnees ont appris à Fox à ne dormir que d'un œil. J'espère que son éducation anglaise ne l'a pas trop attendri.

— Les Anglais n'ont rien de tendre, je te l'assure. Napoléon en sait quelque chose.

Soudain, une silhouette tenant une chandelle leur fit signe depuis une fenêtre, à l'étage. Puis elle disparut.

— Je vais le chercher, déclara Jason. Prends les chevaux et attends-nous au bout de la rue, sous les arbres.

La jeune femme s'exécuta. En voyant une bande d'ivrognes tourner au coin de la rue, elle retint son souffle. Il ne fallait surtout pas qu'ils la remarquent. Elle murmura aux chevaux de ne pas faire de bruit. Les ivrognes titubèrent sur le trottoir d'en face, avant d'entrer dans une maison.

Jason et Fox arrivèrent en courant. L'enfant était armé, lui aussi.

— Avez-vous appris à vous en servir? lui demanda-t-elle. Sinon, vous risquez de vous blesser.

— Lafarge est un excellent professeur, Rachel, répliqua-t-il avec assurance. Et je suis bon élève. J'ai tout de même évité un triste sort à votre sœur. Depuis, Lafarge me fait travailler encore davantage.

— Nous pourrons discuter de ses talents de tireur quand nous aurons quitté la ville, intervint Jason en montant en selle. Partons vite. Il ne faudrait pas attirer l'attention.

— Heureusement que grand-père a le sommeil lourd, commenta Fox en montant en selle.

Son cheval et son chiot allaient lui manquer. Sans parler de son grand-père…

Le trio de faux gitans se mit en route vers l'ouest, évitant les routes fréquentées au profit des chemins de campagne. Rachel connaissait bien la région. Elle emprunta des raccourcis. Une heure avant l'aube, ils changèrent de chevaux. Mieux valait s'éloigner le plus possible de la capitale avant de s'arrêter pour dormir.

Le soir venu, ils installèrent leur campement au bord d'une rivière, près d'un bois. Le vicomte de Moreland, à qui appartenaient ces terres, se trouvait en ville et n'avait laissé que peu de domestiques à la campagne. Rachel assura à ses compagnons que nul ne les remarquerait.

— Depuis combien de temps avez-vous prévu cet itinéraire? s'enquit Fox tandis qu'ils s'occupaient des chevaux. Vous semblez très bien connaître les propriétaires de ces domaines.

— J'ai passé mon enfance à sillonner la région, expliqua-t-elle en haussant les épaules. J'allais à la foire avec les domestiques de mon père. Quant aux activités des membres de la noblesse, c'est Harriet qui m'a informée des déplacements de chacun.

Fox écarquilla les yeux.

— Votre sœur est au courant de ce que nous sommes en train de faire, et elle n'a rien dit à votre père ou à son mari ? demanda-t-il, incrédule.

Rachel s'interrompit dans son travail pour observer l'enfant.

— Je sais que c'est difficile à comprendre, pour un représentant du sexe dit fort, mais il arrive que les femmes agissent à l'insu de leur mari ou de leur père, rétorqua-t-elle avec un regard plein de sous-entendus à l'adresse de Jason.

N'osant allumer un feu de camp malgré la fraîcheur de la soirée, ils dévorèrent à belles dents le pain et le fromage que Rachel avait apportés. Ensuite, ils s'allongèrent sur des couvertures pour dormir. La jeune femme remarqua que son mari avait installé sa couchette à distance de la sienne. Fox ne trahit aucun étonnement. À peine couché, il s'endormit. Le voyage était éprouvant pour un enfant de douze ans, même si c'était aussi une merveilleuse aventure.

Rachel écouta l'eau de la rivière, dont ils étaient séparés par des bouquets de joncs. Elle était fourbue, mais son esprit tourmenté ne lui laissait aucun répit. Dans deux nuits, Jason allait la quitter. Son comportement de la veille s'expliquait sans doute par le fait qu'il l'avait trouvée nue dans son bain.

Mais comment le séduire, ce soir ?

La présence de l'enfant compliquait la situation. Si elle allait rejoindre Jason sous sa couverture, Fox ne se réveillerait sans doute pas, mais il était un peu gênant d'en être réduite à cela pour attirer l'attention du comte. Étouffant un juron, elle repoussa sa couverture et alla s'isoler au bord de l'eau.

Jason fixait le ciel étoilé, comme il le faisait toujours en mer. Bientôt, il pourrait admirer les constellations depuis le pont d'un navire. Hélas, cette perspective n'avait rien de réconfortant. Ses pensées revenaient sans cesse à sa femme, si proche et si distante à la fois. Il avait espéré qu'elle viendrait le rejoindre. Elle n'était pas venue.

Soudain, il perçut un bruissement et la reconnut. Son espoir fut vite déçu, car elle se dirigeait vers la rivière. Elle disparut dans la pénombre. Sans doute un besoin naturel à satisfaire. Ne la voyant pas réapparaître, il s'inquiéta. Qu'elle aille au diable ! Se rendait-elle compte qu'elle ne lui facilitait pas la tâche ?

Et si elle avait fait une chute ? Peut-être était-elle blessée. Certes, elle se serait mise à crier, mais Jason partit tout de même à sa recherche. Il la trouva assise au bord de l'eau, la tête appuyée sur les genoux, les bras enroulés autour de ses jambes repliées. Elle semblait vulnérable et perdue. Et très triste.

Lorsqu'il s'agenouilla près d'elle, elle leva vivement la tête.

— Je ne t'ai pas entendu venir, déclara-t-elle en rangeant son pistolet dans sa poche.

— N'oublie pas que j'ai vécu parmi les Shawnees, répliqua-t-il avec nonchalance, avant de s'asseoir à son côté.

— Comment es-tu devenu l'un des leurs ? Leur frère de sang ?

— Il s'agit d'une cérémonie très solennelle.

Quand un étranger est jugé digne de faire partie de la tribu, il doit mêler son sang à celui d'un guerrier.

— William Harvey ne serait pas d'accord.

— Tu es vraiment un bas-bleu, plaisanta-t-il en écartant ses boucles de son visage pour mieux l'admirer au clair de lune. Ce n'est pas cet Anglais qui a découvert la circulation du sang, mais un Espagnol, cent ans plus tôt.

— Qui joue les bas-bleus, à présent ? fit-elle en frémissant à son contact.

— Il n'y a pas de mal, pour un homme, à être érudit, répondit-il en caressant une mèche de ses cheveux.

— Mais un homme ne devrait pas parler alors qu'il ferait mieux d'agir.

Sur ces mots, elle prit son visage entre ses mains et l'embrassa avec fougue.

Surpris par son ardeur, Jason tomba à la renverse dans la mousse, l'entraînant dans sa chute. D'un bras, il la plaqua contre son corps, tout en lui caressant les seins sous l'épaisse camisole de paysanne. Pour ne pas choquer Fox, ils s'étaient couchés tout habillés, n'ôtant que leurs bottes. Ils roulèrent dans l'herbe, fébriles et impatients d'arracher leurs effets. Jason la saisit par les cheveux pour l'embrasser avec avidité. Rachel déboutonna le pantalon de son mari tandis qu'il taquinait un sein laiteux. Dès que la main de la jeune femme se referma sur son membre gonflé, il gémit et s'efforça de soulever les jupons de la jeune femme.

Elle l'aida pour mieux s'offrir à lui. Le visage de Jason demeurait dans l'ombre. Il la fixa intensément en pénétrant d'un coup de reins ses replis humides. Aussitôt, elle se cambra et se mordit les lèvres pour ne pas crier de plaisir.

Leurs ébats furent silencieux, rapides, mais tendres. Ils montèrent ensemble vers l'extase dans un plaisir partagé. Désormais, ils savaient reconnaître chez l'autre les signes annonçant une délivrance imminente. Jason s'efforça de retarder cet instant, mais elle ne voulut rien savoir. Les jambes enroulées autour de sa taille, elle s'arqua. Ses contractions firent perdre tout contrôle à Jason.

Ils ne faisaient plus qu'un, unis dans la plus sensuelle des communions et des batailles. Rachel était désormais la chair de sa chair. Comment pouvait-il envisager de la quitter ? Il s'écroula sur elle, moite de sueur malgré la fraîcheur de la nuit. La serrant dans ses bras, il se jura de ne jamais la laisser.

— Au diable notre accord, murmura-t-il avant de sombrer dans le sommeil.

Rachel ne put saisir le sens de ces paroles, étouffées par la masse de ses cheveux. Elle le serra contre elle un long moment, savourant ce contact rassurant dont elle serait bientôt privée à jamais. Il leur restait encore une nuit. Les paupières lourdes, elle finit par s'assoupir à son tour.

Jason se réveilla avant l'aube. L'humidité et la fraîcheur de la rivière avaient pénétré ses vêtements. Heureusement, le tapis de mousse était confortable. Sa femme dormait blottie contre lui, de sorte qu'il la protégeait du froid. *Sa femme.* Cette notion lui était familière, désormais. Il se dégagea doucement de son étreinte. Rachel se réveilla dans un cri qu'il étouffa bien vite.

— Fox, lui rappela-t-il.

Tels deux conspirateurs, ils remirent de l'ordre dans leurs vêtements et ramassèrent le pistolet de la jeune femme, qui était tombé à terre durant leurs ébats. Ils regagnèrent le campement sur la pointe des pieds. L'enfant dormait à poings fermés.

— Le pauvre, il est épuisé, commenta Rachel en cherchant des victuailles dans une sacoche.

— Nous pourrions le laisser dormir, suggéra Jason en guettant sa réaction à cette proposition chargée de sous-entendus.

Au même moment, Fox remua et s'éveilla.

— Il est temps de repartir ? demanda-t-il en se frottant les yeux.

Le ciel commençait à se teinter de rose. Fox se leva et prit le pain et le fromage que lui tendait Rachel. Il dévora à belles dents. Les jeunes mariés avaient eux aussi un bon appétit.

Rachel considéra leurs provisions d'un air perplexe.

— Je crains que nous n'ayons pas de quoi tenir jusqu'à Bristol, déclara-t-elle.

— Dans ce cas, il suffit de faire une expédition punitive, n'est-ce pas, Jason ? lança Fox.

— Une expédition punitive ? répéta Rachel, effarée. Serait-ce encore une coutume des Shawnees ?

— Disons qu'il existe une certaine... rivalité entre les tribus, répliqua Jason en haussant les épaules.

— Chacune vole les chevaux des autres, compléta Fox. C'est un grand honneur, pour un guerrier, de rentrer au village avec les chevaux d'une tribu rivale.

— Au cas où cela vous aurait échappé, jeune homme, dit Rachel, nous sommes encore en Angleterre et il n'y a pas de tribus ennemies à détrousser. De plus, nous ne mangeons pas de viande de cheval.

Elle fut submergée de tristesse à l'idée de perdre non seulement l'homme qu'elle aimait, mais aussi cet enfant si attachant.

— Les Shawnees n'en mangent pas non plus, expliqua Jason. En fait, nous avons trop de chevaux. Je crois que nous devrions libérer les plus fatigués. Ils ne nous serviront plus à rien. Laissons-les brouter les terres du vicomte de Moreland. Le garde-chasse les retrouvera vite. Sinon, ils risquent de nous retarder.

Il observa Rachel. Allait-elle discuter sa décision ? Que voulait-elle vraiment ? Sa réponse ne l'éclaira guère.

— C'est une bonne idée, mais elle ne résout pas le problème des provisions.

— Eh bien, puisque le pillage est exclu, nous n'aurons qu'à en acheter à quelque fermier, intervint Fox.

S'ils n'avaient plus ni provisions ni montures, ce stupide projet d'évasion tomberait peut-être à l'eau… Rachel et Jason décideraient peut-être de rester mariés, finalement.

Soudain, un chien se mit à aboyer dans les collines.

— Ce doit être le garde-chasse de Moreland. Mieux vaut qu'il ne nous trouve pas ici, déclara Jason en sellant Araby.

Ses compagnons finirent de lever le camp. Jason libéra trois chevaux, qu'il chassa en direction des chiens. Le trio contourna le bois pendant une demi-heure, cherchant l'endroit idéal pour rejoindre la route. Non loin d'une clairière, Rachel fit signe aux autres de la suivre.

À peine était-elle partie au trot qu'une balle lui frôla la tête.

— Les voilà ! fit une voix furieuse. Maudits gitans ! Sales voleurs !

Un autre homme tira à son tour.

— Nous savons que vous avez volé ces chevaux chez des gens de qualité !

— Au galop, et vite ! ordonna Jason en fermant la marche. Nous n'avons pas le temps de leur expliquer qui nous sommes !

22

Ils galopèrent sur la route jalonnée d'ornières, Rachel en tête. Si l'un des chevaux venait à trébucher, ils étaient perdus. Mais Jason se fiait à la connaissance qu'avait sa femme de la région. Quant à Fox, il avait fait d'énormes progrès. Jason remercia en pensée le brave Bradley.

Il songea à tirer un ou deux coups de feu, mais se ravisa. Après tout, ces gardes-chasse ne faisaient que leur devoir. Ils pensaient avoir affaire à des voleurs de chevaux. Il regretta d'avoir relâché les trois autres montures. Heureusement, ils semblaient creuser l'écart avec les hommes de Moreland. Rachel et Fox s'engagèrent dans un large virage. Au moment de leur emboîter le pas, Jason sentit une douleur fulgurante lui transpercer la cuisse.

Serrant les dents, il se réjouit que la balle n'ait pas blessé Rachel ou Fox. Il fit volter Araby, déterminé à en découdre avec ses agresseurs, pour permettre à ses compagnons de s'échapper.

— Continuez ! leur ordonna-t-il en s'arrêtant sous un arbre. Je vous retrouverai au port !

Avant qu'il mette pied à terre, Rachel avait fait demi-tour, ainsi que Fox. Ils le suivirent à l'abri d'une haie.

— Allez-vous-en ! murmura-t-il furieusement. Je vais faire diversion.

— Même un féroce corsaire yankee n'est pas de taille à battre trois hommes armés, rétorqua-t-elle en apercevant leurs assaillants.

Fox observa les trois hommes qui arrivaient au galop.

— Je ne crois pas qu'ils nous aient vus, Jason…

— Surtout, pas un bruit, recommanda le comte. Peut-être aurait-il enfin de la chance au cours de cette mésaventure.

En effet, les gardes-chasse continuèrent leur route et disparurent.

— Jason, tu saignes ! s'exclama Fox en remarquant une tache écarlate qui grossissait.

— Montre-moi ta blessure, ordonna Rachel.

— Ce n'est rien. Ces types vont bientôt comprendre que nous les avons possédés. Ils vont faire demi-tour. Il faut partir au plus vite. Dans quelle direction, comtesse ?

Elle secoua la tête face à tant d'obstination.

— Nous devrions atteindre Chippenham en milieu d'après-midi… si tu ne te vides pas de ton sang d'ici là.

— Je vais tâcher de ne pas te faire ce sale coup. Cela dit, tu deviendrais alors une riche veuve, la taquina-t-il.

— Je ne t'ai pas épousé pour ton argent, répliqua-t-elle avec un sourire espiègle.

Fox les vit échanger un regard éloquent. Tandis qu'ils reprenaient la route, il se dit que les adultes avaient parfois un comportement irrationnel. Surtout quand ils étaient amoureux.

Rachel ne s'était pas trompée dans ses prévisions. À la tombée du jour, ils se trouvaient à l'ouest, proches de Bristol.

— Nous pourrions continuer et louer une chambre dans une auberge du port, proposa Jason en la fixant intensément.

Elle remarqua le feu qui brûlait dans son regard. Une fois de plus, elle s'interrogea sur les sentiments de son mari à son égard.

— Je pense qu'il serait plus sage d'établir un campement au bord de la route. Il faut que je soigne ta blessure avant d'aller plus loin. Si elle est aussi bénigne que tu le prétends, nous continuerons vers Bristol. Sinon, nous passerons la nuit sur place avant de repartir à l'aube... si tu en es capable.

Le navire lèverait-il l'ancre sans eux, s'ils n'arrivaient pas à temps ? Cette perspective ne l'effrayait nullement.

— Je suis parfaitement en état de monter à cheval, comtesse, répondit-il dans un murmure rauque qui évoquait d'autres activités. Mais, si cela peut te rassurer, je veux bien que tu soignes ma blessure pendant que Fox installera le campement.

— Tu es fort magnanime, railla Rachel. Cherchons un coin tranquille en dehors du sentier. J'avoue que je connais moins bien la région que dans l'Est.

Au bout d'un quart d'heure, Fox alluma un feu de camp. Rachel sortit ses instruments de sa sacoche, ainsi que divers bandages et mélanges d'herbes.

— Seigneur, tu es prête à soigner un bataillon !

En croisant son regard voilé, elle sut qu'ils ne se remettraient pas en route sans avoir fait l'amour. La gorge sèche, elle répliqua :

— Absolument. Depuis que je t'ai rencontré, on peut dire que je suis mise à contribution.

— Quand je pense que tu es à l'origine de la plupart de mes mésaventures ! fit-il en riant.

— Déshabille-toi, ordonna-t-elle.

Face à son air coquin, elle crut bon d'ajouter :

— Je dois nettoyer la plaie d'éventuels lambeaux de tissu.

Par chance, il ne pouvait la voir rougir à la nuit tombante.

Occupé à bouchonner les chevaux, Fox semblait ne pas se soucier de ce que faisaient les adultes. Rachel s'agenouilla à côté de son mari, qui s'était assis sur une couverture, près du feu. Les pans de sa chemise dissimulaient son intimité. Il tendit la jambe, révélant une vilaine plaie sur la cuisse.

— C'est superficiel. Tant mieux, commenta la jeune femme.

— Je te l'avais bien dit. Ce n'est qu'une égratignure, répondit-il en retenant son souffle tandis qu'elle appliquait un linge humide sur la blessure.

— Mais la plaie n'est pas belle, continua-t-elle. Mieux vaut que je fasse quelques points, si tu veux continuer à monter à cheval. Sinon, elle risque de ne pas se refermer.

— Alors vas-y, comtesse. Je vais devoir chevaucher… bientôt.

Sa voix était douce comme une caresse.

Rachel avait parfaitement compris ses sous-entendus. Elle enfila une aiguille en tremblant.

— Je devrais peut-être broder mes initiales sur ta peau de Yankee. Je passe mon temps à te recoudre, dit-elle d'un ton qu'elle voulait acerbe.

Il posa une main sur la sienne. Ses doigts longs et fins se refermèrent sur son poignet.

— Rachel, je porterai ta marque pour le reste de mes jours… ici, précisa-t-il en posant sa paume sur son cœur.

— Tu es vraiment grotesque ! Me faire un tel compliment, le pantalon baissé !

Elle sentait pourtant les battements de son pouls, la chaleur de son corps sous le fin tissu de la chemise. Soudain, elle eut envie de se retrouver peau contre peau, sans le moindre obstacle entre eux. Comme s'il lisait dans ses pensées, il glissa la main de la jeune femme sous sa chemise, vers la toison brune de sa poitrine.

Fox rompit le charme de cet instant. L'un des chevaux fit un écart, et l'enfant dut le ramener à la raison en tirant sur les rênes.

Sans un mot, Rachel se remit à l'œuvre pour recoudre la plaie. Quand elle eut terminé, elle badigeonna la blessure d'une pommade cicatrisante, avant de bander la cuisse avec soin.

— Reste près du feu, je vais aider Fox à s'occuper des chevaux.

— Non, prépare plutôt le repas. Je vais aider Fox, répondit-il.

Jason releva son pantalon et se rhabilla. Puis il rejoignit son frère adoptif en grimaçant de douleur.

— Pauvre imbécile de Yankee… fit Rachel avec tendresse, mais trop bas pour qu'il l'entende.

Il avait une résistance à toute épreuve. Jusqu'alors, il avait eu beaucoup de chance, après ces attentats dont il avait été victime. Que lui réservait l'avenir, sur les mers ? Cette pensée lui était intolérable. Pour se changer les idées, elle alla chercher le peu de provisions qu'il leur restait.

Une fois la nuit tombée, Fox dormait profondément. Rachel et Jason restèrent face à face, autour du feu. Sans un mot, il se leva et lui tendit la main. Elle la prit et se laissa porter dans ses bras, emportant une couverture, tandis qu'ils s'éloignaient du campement pour céder au feu de la passion.

Cette fois, ils se dévêtirent entièrement avant de s'envelopper dans l'épaisse couverture, plaqués l'un contre l'autre, alors que leurs baisers se faisaient de plus en plus fébriles. Jason se coucha sur le flanc, dans son dos, et la pénétra doucement tout en lui caressant les seins. Rachel dut se mordre les lèvres pour ne pas crier, émerveillée par ce plaisir qui lui était désormais indispensable.

Ils prirent leur temps pour monter ensemble jusqu'à l'extase, en murmurant des mots tendres. Puis ils trouvèrent la paix, la torpeur bienfaisante. Jason demeura lové contre elle, le visage enfoui dans sa chevelure éparse.

— Faut-il vraiment que nous allions à Bristol, comtesse ? chuchota-t-il enfin.

Rachel se retourna. Avait-elle bien entendu ?

— Qu'est-ce que tu… ? commença-t-elle en cherchant à lire son expression.

Il la fit taire d'une main.

— Chut. J'ai entendu quelque chose.

Il se rhabilla vivement tandis qu'elle rassemblait ses effets. Puis il se pencha pour poser sur elle la couverture.

— Attends-moi ici et ne bouge pas, tant que je ne t'aurai pas dit que la voie est libre.

Sur ces mots, il disparut dans la nuit.

Fulminant de colère, Rachel enfila sa robe. Pas question de rester impuissante pendant que Jason et Fox étaient en danger !

Jason contourna le feu de camp dont il ne subsistait que des braises. Fox était réveillé. Allongé sous sa couverture, il faisait mine de dormir. L'enfant avait l'ouïe fine. Ses pistolets étaient posés près de lui, prêts à tirer, comme Lafarge le lui avait enseigné. Le comte perçut alors un craquement suivi d'un juron, provenant de l'autre côté du campement. Il se réjouit de savoir Rachel en sécurité. Il imita le cri de la chouette. À ce signal, Fox repoussa la couverture et saisit ses armes. Au moment où il se précipitait vers son aîné, un coup de feu retentit, le manquant de peu.

— Suis-moi sans faire de bruit, murmura Jason en prenant l'un des pistolets.

D'une main, il sortit son couteau de sa botte.

— Tes armes se trouvent près du feu, chuchota l'enfant. Celles de Rachel aussi. Où est-elle ?

— À l'abri.

Jason entendait les intrus, sans doute des malfrats de la ville qui ne connaissaient rien à la nature. Encore des hommes de main à la solde de Forrestal, payés pour le tuer et enlever Rachel ?

— Voyons combien ils ont de chevaux.

— Ainsi, nous saurons combien nous avons d'adversaires, conclut l'enfant en suivant son héros.

Un petit homme malingre, visiblement issu des bas-fonds de la capitale, surveillait cinq chevaux. Jason fit signe à Fox de ne pas bouger, puis il se faufila derrière le malfaiteur et l'assomma d'un coup de crosse. L'homme s'écroula à terre.

— À mon signal, tu feras fuir les chevaux, puis tu iras te mettre à l'abri et tu attendras que je t'appelle. Ne tire que si tu es en danger. C'est compris ?

L'enfant hocha la tête, la mine grave. Le comte se dirigea vers les quatre autres malfaiteurs. Il ne lui restait qu'une balle et un couteau pour survivre. Avant d'adresser son signal à Fox, il devait tuer au moins un homme. Les trois autres se précipiteraient vers leurs chevaux, ce qui lui permettrait de les prendre en embuscade. Il frémit d'effroi. Il allait devoir compter sur la chance.

Il ne fallait surtout pas que Rachel soit capturée par ces hommes. Rachel, sa femme, son amour... Aurait-elle répondu à sa question s'ils n'avaient pas été interrompus ?

Il n'eut guère le loisir de s'attarder sur ses tourments. Caché derrière un tronc d'arbre, il se figea en entendant un bruit à sa droite. Un craquement de brindilles.

Jason brandit son arme.

Rachel gagna les alentours du campement et s'arrêta. Aucun signe de Jason ou de Fox. Où diable étaient-ils passés ? Les imbéciles. Elle savait tirer aussi bien qu'eux. Sans doute mieux, même. Elle voyait ses pistolets, près de ses sacoches. Elle s'en voulut de ne pas les avoir emportés avec elle. Hélas, dans la passion de l'instant...

Tant pis, songea-t-elle en s'élançant vers ses armes. Celles de Jason étaient là aussi. Il se passait quelque chose ! Elle perçut un bruissement de feuilles, derrière elle. Une grosse main se plaqua sur sa bouche, étouffant son cri.

Avant même d'entendre sa voix, elle reconnut l'odeur pestilentielle de Mace Bings. Après sa mésaventure dans les écuries, elle ne pouvait l'oublier.

— Te revoilà, ma belle... murmura-t-il.

Le coup de coude que la jeune femme lui assena dans les côtes lui coupa le souffle.

Elle se débattit de plus belle, mais les bras puissants du malfrat la maintenaient prisonnière. Un violent coup de poing dans la mâchoire la fit sombrer dans un trou noir. Sans tarder, Bings la porta sur son épaule en direction des chevaux.

Du moment qu'ils détenaient la fille, ils finiraient par avoir Beaumont, se dit-il. De plus, mieux valait filer, car le comte et l'enfant traînaient dans les parages. Il entendit un coup de feu, puis un bruit de lutte dans les fourrés. Murray ? Ou Percy, aux prises avec Beaumont. L'un d'eux devait être tombé.

Bings ne prit pas le temps de vérifier.

Par chance, Jason avait fait mouche. Le malfrat gisait à terre, immobile. Hélas, son complice était deux fois plus corpulent, et étonnamment agile pour un homme de son gabarit. Jason parvint à lui effleurer la gorge de sa lame, mais l'autre esquiva et évita d'être égorgé net. Il sortit à son tour un couteau.

Les deux hommes se battirent avec la férocité de deux soldats aguerris. Le brigand plaqua Jason contre un tronc d'arbre et faillit lui assener un coup de pied entre les jambes. Il était temps d'appeler du renfort. Jason poussa un cri.

Aussitôt, les chevaux se mirent à hennir et s'enfuirent dans toutes les directions. Le comte profita de la confusion pour frapper son adversaire, qui lâcha son couteau. Jason s'en empara. Le bandit se précipita sur lui et reçut la lame en plein cœur.

Jason se redressa. Où diable étaient passés les deux autres ?

Il demeura un instant immobile, guettant le moindre bruit de pas ou de sabots.

— On se retrouve chez Beckworth, les gars ! entendit-il.

Bings ! En se précipitant dans sa direction, il se souvint que Rachel avait évoqué Bristol, le soir de son agression dans les écuries, pensant que Bings était évanoui. Cette ordure était plus futée qu'il n'y paraissait.

Il se rendit compte que la voix de Bings provenait de l'endroit où leurs propres chevaux étaient attachés. Il siffla Araby. Un coup de feu retentit.

— Fox !

— Je l'ai eu, Jason ! cria l'enfant.

Jason entendit les hennissements affolés d'Araby qui tentait de se détacher, mêlés au bruit des sabots des deux autres montures. Jason courut avec l'énergie du désespoir.

Où se trouvait Rachel ? Araby surgit des fourrés. Jason l'enfourcha vivement et partit en direction de l'endroit où il avait laissé sa femme. Il ne restait que la couverture.

— Rachel ! cria-t-il en faisant volter son cheval pour suivre deux chevaux qui galopaient sur la colline.

Fox sortit des sous-bois.

— Mace Bings a enlevé Rachel, annonça Jason. Recharge tes deux pistolets et attends-moi ici.

— Jason, regarde ! Araby…

Le comte avisa un filet de sang sur l'encolure de sa monture.

— Ce salaud a dû essayer de l'égorger pour partir avec les deux autres, grommela-t-il.

Le cheval frémissait de douleur. Il comprit qu'il ne pourrait poursuivre Bings et Rachel.

— Qu'allons-nous faire ? s'enquit Fox, la voix brisée.

— Recharge tes pistolets. Nous allons devoir rattraper deux des chevaux que tu as libérés.

— Mais comment retrouver Rachel ? insista Fox en ravalant ses larmes.

— Mace est à la solde de Forrestal, qui veut ma mort. Voilà pourquoi il nous a presque invités chez ce Beckworth.

— C'est un piège, tu crois ? s'enquit Fox, visiblement rassuré. Alors, nous allons la sauver. Si Forrestal veut l'épouser, il ne lui fera aucun mal.

Jason hocha la tête, tout en espérant que Bings ne la toucherait pas... Sinon, il allait découvrir le sort que les Shawnees réservaient à leurs ennemis mortels.

— Alors, mon vieux ? Vous vouliez respirer l'air pur de la Méditerranée ? Vous croyiez qu'il vous suffisait de vous évaporer dans la nature pour faire oublier cette tentative d'enlèvement ?

Drummond posa un regard méprisant sur Frederick Forrestal. Il était assis sur une chaise, dans une modeste auberge de Gravesend.

Forrestal plissa les yeux.

— Vous n'avez aucun droit de menacer un homme de rang supérieur !

Drummond fit mine de balayer la pièce du regard.

— Je ne vois personne qui me soit supérieur...

— Un jour, je serai duc d'Etherington. Et vous n'êtes que le fils d'un vulgaire baronnet de province, gronda Forrestal avec mépris.

— J'en doute. Votre père est en train de faire en sorte que vous perdiez tout droit à la succession. Il vous a déjà privé de sa fortune. Moi, je demeurerai dans la noblesse et vous ne serez plus rien. Au fait, sachez que mon père est baron, et non baronnet.

Le visage crispé par la fureur, Forrestal voulut bondir sur Drummond, qui réagit aussitôt en posant la pointe de son épée sur le menton de son adversaire. Un filet de sang se mit à couler de la blessure.

— À présent, ça suffit ! Asseyez-vous. Le shérif ne va pas tarder. J'espère qu'il ne sera pas en retard. Je déteste me priver de mon thé, le matin. Cela me met de mauvaise humeur.

Il se garda d'ajouter qu'il avait une autre affaire à régler au chantier naval voisin.

Jason et Fox découvrirent les chevaux en train de brouter dans le pré, de l'autre côté de la rivière. Ils se mirent en route, armés jusqu'aux dents. Fox avait même pensé à prendre le petit couteau de Rachel dans sa sacoche, ainsi que des munitions supplémentaires.

Arrivés dans les faubourgs de Bristol, ils apprirent que Beckworth était un entrepôt en ruine, sur les quais. Le bâtiment venait d'être vendu. Dans les rues, une odeur de poisson et de bois moisi se mêlait à celle de la fumée qui jaillissait de toutes les cheminées.

Ils parcoururent les ruelles boueuses sous une légère pluie. Le brouillard enveloppait les maisons, et les pavés humides étaient glissants. Les tavernes des quais ne semblaient guère fréquentables. Un vieux marin surgit de l'une d'elles, faisant claquer sa jambe de bois à un rythme irrégulier.

— Connaissez-vous l'entrepôt de Beckworth ? lui demanda Jason.

Le vieil homme plissa les yeux, étonné par l'accent de son interlocuteur aux allures de gitan.

— Pourquoi ? grommela-t-il en crachant sur les pavés.

— Je suis matelot sur le *Seasprite*. Jason Beaumont. Et voici notre mousse, Cam Barlow. Notre ami Ruben Fairchild devait nous rejoindre au Mermaid, fit-il en désignant une taverne. Mais il a été enrôlé de force. On nous a dit qu'il se trouvait dans un entrepôt désaffecté du coin. Vous le connaissez ?

— Vous avez une façon bizarre de vous exprimer. Vous seriez pas des douanes, des fois ?

Jason se mit à rire.

— Croyez-moi, nous n'avons aucune envie de nous frotter à ces gens-là ! Mais nous devons libérer notre ami.

Il sortit une pièce de monnaie, qu'il fit scintiller dans le peu de lumière qui émanait de la taverne.

Le marin parut se détendre.

— Feriez mieux d'être prudents. Ici, ce genre de problème est aussi fréquent que les cafards. Je vais vous conduire à l'entrepôt, proposa-t-il en louchant sur la pièce de monnaie.

Jason la lui lança.

— Dans ce cas, vous nous rendrez peut-être un autre service, et je vous remettrai une bourse pleine de pièces.

Rachel se tortillait pour tenter de se libérer de ses entraves, en vain. Ses chevilles étaient attachées aux pieds de son siège. Elle ne pouvait même pas mordre les cordes qui immobilisaient ses poignets car son ravisseur l'avait bâillonnée, de sorte qu'elle parvenait tout juste à respirer.

Elle était seule, dans le noir. Un rai de lumière filtrait sous la porte donnant dans la pièce voisine.

Jamais elle n'avait eu aussi peur, non seulement pour elle-même, mais pour son mari et son jeune frère qui risquaient de tomber dans le piège qui leur était tendu.

Heureusement, Bings semblait avoir une bonne raison de ne pas la tuer. Elle s'était demandé qui avait pu le payer pour l'enlever. Forrestal, sans doute.

Comme elle se méprenait…

23

Jason expliqua au vieux marin ce qu'il attendait de lui, tandis qu'ils longeaient un quai désert en direction d'un vaste bâtiment de deux étages. Ils se séparèrent devant l'entrée. Jason et Fox contournèrent l'entrepôt.

— Tu crois qu'on peut lui faire confiance ? s'enquit l'enfant.

— L'appât du gain, Fox. Il veut cet argent. Je suis sûr qu'il va obéir, répliqua Jason en inspectant la hauteur du bâtiment.

— Comment monter là-haut ?

— Bonne question.

Ils s'approchèrent à pas de loup, dans le brouillard, et trouvèrent une gouttière rouillée qui paraissait assez solide pour supporter le poids de Jason. Ensuite, ils attendirent qu'une rixe éclate dans la rue voisine.

— Notre unijambiste est en train de mériter sa récompense, commenta Jason en grimpant sur le tuyau.

Sa cuisse blessée le faisait souffrir, mais il ignora la douleur. Fox le suivit. Arrivé en haut, Jason se pencha vers le rebord de la fenêtre. Il n'était pas très solide, mais Fox était léger. Le comte l'aida à grimper. Agile, l'enfant parvint à ouvrir la fenêtre sans encombre. Il entra.

Le bruit de la rixe couvrit le grincement de la fenêtre et la voix de Fox.

— Ce n'est qu'un couloir vide, Jason. Peux-tu sauter, maintenant que la fenêtre est ouverte ?

— Je n'ai pas le choix, répondit-il en s'efforçant de ne pas baisser les yeux vers la rue.

Il lâcha la gouttière pour s'élancer dans le vide. Il ne parvint à s'accrocher que d'un bras, mais retrouva vite son équilibre et se hissa dans le bâtiment avec l'aide de Fox. Sa jambe lui faisait de plus en plus mal.

Sortant leurs pistolets, ils se mirent à longer le couloir sombre. Jason ouvrit chaque porte avec précaution. Les deux premières pièces étaient vides. Dans la troisième, il entendit un son étouffé, dans un coin. Il fit signe à Fox de se taire et se dirigea vers la silhouette.

Très vite, il reconnut son parfum. Rachel ! À tâtons, il trouva ses cheveux hirsutes, puis son bâillon.

— Fox, ferme la porte ! souffla-t-il.

Elle était vivante ! Pourvu qu'ils ne lui aient fait aucun mal ! Il sortit son couteau, se retenant à grand-peine de la couvrir de baisers.

Aussitôt, elle cessa de se débattre.

— Chut, mon amour, souffla-t-il à mesure que ses yeux s'accoutumaient à l'obscurité.

Il la débarrassa de son bâillon.

— Jason, c'est un piège, prévint-elle d'une voix rauque.

— Je sais.

Il coupa les cordes qui l'entravaient et meurtrissaient sa peau.

— J'entends quelqu'un dans l'escalier ! dit Fox.

— Donne-moi un pistolet, ordonna Rachel en se levant.

Jason lui tendit un Clark.

— Combien d'hommes a Forrestal en dehors de Bings ? demanda Jason.

— Quatre. Mais Forrestal n'a rien à voir dans cette affaire...

La porte s'ouvrit. Le visage de Garnet Dalbert était éclairé par une chandelle. Dès qu'elle franchit le seuil, son sourire cruel disparut.

— Comment avez-vous... ?

Avant qu'elle puisse terminer sa phrase, Rachel bondit avec la souplesse d'un félin. D'un geste précis, elle assomma Garnet d'un coup de crosse sur la tête. Jason s'empara de sa chandelle juste avant qu'elle ne s'écroule sur le plancher poussiéreux.

— Elle a pris un plaisir sadique à me raconter comment ils allaient me noyer dans le port. Elle a resserré mon bâillon jusqu'à me faire suffoquer. Cette femme est complètement folle ! C'étaient elle et son fils qui cherchaient à te tuer, Jason, pas Forrestal !

— Les explications devront attendre, murmura-t-il en la faisant taire d'un baiser. D'abord, sortons d'ici.

Ils quittèrent la pièce en laissant la chandelle près du corps inerte de Garnet Dalbert. À peine arrivés au rez-de-chaussée, ils reconnurent la voix d'Elyn.

— Retournez à vos postes, bande d'imbéciles ! Ce ne sont que quelques ivrognes en train d'en découdre. Il ne faut pas qu'ils aperçoivent la moindre lumière, sinon ils risquent d'ameuter les gardes.

— Patron, intervint Mace en se frottant le menton, je me demande ce qui les a poussés à venir jusqu'ici. On est bien loin des tavernes. Laissez-moi jeter un coup d'œil.

— Surtout, n'attire pas l'attention. Reste à l'intérieur et guette l'arrivée de Beaumont et de l'enfant, ordonna Simmons en tournant les talons. Je vais inspecter les alentours de l'entrepôt. Ensuite, j'irai voir ce que ma mère fabrique avec notre appât.

Il fit signe aux trois hommes de main de regagner leur poste aux issues du bâtiment.

Tandis que les autres s'éparpillaient, Mace jeta un coup d'œil en direction de l'escalier branlant. Décelant un mouvement, il crut d'abord qu'il s'agissait de la vieille carne qui redescendait. Mais la personne qui se mouvait dans l'escalier était bien trop furtive.

Malgré les ordres d'Elyn, il cria :

— Qui va là ?

Sortant son pistolet, il se précipita et visa une silhouette qui se glissait derrière une pile de cageots. Un complice de Mace surgit de l'autre côté, arme au poing.

Fox tira sur le malfrat le plus proche de lui. Rachel prit Mace pour cible, brûlant de se venger du mal qu'il lui avait fait. Fox atteignit son objectif, mais la jeune femme fut prise de court par la vivacité de Mace, qui plongea pour se mettre à l'abri en poussant un juron. Il était blessé à l'épaule.

Profitant de la confusion, Jason sauta par-dessus la rampe et tira sur un autre malfrat qui fut frappé en pleine poitrine.

— Restez à l'abri et couvrez-moi ! cria-t-il à sa femme et son frère.

Son adversaire le plus redoutable était Elyn Simmons, qui semblait avoir disparu dans la pénombre de l'entrepôt.

Se mouvant en silence parmi les caisses, il chercha le fils de Garnet, se demandant si son cousin

Roger était complice de cette monstrueuse conspiration. Il ne vit Bings que lorsqu'il sentit l'odeur de son sang. Il pivota sur lui-même pour affronter le couteau du colosse. Mais Rachel tira.

Cette fois, elle fit mouche.

Le dernier malfrat, qui cherchait désespérément à échapper au trio, bondit vers la porte. À peine l'avait-il ouverte que Fox fit feu. L'homme s'écroula en hurlant de douleur. La balle lui avait fait exploser le genou droit.

Rachel scruta la pénombre, cherchant son mari qui venait de partir sur la piste d'Elyn dans les entrailles de l'entrepôt. Elle descendit les marches à pas de loup, Fox à son côté. Ils rechargèrent leurs armes. En entendant un bruit métallique, elle comprit que son mari avait repéré sa proie.

— Surveillez celui-là, ordonna-t-elle à Fox qui visait le malfrat couché à terre.

Pistolet au poing, un autre glissé dans sa ceinture, elle avança.

Jason était plus grand qu'Elyn, qui avait toutefois l'avantage d'utiliser la lame de sa canne-épée, alors que son époux n'avait qu'un couteau. Le combat était inégal. Elle voulut tirer sur Simmons. Hélas, les deux hommes ne cessaient de se déplacer et il faisait sombre. Elle redoutait de blesser Jason ou de le distraire.

— C'est une arme grossière qui sied parfaitement à un ancien pirate, fit Simmons tandis que Jason esquivait un coup visant sa gorge.

— Je préférerais un vrai couteau de pirate, mais je me contenterai de te scalper à la mode des Shawnees.

Du coin de l'œil, Jason avisa Rachel qui s'efforçait de viser Simmons. Elle était assez raisonnable pour évaluer le danger. Il prit donc l'offensive et toucha son adversaire, puis recula vivement pour éviter la lame tranchante. La tactique était difficile à appliquer mais pas impossible. Si seulement sa maudite plaie à la cuisse ne s'était pas rouverte !

Rachel cherchait désespérément un moyen de venir en aide à son mari. Elle scruta le sol jonché de caisses et de débris divers. D'une poutre pendait une corde, munie d'un crochet. Elle s'en approcha sans se faire remarquer.

La corde pendait à plus de deux mètres au-dessus de sa tête. Comment l'atteindre ? Elle empila trois caisses qui lui servirent de perchoir. Puis elle tira d'un coup sec. La corde céda. Avec la souplesse d'un félin, elle retourna près des deux hommes, crochet en main.

Jason avait blessé superficiellement Elyn, mais sa propre blessure à la cuisse saignait abondamment. Il va se fatiguer, songea la jeune femme en s'approchant encore. Simmons parvint à faire tomber le couteau de Jason. Celui-ci pivota et évita le coup fatal, mais la lame lacéra sa chemise.

Obligé de prendre appui sur sa jambe blessée, il trébucha. Rachel le vit lutter pour repousser son adversaire.

— Je te tiens, maintenant, gronda Elyn, les dents serrées.

Tiens bon, mon amour ! songea Rachel en se glissant derrière Simmons.

D'un geste précis, elle enfonça le crochet dans la gorge de son ennemi.

L'épée tomba à terre. Elyn porta les mains à sa gorge ouverte, posant un regard meurtrier sur la jeune femme. Puis il s'écroula.

Sans un regard pour sa victime, Rachel se précipita vers son mari, qui tentait de se relever.

— Tu t'es montrée si habile avec ce crochet que je songe à t'emmener en mer avec moi, en tant que corsaire, fit-il avec un sourire.

— Tu as perdu beaucoup de sang. Viens. Il faut te soigner.

Il prit appui sur elle.

— Merci de m'avoir sauvé la vie, Jason, déclara-t-elle gravement.

— Rachel, juste avant que Mace et sa bande ne viennent nous déranger, je t'ai posé une question…

— Et j'ai eu du mal à répondre avec une main sur la bouche, rétorqua-t-elle d'un ton léger.

La voix de Fox les interrompit :

— J'en ai eu deux, Lafarge !

Le maître d'armes franchit le seuil de l'entrepôt et évalua la situation. Puis, sous le regard effaré de Rachel et Jason, il brandit son arme et visa Fox. Seigneur ! Il était à la solde de Garnet et Elyn ! L'enfant demeura pétrifié. La balle le frôla… et atteignit sa véritable cible.

Couteau en main, Garnet Dalbert bascula à la renverse dans l'escalier et s'écroula comme une masse. Aussitôt, une flaque de sang se forma autour d'elle.

Le maître d'armes se précipita vers l'enfant et l'étreignit.

— Mon petit, combien de fois vous ai-je expliqué qu'il ne fallait jamais crier victoire avant d'avoir enterré tous vos ennemis ! Vous auriez pu vous faire trancher la gorge.

Fox hocha la tête.

Le marquis apparut à son tour, essoufflé. Plusieurs gardes lui emboîtèrent le pas et prirent en charge le prisonnier et les morts.

— Comment nous avez-vous retrouvés ? s'enquit Jason sans dissimuler son étonnement.

— Tu dois une fière chandelle à ton ami Drummond, répondit le marquis. C'est lui qui m'a fait parvenir un message de Gravesend, me disant que Forrestal était un vaurien mais pas un assassin. Il m'a également informé qu'il était dangereux de te laisser sillonner la campagne en direction de Bristol, alors que la femme de cet imbécile de Dalbert et son fils avaient mystérieusement disparu.

— Ils comptaient nous tuer tous les deux pour que Roger hérite de tout, intervint Rachel.

— Mais Roger ne voulait pas de ces titres, protesta Jason, perplexe.

— Ton cousin ignorait tout des machinations de sa femme et de son beau-fils. Le pire, c'est que Garnet se moquait elle aussi de ces titres de noblesse, puisque Roger ne pouvait les transmettre à Elyn. Elle m'a tout avoué, expliqua Rachel. Ce qu'ils voulaient, c'était l'argent du marquis.

— Ils en avaient grand besoin pour sauver leur entreprise, renchérit Cargrave, qui tenait l'information de Drummond.

— Drummond a toujours eu des soupçons à propos des Dalbert, mais je trouvais cette idée ridicule car je n'imaginais pas Roger en assassin, dit Jason. Forrestal était plus crédible dans ce rôle. Comment imaginer que l'entreprise des Simmons était en difficulté ?

— Eh bien, nous pouvons nous féliciter du cynisme de ton ami, conclut le marquis. Ce jeune homme est peut-être un dandy, voire un excentrique, mais je le tiens en haute estime depuis quelques jours.

— Pourtant, Garnet a sauvé la vie de Jason lorsqu'il a avalé de la digitaline, commenta Fox, troublé.

— Elle m'a tout expliqué, répliqua Rachel. Elle nous avait dit que son père souffrait du cœur et qu'elle l'avait soigné. Elle savait tout de ce médicament. Comme la dose n'était pas mortelle, elle pouvait provoquer une paralysie ou des lésions du cerveau. Dans ce cas, ses hommes de main n'auraient plus eu l'occasion d'éliminer Jason aussi facilement.

— Je n'ai pas bu assez de punch. Elle ne pouvait prévoir que Roger renverserait mon verre.

— Elle a utilisé la digitaline pour tuer son propre père, reprit Rachel avec un frisson. Il avait découvert les malversations d'Elyn.

— Cette femme était complètement folle, soupira Jason. Pauvre Roger. Quel choc ce sera pour lui !

— Dans ce cas, nous ne lui dirons rien, suggéra Rachel, à la stupeur générale. À quoi bon faire souffrir ce pauvre homme ? Nous n'avons qu'à tout imputer à Elyn, en prétendant que Garnet cherchait à l'empêcher d'agir. Elle sera morte par accident, tuée par les complices de son fils.

— Comtesse, tu es merveilleuse, déclara Jason avec un sourire plein de tendresse.

Tandis que les gardes emportaient les cadavres, Fox murmura quelques mots à l'oreille du marquis, qui éclata de rire.

— Mais non, mon garçon. Tu oublies que nous sommes en Angleterre.

— Pas de scalps ! gronda Jason, devinant la requête de son frère.

Tous s'esclaffèrent, même Lafarge. Puis Cargrave se tourna vers Jason.

— Puis-je te dire deux mots en particulier ? s'enquit-il, la mine grave.

Jason suivit son grand-père dehors. Le vieil homme afficha un sourire empli de nostalgie.

— J'ai toujours obtenu ce que je désirais, commença-t-il. J'ai toujours joué gagnant. Même si je dois tricher de temps en temps, je sais... Je voulais que tu sois mon héritier et que tu épouses la fille de Harleigh. Mais cette fois, mes manigances ont failli vous coûter la vie à tous les deux, sans parler du petit. Je suis allé trop loin. À présent, j'entends me racheter. Il est encore temps pour Fox et toi de partir pour l'Amérique. Je ne t'en empêcherai pas. La décision t'appartient. Ainsi qu'à Rachel, peut-être. Je vous demande simplement de ne pas juger trop sévèrement le vieux tyran que je suis.

Sur ces mots, il étreignit son petit-fils, qui n'en revenait pas, et s'éloigna d'un pas lent.

— Grand-père, attendez !

Le vieil homme se retourna.

— J'ai entendu un tas d'histoires sur vous et grand-mère. Que vous étiez le couple le plus amoureux du monde.

Cargrave hocha la tête. Il avait les yeux embués de larmes.

— Oui, en effet, mon garçon...

— Et vous vouliez que je connaisse le même bonheur auprès de Rachel. Fox me l'a dit, mais j'étais trop stupide pour m'en rendre compte.

— Et moi, j'étais trop têtu pour te l'expliquer clairement. Dès que j'ai vu Rachel, avec son courage, son caractère, j'ai su qu'elle était pour toi.

— Il semblerait que le vicomte et vous soyez plus avisés que vos descendants, avoua Jason, penaud.

— C'est normal, à notre âge ! tonna le marquis, redevenant lui-même.

Jason l'étreignit.

— Je crois que, avec le temps, je finirai par en convaincre ma femme.

Ils se rendirent tous dans la voiture du marquis vers un quartier plus fréquentable de la ville, et s'installèrent dans une auberge confortable. Rachel pria la femme de l'aubergiste de lui fournir eau chaude et pansements, puis recousit la plaie de Jason au coin du feu. La salle était déserte, à cette heure tardive.

Quand le comte se fut rhabillé, Cargrave, Fox et Lafarge vinrent s'enquérir de son état de santé. Ils souhaitèrent bonne nuit au couple avant de prendre congé. Jason et Rachel s'attardèrent dans la salle.

— Tu n'as toujours pas répondu à ma question, déclara-t-il en l'observant, plein d'espoir.

Depuis qu'ils avaient quitté l'entrepôt, Rachel n'avait pas dit grand-chose.

— Je sais que Fox et toi pouvez retourner en Amérique, si c'est ce que tu souhaites, répliqua-t-elle. Et je le comprendrais car… (Elle ravala ses larmes.) Je me suis montrée aussi calculatrice que ton grand-père.

— Tu fais allusion au fait d'avoir voulu consommer notre mariage ? s'enquit-il en réprimant un sourire.

— Il y a autre chose. Ton grand-père n'a jamais eu l'intention d'adopter Fox. Il aime beaucoup cet enfant. Je l'ai entendu vanter son intelligence auprès de mon père. Il projette de lui faire effectuer de brillantes études et souhaite faire de lui un vrai gentleman. Mais rien de plus. J'ai menti.

— Et ton corps a menti, lui, quand tu es venue me retrouver dans ma chambre le soir de nos noces ? Pour une femme qui ne voulait que consommer son mariage, il me semble que tu es allée bien au-delà du strict nécessaire. Si j'en juge par tes réactions spontanées, que ce soit lors de notre nuit de noces ou à Falconridge et sur la route de Bristol… Une seule fois suffisait pour que tu perdes ta virginité, comtesse.

Ce monstre d'arrogance lui souriait, triomphant.

Elle ne put s'empêcher de se jeter dans ses bras et de l'embrasser pour effacer son air satisfait, les doigts enfouis dans ses cheveux.

— Je suis décidément un pauvre Yankee bien malheureux, fit-il entre deux baisers. Je me retrouve avec un petit frère indien, un grand-père calculateur et une femme passionnée. Il est de mon devoir de demeurer en Angleterre pour arranger tout cela.

— Vraiment, monsieur le comte ? Est-ce là votre intention ? demanda Rachel en resserrant son étreinte.

— Commençons par un compromis. Falconridge, Harleigh et, finalement, toutes les terres de Cargrave seront à ta charge, comme tu le souhaitais. Tu pourras labourer la terre à ta guise, mais je veillerai à labourer autre chose…

Rachel se mit à rire de bonheur.

— C'est un excellent accord, mais, même pour un Yankee, tu es terriblement vulgaire.

— Tu ne t'en plaindras pas, je te le garantis, conclut-il en l'embrassant encore.

Épilogue

La neige tombait à gros flocons sur les collines de Falconridge. Noël approchait à grands pas. Ce serait le premier qu'ils célébreraient ensemble, et dans des conditions très particulières. Toute la famille de Jason était venue d'Amérique pour un long séjour. Drummond avait accepté de se priver des plaisirs de la ville pour s'enterrer à la campagne avec ses amis. Fox venait de terminer son premier trimestre à Harrow, avec d'excellents résultats. Le marquis avait décidé de rompre des années de tradition et de venir à Falconridge pour les fêtes. Hugh, ses deux autres filles et leurs familles seraient également de la partie. Même Roger avait accepté, malgré son deuil, de se joindre aux autres.

— Cette maison va se transformer en fourmilière dès que tout le monde sera réveillé, déclara Jason à son épouse en s'appuyant sur un avant-bras.

Il plongea dans le regard pétillant de la jeune femme. Toute cette agitation ne semblait guère le déranger.

— J'ai hâte de voir le visage de Fox lorsqu'il ouvrira le paquet que mama Beaumont lui a apporté de la part de ses cousins shawnees, murmura-t-elle.

— Oui, j'attends le matin de Noël avec impatience. Mais, pour aujourd'hui, j'avais d'autres idées en tête…

Sa main glissa vers la hanche voluptueuse de Rachel.

— Tu commences à t'arrondir, comtesse. Ce doit être à cause des festivités, murmura-t-il en déposant un chapelet de baisers sur sa peau nacrée.

— Justement, Jason. J'ai quelque chose à te dire…

Elle ne put réprimer un gémissement de plaisir en sentant la langue de son mari s'aventurer plus bas, vers les replis humides de sa féminité. Elle se cambra, prenant sa tête entre ses mains pour le guider.

— Écoute, je dois te dire…

— Plus tard, mon amour, souffla Jason en s'emparant de ses lèvres pour l'embrasser avec fougue.

Rachel céda et l'attira sur son corps. Il embrassa ses paupières, ses joues, la courbe de son oreille, puis ses seins. En sentant les mamelons se dresser, il s'écarta. Les mains de Rachel explorèrent la toison brune de sa poitrine.

Il roula sur le dos en l'entraînant avec lui. D'une main, il la tenait par la nuque ; de l'autre, il lui caressait le dos avec volupté.

— Ton corps est lisse et ferme, dit-il en s'attardant sur une fesse.

— C'est normal, je monte beaucoup à cheval, chuchota-t-elle en ondulant sensuellement sous ses caresses.

— J'ai pourtant l'impression que tu ne chevauches plus guère, ces derniers temps, répondit-il avec un sourire.

Elle l'embrassa et glissa le bout de la langue dans sa fossette. Elle le trouvait irrésistible avec ses joues mal rasées, ses cheveux en bataille, ses yeux bleus et pétillants. Elle l'aimait de toute son âme. Elle sentait contre son ventre l'intensité vibrante de son désir. S'écartant de lui, elle prit son membre dans sa main et se livra à un va-et-vient sensuel qui fit perler une goutte de semence en son sommet.

Très lentement, elle s'humecta les lèvres. Jason l'observait, les yeux mi-clos. Soudain, du bout de la langue, elle s'empara de cette première goutte. Il ne put réprimer un cri. Dès qu'elle le prit en elle, il se mit à trembler de tous ses membres.

N'y tenant plus, il fit rouler Rachel sur le dos et lui écarta les cuisses pour goûter à son tour sa saveur. Elle était ruisselante de désir. Il songea furtivement à la soirée qu'ils avaient passée dans la baignoire, la veille. Très vite, il s'empara de son bouton de rose.

Pantelante, elle monta peu à peu vers l'extase. Au tout dernier moment, au prix d'un effort surhumain, elle le repoussa.

— Le moment est venu de labourer, souffla-t-elle.

Haletant, il la saisit par les hanches et la pénétra d'un coup de reins vigoureux. Rachel ne se lassait pas de la beauté de son Yankee.

Leurs corps se mouvaient à l'unisson, dans une harmonie parfaite. Ils évoluaient tels des danseurs, devinant les intentions de l'autre. Ils prolongèrent le plaisir autant qu'ils purent, avant de se laisser emporter par le tourbillon de l'extase.

Enfin il s'écroula sur elle, repu et haletant, et ils demeurèrent longuement enlacés.

Jason leva la tête et sourit à la jeune femme.

— Tu avais quelque chose à me dire, il me semble, avant que je… détourne la conversation. Tu te rappelles de quoi il s'agissait ?

— En fait, oui, répondit-elle. Tu as remarqué que je ne faisais plus de cheval, depuis quelque temps…

— Je te croyais trop occupée avec nos invités, fit-il, soudain inquiet. Rachel, tu n'es pas malade au moins ?

Elle posa un index sur ses lèvres, ivre de bonheur.

— Je ne me suis jamais sentie aussi bien. Mais je préférais en être certaine, avant de t'annoncer que tu seras père à la fin du printemps.

Jason s'écarta d'elle un instant, puis la reprit dans ses bras comme si elle était une fragile porcelaine.

— J'aurais dû te laisser parler, au lieu de me jeter sur toi comme un loup affamé ! J'espère que ma brutalité n'est pas nocive pour… enfin…

Elle éclata d'un rire cristallin.

— Je suis enceinte, mon amour, pas invalide. Ma mère et mes deux grands-mères ont enfanté sans la moindre difficulté. Je suis robuste et j'aime l'exercice. Il n'y a aucune raison pour que je cesse mes activités. Et je tiens à ce que tu assures ton rôle comme avant.

Jason s'esclaffa.

— Tu sais bien que les Américains sont des bourreaux de travail. Pas question de ralentir la cadence. Je ferai ainsi connaissance avec notre enfant avant qu'il ou elle ne vienne au monde.

— Je ne te l'ai pas dit après notre retour de Bristol, reprit-elle en lui caressant la joue, mais…

— Mais quoi ?

— Quand j'ai eu peur de te perdre à jamais, je ne suis pas venue à toi uniquement pour le plaisir. J'espérais que tu me donnerais un enfant.

— Nous avons été stupides par orgueil, admit-il en l'embrassant. Moi, je redoutais que cela ne se produise et que je ne sois pas là pour assumer mes responsabilités. J'ai échafaudé toutes sortes de plans pour que Drummond me tienne informé. En vérité, j'avais envie de rester auprès de toi.

— Cela signifie que tu ne serais pas parti ?

— Jamais je ne serais parti, assura-t-il. Je n'aime que toi, comtesse.

— Moi aussi, je t'aimerai toujours, Jason Beaumont. Que tu sois comte, marquis ou corsaire yankee…

Découvrez les prochaines nouveautés de la collection

Aventures et Passions

Le 1er février

Au cœur des montagnes

de Susan King (n° 7529)

Écosse, XIXe siècle. Catriona, fille du pasteur, aime parcourir les montagnes, rencontrer les gens et récolter des chansons. Un soir de brume, elle découvre un homme inconscient au pied d'une paroi. Elle l'emmène et le soigne du mieux qu'elle peut, ignorant que cet homme n'est autre qu'Evan Mackenzie, fils du comte propriétaire de ces terres. Autant dire l'ennemi de la population !

Le 9 février

Ennemis à jamais ?

de Jo Beverley (n° 7530)

Genova s'apprête à fêter Noël en compagnie de deux vieilles filles, Thalia et Calliope. En route vers le domaine des Rothgar, elles rencontrent près d'un fiacre accidenté une jeune femme et son fils. La mère leur demande de prendre soin de son enfant, puis elle disparaît. Arrive alors le marquis d'Ashart, le soi-disant père, qui nie être lié de quelque manière que ce soit à l'enfant et refuse de le prendre !

Le 16 février

Le Dragon Noir

de Penelope Williamson (n° 4850)

Angleterre, XIIe siècle. Les Normands s'abattent sur le pays de Galles, qu'ils dévastent. À leur tête, le plus sauvage d'entre tous, Robert le Bâtard dit le Dragon Noir. Ce chevalier sans terre a jeté son dévolu sur Rhuddlan, un fief appartenant au seigneur de Gwynedd. Cet homme, Arianna le hait. Pour l'instant, ligotée et bâillonnée au fond de la tente du conquérant, elle est réduite à l'impuissance. Soudain, la porte de la tente s'ouvre et le Dragon Noir se dresse devant elle...

Le 24 février

Le naufragé de la passion

de Shari Anton (n° 7531)

Angleterre, XVIIe siècle. Leah, confuse, rentre chez elle. Partir avec cet homme en France, quelle erreur ! Mais un terrible orage éclate et le navire qui la ramène en Cornouailles fait naufrage. Heureusement, aidée d'un inconnu, la jeune femme trouve une place à bord d'un canot de sauvetage. Cet étranger, Geoffrey, est blessé et amnésique suite à un choc violent. Leah décide alors de le ramener chez son père afin de le soigner et... de le faire passer pour son mari !

Ce mois-ci, retrouvez également les titres de la collection

Amour et Destin

Des histoires d'amour riches en émotions déclinées en trois genres :

Intrigue ***Romance d'aujourd'hui*** ***Comédie***

Le 3 janvier *Romance d'aujourd'hui*

Blue Bayou–1 : Retrouvailles en Louisiane

de JoAnn Ross (n° 7404)

À la suite de son divorce et de la mort de son ex-mari, Danielle Dupree revient dans sa ville natale avec son fils afin de tout recommencer de zéro. Le destin s'acharne sur Danielle, qui apprend que son premier et unique amour, Jack Callahan, est lui aussi de retour dans la petite ville de Louisiane. Une seule rencontre et tous deux savent que leur flamme est intacte. Mais, depuis treize ans qu'ils ne se sont pas vus, bien des événements ont bouleversé leurs vies. Avant de pouvoir espérer une seconde chance, Danielle et Jack devront tout se dire…

Le 10 janvier *Intrigue*

Prise dans la toile

de Janelle Taylor (n° 7491)

Matt ne supporte plus le caractère volage de son frère Robert. Un soir où il le surprend à draguer une jeune femme dans un bar, les deux frères se battent. Matt ne se doutait pas alors que le lendemain Robert serait retrouvé mort dans une ruelle. Mia, elle, est à la recherche de sa sœur jumelle Margot, qui a disparu suite à un contrat insolite : elle devait flirter ouvertement avec des hommes mariés, afin de prouver leur infidélité. Mais ses cibles sont décédées les unes après les autres. Pour Matt comme pour Mia, Margot détient la clé de cette affaire. Ensemble, ils tenteront de la retrouver…

Le 24 janvier *Comédie*

Cupidon, m'entends-tu ?

de Alexandra Potter (n° 7492)

Grace, la trentaine, attend depuis deux ans que son fiancé daigne l'épouser. Deux ans de trop, car elle lui annonce le soir de son anniversaire qu'elle le quitte. Rhian, sa copine mère célibataire, est complexée par ses kilos en trop. Et vous savez ce qu'elles ont en commun ? Une farouche envie de trouver le grand amour !

ainsi que les titres de la collection

Escale Romance

De nouveaux horizons pour plus d'émotion

Le 3 janvier
Un piano sur l'Amazone
de Nina Roma (n° 7515)
Mathilde, jeune biologiste du CNRS, est membre d'une équipe scientifique internationale, chargée d'étudier la forêt amazonienne. Abasourdie, elle apprend l'implantation imminente, au cœur de la jungle, d'une multinationale à la recherche de filons d'or. Tout ce pour quoi elle se bat sera bientôt détruit. Au côté d'Arturo, marginal défenseur de la cause indienne, Mathilde mènera le grand combat pour sauver la nature, les indigènes... et imposer son amour pour cet homme hors du commun.

7494

Composition Chesteroc Ltd
Achevé d'imprimer en France (La Flèche)
par Brodard & Taupin
le 10 décembre 2004. 27205
Dépôt légal décembre 2004. ISBN 2-290-34325-0

Éditions J'ai lu
84, rue de Grenelle, 75007 Paris
Diffusion France et étranger : Flammarion